Je BOU   Mal 91

Anatole France

La Rôtisserie
de la
reine Pédauque

Édition présentée,
établie et annotée par
Marie-Claire Bancquart
Professeur à la Sorbonne

Gallimard

PRÉFACE

Aucune œuvre d'Anatole France n'est peut-être aussi entraînante et distrayante pour le lecteur que La Rôtisserie de la reine Pédauque. Jacques Ménétrier, dit dans sa jeunesse Jacques Tournebroche à cause de la profession à laquelle l'a voué son rôtisseur de père, est devenu l'honorable propriétaire de la librairie A l'Image Sainte Catherine, quand il entreprend de narrer les aventures qu'il vécut aux côtés de l'abbé Jérôme Coignard, dans sa jeunesse. Devenu par hasard son maître en belles-lettres, l'abbé se fait engager avec Jacques, alors âgé de dix-neuf ans, comme traducteur de textes grecs reçus d'Égypte, par le kabbaliste seigneur d'Astarac. Dans la superbe bibliothèque ésotérique d'un château caché aux portes de Paris, Jacques travaille. Pourtant il se souvient de la belle Catherine, qui a quitté elle aussi les alentours de la rôtisserie pour devenir la maîtresse d'un financier. Mais d'Astarac le tient pour un protégé des Salamandres, destiné à connaître les amours des filles du ciel. C'est ainsi qu'il est amené à devenir l'amant de la fort humaine Jahel, s'attirant la jalousie du rabbin Mosaïde, l'oncle et ancien amant de Jahel. Il est doublement dupé : le jeune étourdi d'Anquetil, « greluchon » de Catherine, attire contre lui, Jacques et Coignard l'ire du financier protecteur de la belle. Ils se cachent tous trois dans le château. D'Anquetil conquiert les faveurs de Jahel, et c'est le départ *pour Lyon de tous les occupants du château, cette fois poursuivis par le furieux Mosaïde. Coignard meurt sur la route, Jahel s'envole avec Anquetil, et Jacques revient à Paris pour assister à la mort d'Astarac et Mosaïde dans l'incendie du château et se former au paisible métier de libraire.*

On va d'épisode en épisode, sans désemparer, dans un récit qui tient beaucoup du roman picaresque du XVIIIe siècle où il se situe. Préfacier de Gil Blas[1], Anatole France connaît bien ces romans pleins de bouleversements, au terme desquels un jeune homme, naguère ingénu, se trouve avoir fait son éducation morale. A première vue, La Rôtisserie de la reine Pédauque *semble reprendre les lois du genre en les menant à leur expression la plus outrée : en effet, hormis le héros qui conte son histoire, ses parents et des comparses, tout le monde a disparu au terme du roman. Coignard, d'Astarac et Mosaïde sont morts. Catherine a été transportée « à l'Amérique » pour sa mauvaise conduite. Jahel et d'Anquetil se sont éclipsés. A vrai dire, c'est justement cette suppression des protagonistes qui peut mettre en garde le lecteur. Il semble qu'ils n'aient été suscités que pour former Jacques à la sagesse. Mais le roman, alors, serait seulement amusant, et n'aboutirait pas à grand-chose. Jacques Ménétrier est un brave garçon, devenu un brave homme un peu limité. Il se contente de vendre les livres des autres, sans écrire lui-même : son manuscrit est censé avoir été trouvé par l'auteur de la publication — subterfuge courant, justement, dans les récits du XVIIIe siècle. Il se félicite même de n'être point éditeur, échappant ainsi aux tracas de la censure. Il goûte bonheur et tranquillité à réunir autour de lui une petite élite d'érudits capables de discuter sur les livres qu'il vend.*

C'est précisément le sort qu'Anatole France a refusé pour lui-même. Son père, Noël France, spécialisé dans les documents sur l'époque révolutionnaire, était un « libraire à

---

1. En 1878, chez Lemerre.

chaises » qui réunissait autour de lui des hommes fort distingués, Jules Janin, les Goncourt, le bibliophile Jacob. Lui-même, probe, sévère, avait une culture de base insuffisante : cet ancien paysan avait appris à lire à vingt ans. Son fils souffrit de ces lacunes, s'opposa à son caractère. Comme Jacques Tournebroche, il avait, lui, acquis dès l'enfance une forte culture classique. Ce n'est pas la seule comparaison que l'on puisse établir entre lui et son personnage. Le petit Jacques aime voir son père jouer avec les doigts de sa main, en disant une amusette enfantine : c'est un souvenir personnel, conté au chapitre II du Petit Pierre. La Bible en estampes que possède Jacques est celle même qu'Anatole France a souvent évoquée, en particulier dans Pierre Nozière. Sa mère est originaire d'Auneau près de Chartres, pays où naquit la mère d'Anatole France. Enfin le prénom de Jacques, celui de son parrain Jacques Charavay, est celui que prend volontiers France dans la fiction : il n'est qu'à songer à Jacques Dechartre, le héros du Lys rouge. Mais toutes ces ressemblances avec son personnage sont accumulées par l'auteur dans les premières pages de son roman. Par la suite, Jacques Tournebroche reste toujours plus naïf que lui-même ne le fut, jusque dans ses amours ; et la fin du roman nous montre Jacques heureux d'être parvenu à la situation de libraire que repoussa France en 1866, n'acceptant pas la succession paternelle.

Tout se passe donc comme si Anatole France avait incarné en Jacques Tournebroche un de ses doubles possibles, à la fois rejeté et peut-être secrètement envié pour sa médiocrité. Il commença La Rôtisserie de la reine Pédauque en projetant de lui donner une place plus importante que celle qui est finalement la sienne. Le premier manuscrit du roman contient des titres qui le plus souvent le mettent au premier plan : « Ma naissance », « Comment j'apprends la lecture », « De la première visite que je fais dans la rôtisserie ». Ces titres disparaissent dès le second manuscrit ; une lettre de France indique d'ailleurs que l'abbé Coignard prend « de la consis-

tance » à *mesure qu'il écrit. Le rôle de Jacques diminue à*
mesure : dans le premier manuscrit, on le voyait en proie à des
pensées contradictoires au moment de déboucher le flacon
censé contenir la Salamandre, et, une fois libraire, achevant
son éducation sentimentale avec une dévote, puis philoso-
phant sur les apparences. Rien de tout cela n'est demeuré, si
bien que Jacques, de protagoniste, est devenu essentiellement
le témoin de Jérôme Coignard et d'Astarac. Il est aussi le
héros d'une vie sentimentale qu'aucun de ces deux person-
nages ne pouvait plus avoir. Mais ici, ce sont les femmes qui
l'éclipsent : Catherine et Jahel mènent le jeu.

Si donc le résumé que l'on peut donner du roman le fait
apparaître comme un roman picaresque et de formation, ce
schéma est en fait extérieur. Il soutient l'intérêt du lecteur ; il
permet une succession de rencontres nécessaires. Mais on sent
bien que son enjeu est ailleurs. Comme tous les romans
majeurs d'Anatole France, il pose des questions sur le sens de
la vie ; il exprime une vision de l'univers. Il s'inscrit à ce
point de vue dans la suite de Thaïs, *où les discussions*
philosophiques de la partie centrale, « Le Banquet », tiennent
une grande place : elles donnent au livre sa valeur d'inquié-
tude et d'apologie du désir. Mais, grâce au coup de maître
qu'est la création du personnage de Jérôme Coignard, en
antinomie constante avec d'Astarac, lui aussi pittoresque et
« philosophe », les discussions sur le monde comme il va sont
beaucoup plus agréables à lire que dans Thaïs *: elles sont*
dispersées dans tout le roman, et les actions des deux
protagonistes soutiennent et complètent leurs discours. France
n'en apparaît pas moins, dans La Rôtisserie de la reine
Pédauque *comme dans* Thaïs, *à la recherche d'un art de*
vivre. C'est ainsi que le voient ses contemporains : comme un
moraliste, à prendre le terme dans son acception la plus large.

Le roman parut en feuilletons dans L'Écho de Paris,
d'octobre à décembre 1892, et fut travaillé par Anatole
France jusqu'à ce moment, puisqu'il se présente comme

« *refaisant les feuilletons au jour le jour* [1] ». *Cette année 1892 est pour l'écrivain une année difficile. C'est en 1888 que s'est nouée la liaison passionnée entre lui et Mme de Caillavet; de 1888 à 1890, les deux amants échangent des lettres brûlantes d'amour, mais aussi d'une terrible jalousie rétrospective, dont* Le Lys rouge *offre un écho affaibli. Mme de Caillavet est très possessive. Anatole France ne peut lui, supporter l'idée qu'elle a eu avant lui des amants, et peut-être même qu'elle s'est partagée, au début de leur liaison. On dit en effet qu'elle a du mal à rompre, et que l'helléniste Victor Brochard qui a précédé France peut avoir été, un temps, en « coexistence » avec lui. L'expression très violente de ces soupçons se lit dans les lettres de France, en même temps qu'un lyrisme sensuel qui est une véritable révélation pour lui. Transports, tortures... « Je ne puis penser qu'à toi et tous les ongles de la jalousie me déchirent [...] Songe donc, ma bien-aimée, que pour être heureux, il faut que je t'oublie, et que je ne puis t'oublier qu'en toi-même [...]. Dans l'état horrible où je suis en me représentant ton passé, je ne me sens plus le droit de te désirer. Qui suis-je pour cela? Une heure de ta vie* [2]. » *Le personnage de Paphnuce, jaloux et amoureux de Thaïs, est bien un double d'Anatole France, mais un double malheureux, puisqu'il n'assouvit pas son désir.*

Du moins l'écrivain a-t-il connu un épanouissement des sens qu'il ignorait auparavant, lui, rejeté dans sa jeunesse par Élise Devoyod et par plusieurs jeunes filles, lui qui avait contracté en 1877 un mariage de pure convenance. Mais en 1892, tout porte à croire que la passion d'Anatole France se refroidit, et que sa relation avec Mme de Caillavet devient quasi « conjugale », au moment même où il quitte sa femme légitime. Il est le grand homme du salon de l'avenue Hoche. Il possède là, chez les Caillavet, un cabinet de travail. Il

---

1. Lettre sans date, appartenant à M. Ph. Delatte.
2. 17 août 1888, Anatole France à Léontine de Caillavet, *Lettres intimes* présentées et annotées par Jacques Suffel, Nizet, 1984, p. 57.

n'est plus amoureux fou ; elle est encore amoureuse folle, et va tenter l'année suivante de ranimer en Italie une flamme éteinte. C'est de cette période de détachement, d'écart sentimental entre deux êtres, que date la création d'héroïnes féminines séduisantes, d'une violente sensualité, et décevantes par là même. C'est ainsi qu'apparut Thérèse du Lys rouge *aux contemporains. C'est ainsi qu'apparaissent les femmes de* La Rôtisserie de la reine Pédauque, *plus nettement peut-être, parce que France a mis à les décrire au physique tout le penchant qu'il ressentait pour les femmes peintes par Fragonard et par Prud'hon, et qu'il n'a pas hésité à leur faire exprimer crûment un érotisme cupide, que le lecteur de 1892 voulait bien admettre chez des héroïnes du XVIIIe siècle. Deux filles faciles : l'une vulgaire, Jeannette la vielleuse, l'autre plus raffinée, Catherine, qui finira comme Manon Lescaut « à l'Amérique ». Avec elles, déjà, Tournebroche connaît la déception : il est initié par Jeannette qu'il méprise, mais il n'aura jamais Catherine dont il est amoureux. Cependant, c'est avec Jahel qu'il ressent à plein la tromperie de la femme. Or Jahel est physiquement une Mme de Caillavet rajeunie. « Brune avec des yeux bleus, les traits fermes dans une chair jeune et pure [...] des pieds petits [...] ronde, un peu ramassée dans sa perfection voluptueuse », c'est bien ainsi qu'elle devait apparaître quatre ou cinq ans auparavant, aux yeux d'un amant ébloui. Jahel prend pour amant le riche d'Anquetil tout en gardant Jacques : on reconnaît la réalisation du soupçon qui hantait l'écrivain. Elle proclame : « Nous n'avons qu'une vie, et elle est courte. On ne m'a pas appris, à moi, de beaux mensonges sur l'immortalité de l'âme. » Léontine de Caillavet écrivait à France le 5 août 1888 : « Je suis une sémite, moi, âpre aux joies de la vie [1]. » Jahel, dont le nom évoque la perfidie de la femme qui enfonça un clou dans la tête de son hôte cananéen*

---

1. Livre cité, p. 46.

Sisara[1], *poursuit très lucidement son but : se servir de son corps pour conquérir la richesse, au mépris de tout sentiment. Elle fait beaucoup souffrir Jacques, et beaucoup penser sur la relativité du bonheur.*

Ce n'est là qu'un exemple d'une relativité généralisée à notre monde et à l'univers, qui traverse le roman tout entier. Rien n'y est stable : Coignard a été ballotté du collège de Beauvais au secrétariat d'un seigneur huguenot, puis à la bibliothèque de Monseigneur de Séez, puis à une échoppe d'écrivain public, avant de devenir le précepteur de Jacques. Série de hasards provoqués par son goût pour les femmes ; mais, devenu trop âgé pour s'y livrer lui-même, ce sont les amours des autres qui le mènent au meurtre d'un laquais, puis à la mort : Mosaïde le tue pour avoir suivi la fuite de Jahel. Jacques est en proie à la malignité du sort quand il ne réussit pas à devenir l'amant de Catherine, qui ne demanderait pas mieux. Hasard encore que l'entrée de M. d'Astarac dans la rôtisserie, que l'incendie du château... Le rythme vif du roman ne doit pas dissimuler que la suite des événements qu'il relate a quelque chose de mélancoliquement absurde. C'est, écrit France, « un conte où il y a de la moquerie avec de la tristesse[2] *». Lui-même, après avoir quitté le domicile conjugal, n'exprime pas de sentiment de délivrance. Inquiétude dans le « petit appartement en enfilade » où il s'installe rue de Sontay, « bateau perdu dans un vague océan où [il est] seul*[3] *». Irritation quand, en août, il assiste avec les Caillavet aux ultramondaines régates de Cowes. Il ne les supporte pas. Du prieuré de Saint-Thomas près de Laon où il s'est réfugié, puis de Lion-sur-Mer où il est l'hôte de Gyp*[4], *il écrit qu'il est « las, découragé », « accablé », « consterné*[5] *».*

1. *Juges*, IV, 17-24.
2. Correspondance, Bibliothèque nationale.
3. Catalogue Andrieux, 1er et 2 juin 1932, p. 96.
4. Rappelons que Gyp est le pseudonyme littéraire de la vicomtesse de Martel, née Mirabeau.
5. Correspondance, B.N.

Ces sentiments accentuent l'angoisse qu'Anatole France éprouve depuis longtemps devant l'existence, qui lui apparaît dominée par la discontinuité. En cela, il rejoint la grande souffrance des écrivains « fin-de-siècle », Huysmans avant sa conversion, Maupassant, Marcel Schwob. Il a parfaitement analysé cette souffrance dans les articles de La Vie littéraire *qu'il donne au* Temps *depuis 1887. Contentons-nous de citer celui qui est intitulé « Pourquoi sommes-nous tristes[1] ? », comme bien caractéristique pour le lecteur de* La Rôtisserie de la reine Pédauque. *Il y évoque d'abord, en effet, cette Bible en estampes de son enfance qu'il prête à Jacques, puis il constate que la foi naïve de jadis s'en est allée, ne laissant aux intellectuels que l'âcreté du doute : « Quand nous ne connaissions de la terre que les champs qui nous nourrissaient, elle nous semblait grande ; nous avons reconnu sa place dans l'univers, et nous l'avons trouvée petite [...]. Noyés dans l'océan du temps et de l'espace, nous avons vu que nous n'étions rien, et cela nous a désolés [...]. Nous n'avons plus d'espérance. »*

Ceux que ce ton étonnerait sont ceux qui ont gardé une idée stéréotypée d'Anatole France, qu'une critique mystificatrice a fait passer pour léger, parce qu'il déteste en général se draper dans le tragique. Qu'on lise Le Jardin d'Épicure, *écrit en même temps que* La Rôtisserie. *« Nous voyons le trou noir et l'effroi gagne les plus hardis. » « Notre système solaire tout entier est une géhenne où l'animal naît pour la souffrance et pour la mort. » « Notre vue de l'univers est purement l'effet du cauchemar de ce mauvais sommeil qu'est la vie. » Ces phrases de tristesse existentielle expriment parfaitement le désarroi que ressentent devant le monde les intellectuels d'un temps qu'un autre contresens à la vie dure a fait passer pour positiviste. C'est la doctrine officielle de l'État et de l'école laïque qui est positiviste. Il y a longtemps que les scientifiques, les philosophes et les gens cultivés sont passés à un relativisme*

1. 31 mars 1889, *VL*, III.

*total, que disent assez Spencer ou Schopenhauer. A la
discontinuité extérieure correspond un sentiment de dissolu-
tion, de fractionnement du Moi. Citons encore Anatole
France, qui, dans le conte* Marguerite, *écrit dès 1886*[1] :
« ... *L'enfant que j'étais alors, survit-il en moi ? Non. Il
m'est étranger. Il est mort* [...]. *Nous mourons tous dans les
aubes* [...]. *Qu'on parle encore du sentiment de l'identité et de
la conscience intime !* [...]. *La vie est tolérable à condition
qu'on n'y pense pas.* » *Formé à l'école des sensualistes du
xvIIIe siècle et de Taine, Anatole France conçoit le sujet
comme livré aux impressions du monde. Sujet fait de désirs
constants, d'appétits renouvelés ; mais — et c'est là une
marque de son tempérament et de son temps — de désirs sans
cesse contrariés par un sort malin, et eux-mêmes si contradictoires qu'ils ne sauraient constituer une unité du Moi. Il y a
une incohérence universelle, qui va parfois jusqu'au gaspil-
lage. Dans* Le Jardin d'Épicure, *France nous compare à des
pots manqués par un démiurge maladroit et jetés au rebut,
pêle-mêle.*

C'est l'abbé Coignard qui, dans La Rôtisserie de la reine
Pédauque, *est chargé de commenter cette incohérence dont sa
vie personnelle est une illustration. Homme contradictoire,
amoureux de la paix et des livres, mais des jolies filles et du
vin, il ne manque jamais de relever les antinomies et les
absurdités du monde : ainsi quand il fait la critique des lois,
fondées sur* « *une utilité apparente et illusoire* », *car la nature
en elle-même est indifférente au mal et au bien, et impénétra-
ble. Le monde n'est que passage, l'homme est un animal sans
vertu, nos sens sont des messagers d'erreurs. Voyant une petite
ville, l'abbé proclame que les gens qui vivent là sont*
« *égoïstes, lâches, perfides, gourmands, libidineux ; autrement, ils ne seraient point des hommes* » ; *et il admire que les
lois aient réussi à faire tant bien que mal vivre ensemble ces*
« *créatures féroces* ». *La victoire romanesque d'Anatole*

---

1. *Œuvres*, Pléiade, I, 327.

*France, c'est d'avoir fait de Coignard non pas un être
pathétique ou un philosophe abstrait, mais un homme toujours
désireux de continuer à vivre, toujours d'humeur agréable,
indulgent aux autres comme à lui-même, et truculent dans sa
gourmandise comme dans son penchant à l'amour. En lui
s'accomplit un personnage qu'Anatole France esquissait
depuis longtemps dans son œuvre, mais avec des réserves qui
traduisaient une ambiguïté personnelle. A ces personnages en
effet, un modèle : le mari de sa grand-mère maternelle, Jean-
Pierre Dufour, bon vivant... et mauvais sujet couvert de
dettes, qui dévora le petit bien de sa femme et fut un grand
souci pour les parents d'Anatole. Il était pour le jeune garçon,
élevé dans un climat familial strict, à la fois l'exemple de ce
qu'il ne fallait pas être et le séduisant bohème qui ne regardait
pas aux moyens d'assurer son agrément. « Du matin au soir et
bien souvent la nuit, établi dans un cabaret de la rue
Rambuteau, il y tenait bureau d'homme d'affaires. C'est
dans ce cabaret de la rue Rambuteau que, devant un litre de
vin rouge et un sac de marrons rôtis, [il] calligraphia sur
papier autographique la* Légende de sainte Radegonde [1]*, en
novembre 1859* [2]*. » Dufour rédigeait des lettres pour les
servantes amoureuses, au besoin ... On reconnaît Coignard
prêtant sa plume à tout venant, au cimetière des Saints-
Innocents, même si c'est pour écrire une lettre anonyme.*

Il a des précédents : le verbeux Tudesco des Désirs de
Jean Servien*, le père d'Hélène Fellaire dans* Jocaste*. Mais
ce sont des forbans qui savent enjôler. Parvenu à une plus
grande maturité, France a su équilibrer son type — s'équilibrer lui-même face à lui — en lui donnant des qualités
intellectuelles dont Jean-Pierre Dufour était dépourvu. Déjà,
l'érudit Sylvestre Bonnard, gourmet et indulgent aux fai-*

---

1. Une dissertation d'Anatole France, alors âgé de quinze ans, qui
avait eu les honneurs de l' « Académie » du collège Stanislas.
2. Lettre à Louis Barthou, *Annuaire de la société des amis des livres*,
1924.

blesses humaines, possède un nez expressif qui frémit à toute joie. Il annonce Coignard, bouche riante, triple menton, taille épaisse mais noble, qui, lui, est beaucoup plus dénué de scrupules (il se fait voleur, entremetteur, meurtrier, avec un grand naturel), mais d'une érudition bien plus large, qu'il sème agréablement dans tous ses discours. Il est pleinement accepté par Jacques comme son maître. Jusqu'au moment de la publication en feuilletons, le personnage a été travaillé, retouché par l'écrivain. Ce qui le rend si présent et sympathique, c'est assurément qu'un modèle inattendu est venu se superposer au souvenir de Jean-Pierre Dufour : Ernest Renan, maître à penser et ami d'Anatole France, est mort peu de jours avant la mise en route de La Rôtisserie de la reine Pédauque dans L'Écho de Paris. « Il était aussi bon qu'il était grand[1] *», écrit Anatole France, et encore : « Il prenait les âmes non par violence et à grandes secousses, dans le filet d'un système, mais avec la douce force des eaux bienfaisantes qui fécondent les terres [...] il fut le meilleur des hommes, le plus simple, le plus doux, et en même temps le plus ferme cœur qui ait jamais battu en ce monde*[2] *. » N'est-ce pas le ton même de Jacques Ménétrier parlant de Coignard ? Sous le coup de sa tristesse, Anatole France a modifié son abbé, qui était plus canaille dans la première version manuscrite du roman. Il commet toujours des actes dont certes Renan eût été incapable. Mais il a sa bonhomie, sa finesse, et son ascendant moral.*

*Il tient d'Anatole France, plus encore que de Renan, une forte ironie à l'égard des choses d'Église. C'est un abbé, mais du XVIII*e *siècle, ressemblant à cet abbé Prévost que France nous décrit ainsi : « Il eût vécu en apôtre [...] s'il n'y avait pas eu de femmes dans le royaume. Mais ce gros garçon, de vive humeur et de complexion sanguine, était enclin à l'amour [...] il avait une belle figure, des yeux noirs fort expressifs et*

---

1. *L'Univers illustré*, 8 octobre.
2. *Le Temps*, 9 octobre.

le diable au corps[1]. » *Coignard pense très librement, d'autant plus qu'il a été formé par les traditions gallicanes du collège de Beauvais. Il déteste le fanatisme et la superstition, à l'égal d'Henri Estienne. Il se moque des capucins et de leurs reliques. Il met en doute l'existence de saint Eustache et de sainte Catherine, interprète la Bible d'après l'histoire et voit dans les anges du livre d'Énoch des marchands tyriens ou sidoniens séduisant les filles avec leur pacotille. Il a lu des auteurs qui sont au moins suspects aux yeux des catholiques orthodoxes : Ferri, Maimbourg, Tillemont. En somme, il est un bon porte-parole d'un Anatole France que la querelle du* Disciple *avait violemment porté, à partir de 1888, vers l'anticléricalisme et l'examen rationnel de la religion et de la société, cet examen dût-il choquer les « bons principes ». Ajoutons que sa morale est des plus larges, surtout en matière de sexe. Sur un seul point, il est intraitable : il croit en Dieu et ne souffre pas qu'on erre sur le dogme. Les lois divines, dit-il, sont « imprescriptibles, inéluctables et stables ». Dieu est juste « par définition », dit-il, et il s'évertue à reconnaître cette justice dans l'enchaînement des effets et des causes le plus bizarre, le plus absurde même. Son auteur de prédilection est Boèce, qui, dans son* De consolatione philosophiae, *veut démontrer que tout ce qui se passe fait partie de l'ordre du monde voulu par Dieu : notre seule faiblesse de jugement nous rend incapables de discerner cet ordre.*

On sent combien ce fidéisme qui s'arrête aux choses du ciel, et laisse place à un rationalisme libertin quand il s'agit de la terre, est commode pour le scepticisme religieux d'Anatole France. Coignard athée eût été impossible, car le lecteur se serait interrogé sur les raisons qui le faisaient demeurer dans l'état ecclésiastique. Son caractère n'aurait pas été si sympathique. Mais critiquant l'Église de l'intérieur, il sert mieux la malignité d'Anatole France. Et il demeure enfermé dans

---

1. Anatole France, notice pour l'*Histoire de Manon Lescaut*, Lemerre, 1878.

*une contradiction majeure à nos yeux : en effet, connaissant
les vicissitudes les plus chaotiques, il ne parvient pas à les
rendre justifiables, malgré ses efforts. Son fidéisme apparaît
alors comme une telle renonciation à la lucidité, que nous
concluons bien plutôt de la même manière qu'Anatole France.
Le monde est mauvais, malin, parfois bouffon. En tout cas,
son incohérence pourrait bien difficilement être l'œuvre d'un
Dieu parfait. L'homme médiocre, au sens philosophique du
terme, peut connaître la paix : ainsi de Jacques Tournebroche. Mais non l'homme très intelligent et sensible, toujours
emporté hors de la destinée commune. L'abbé formait le vœu
de se retirer dans une bibliothèque où il finirait doucement sa
vie. Il est assassiné par un Juif kabbaliste, sur une route,
pour une affaire à laquelle il a peu de part : métaphore de
l'absurdité de toute vie, pour l'homme qui veut et peut la
considérer avec clairvoyance. D'illusion en illusion, la vie ne
parvient jamais à se résoudre en synthèse. Le Dieu de
Coignard n'est qu'un nom donné à l'incompréhensible. Entre
lui et la raison, il y a une solution de continuité.*

*En face de notre abbé pétri de contradictions, l'autre
protagoniste du roman, d'Astarac, représente l'homme des
certitudes. Mais ce sont des certitudes d'illuminé. En créant ce
personnage, Anatole France aborde une fois encore une
question d'actualité, car l'inquiétude des contemporains les
orientait souvent vers les doctrines ésotériques. « On ne parle
que des Rose-Croix », écrit Jacques Ménétrier au début du
roman, et le feint « éditeur » de placer une note : « Ceci fut
écrit dans la seconde moitié du XVIIIᵉ siècle », comme pour
éviter une confusion. L'ordre Rose-Croix fleurit en effet à la
fin du XIXᵉ siècle. Il a des représentants notables. Papus,
pseudonyme de Gérard Encausse, publie ses* Traités de
science occulte *de 1888 à 1893. Joséphin Péladan, qui se fait
appeler du titre assyrien de « sâr », fonde le tiers-ordre des
Rose-Croix, avec soirées musicales et salons de peinture. Il
publie un cycle de romans intitulé* La Décadence latine,
dont le premier, Le Vice suprême *(1884), est préfacé par*

Barbey d'Aurevilly. La lecture de ces romans est fort intéressante : Péladan y proclame les méfaits du monde moderne et prône le retour à une religion conduite par le Rose-Croix Mérodack, sorte de catholicisme occultiste. Péladan, qui a le goût du somptueux et de l'extravagant, est fort connu dans le monde parisien. Sans doute pourtant le plus sérieux, le plus savant des Rose-Croix est-il l'ami de Barrès, Stanislas de Guaita, auteur des Essais de sciences maudites *qu'il commença à publier en 1886 et laissa inachevés. Il suscita des disciples fervents.*

Cette résurrection de l'ordre kabbalistique de la Rose-Croix est une manifestation parmi d'autres de la réaction qui naquit, dans les années 1885-1890, contre le désespoir inspiré par la relativité. Plutôt que de n'avoir aucun point de repère fixe dans le monde et dans le Moi, beaucoup d'intellectuels préférèrent chercher dans le ou plutôt les mysticismes un recours : justification à la vie, unification de l'univers. Huysmans, après A rebours, *publie ainsi son livre de quête dans le culte satanique,* Là-bas *(1891). D'autres se tournent vers un néo-christianisme souvent influencé par Tolstoï. C'est le cas de Teodor de Wyzewa, auteur de* Contes chrétiens — Le baptême de Jésus ou les quatre degrés du scepticisme. *D'autres professent une sorte de socialisme anarchisant dont on trouve le meilleur exemple dans* L'Ennemi des lois *de Maurice Barrès : ce roman achève précisément de paraître en feuilletons dans* L'Écho de Paris *au moment où commence la publication de* La Rôtisserie de la reine Pédauque.

Anatole France ne pouvait pas ignorer ce mouvement, qui réunissait des esprits très distingués et fut à l'origine de belles œuvres dont il parla souvent dans sa chronique du Temps. *Il voit en Péladan un « écrivain de race et maître de sa langue », qui sait parler avec lyrisme des incubes et des esprits de l'air* [1]. *Il écrit deux chroniques sur l'œuvre de Teodor de*

---

1. *La Vie littéraire, III.*

Wyzewa, ces « *contes mystiques pleins d'intelligence*[1] ». *Il s'intéresse à toute la littérature de l'étrange qui, de Maupassant à Marcel Schwob, procède de cette recherche de l'* « *ailleurs* » *qui caractérise le courant fin-de-siècle. Lui-même, avoue-t-il, il est tenté par le merveilleux, il est attiré par Apulée*[2] *et ses voyages extraordinaires à travers le monde et les différentes métamorphoses possibles. Ce n'est pas une tentation récente. France s'est toujours intéressé aux états seconds de la personnalité des névrosés, qu'il décrit dans de nombreux articles sur Jeanne d'Arc et les visionnaires de son temps, à partir de 1876, et dans le personnage de Jocaste. Il a, dans* Balthasar, *publié l'étrange conte* « *La fille de Lilith* », *où le curé Safrac (dont le nom sonne comme celui d'Astarac) exprime sa croyance hérétique en une humanité préadamite. D'autres contes portent sur le magnétisme, comme* « *M. Pigeonneau* » *dans* Balthasar *; d'autres, sur la résurrection des morts, comme* « *Leslie Wood* » *dans* L'Étui de nacre. *D'autre part, un de ses fantasmes érotiques récurrents est celui de la miniaturisation des créatures féminines, ainsi placées sous la puissance de l'homme-Gulliver : petite fée du* Crime de Sylvestre Bonnard, *petite Thaïs dansant sur le livre de son amant Nicias. Devenir maître de fabriquer ou d'appeler des créatures ! Mais aussi, devenir maître d'un monde intellectuellement unifié, expliqué, quelle perspective ! Dans la partie centrale de* Thaïs, *France donne la parole au gnostique Zénothémis, qui glorifie l'esprit de Satan comme le véritable esprit de science et de beauté, capable de corriger la création manquée par le Dieu de la Bible. Mythe inversé de la création, existence de sylphides, on voit que le monde du seigneur d'Astarac, dans* La Rôtisserie de la reine Pédauque, *ne manque pas d'antécédents dans l'œuvre de France.*

Du reste, le véritable sceptique, au sens que les Grecs

1. *La Vie littéraire*, V.
2. « Roman et magie », *La Vie littéraire*, III.

donnaient à ce terme et que France revendique, se doit d'examiner la possibilité de toute chose. Dès 1870, France écrit à propos des Souvenirs de Charles Henri, baron de Gleichen [1] *: « Cette tendance vers le surnaturel était assez commune au* XVIIIe *siècle. C'était le temps des sceptiques : le scepticisme ne va pas sans inquiétude. Qui ne peut rien affirmer ne peut rien nier. L'impossible se trouve supprimé.* Pourquoi non ? *est le dernier mot des sceptiques et non pas le moins consolant. » C'est ainsi que Jacques Tournebroche, devant le ballon magique d'où la Salamandre doit sortir, dit : « A tout ce qu'on me rapporte d'étrange, je me dis " Pourquoi pas ? ". » A propos du* Horla *de Maupassant, France a exprimé le même sentiment [2] : « Et pourquoi non, je vous prie ? Qu'y a-t-il d'absurde à supposer leur existence [celles d'êtres existant dans les milieux gazeux] ? C'est l'hypothèse contraire, pour peu que l'on y songe, qui choque la raison. Car ce serait un grand hasard si la vie, dans toutes ses formes, tombait sous nos sens, et si nous étions constitués de manière à embrasser l'échelle entière des êtres. »*

Oui, mais on notera que cette hypothèse du « Horla » est retenue par Anatole France précisément parce qu'elle ne choque pas la raison. En revanche, quelque séduit qu'il soit, il repousse les hypothèses et les constructions irrationalistes. Nous sommes des êtres limités ; nous ne pouvons pas sortir de notre esprit, et bâtir une métaphysique. La science ne peut constituer un système de vie ; du moins nous garde-t-elle de l'erreur. Pour le merveilleux, France affirme qu'il est mensonge ; et que si la rêverie sur l'inconnaissable est permise, il ne faut point s'y laisser prendre. L'occultisme de ses contemporains lui paraît dangereux. Rétablissant une croyance incontrôlable, il nie les droits de la pensée, fait croire à ses adeptes qu'ils possèdent la vérité, et risque de répandre le fanatisme et l'ignorance. Anatole France le répète à propos de

1. *Le Bibliophile français*, p. 220-238.
2. *La Vie littéraire*, I.

Péladan et de Wyzewa : essayer de trouver une âme au prix de sa raison est un confusionnisme qui menace le peu de civilisation que nous avons réussi à construire. « Il ne paraît ni nécessaire ni désirable que nous devenions des hommes de foi et que notre siècle s'achève en siècle de foi[1]. »

C'est dire que la doctrine professée par d'Astarac dans *La Rôtisserie de la reine Pédauque touche l'actualité*, et la plus brûlante pour Anatole France. Il est bien utile de le savoir, avant d'examiner les sources érudites auxquelles il a eu recours pour exposer cette doctrine. Il les a souvent suivies de très près. Mais la manière dont il les a transformées, et surtout le rapport entre d'Astarac et Jérôme Coignard, personnage inventé et porte-parole de l'auteur, font qu'il est impossible de parler de plagiat. A ce compte, tous nos auteurs classiques seraient des plagiaires — et bon nombre de romantiques et de modernes ! France utilise, mais il oriente les textes ; il les place dans un contexte bien à lui. Situant son roman au XVIIIe siècle, il utilise des modèles pris dans cette époque, à la prendre au sens large du terme. En effet, sa principale source, *Le Comte de Gabalis*, est un ouvrage paru en 1670, et son auteur, l'abbé de Montfaucon de Villars, mourut en 1673, assassiné, dit-on, par les Sylphes sur la route de Lyon, « énigme historique qui pique la curiosité », écrit Anatole France dans un article qu'il lui consacra en 1892[2]. On aura reconnu la mort de Jérôme Coignard interprétée par M. d'Astarac. Mais celle-ci se place « le 9 de novembre 1728 », nous apprend une lettre de France[3] à Pierre de Nolhac. Comme son épitaphe porte qu'il est mort « dans la 52e année de son âge », Coignard est donc né en 1677. Jacques Tournebroche, lui, a dix-neuf ans le jour de l'Épiphanie de 1728 ; ayant été requis de tourner la broche de la rôtisserie à l'âge de six ans, il

---

1. *Le Temps*, 18 mai 1890, « A propos du banquet donné par l'Association des étudiants », article non repris.
2. *L'Univers illustré* du 19 mars.
3. Citée par Jean Levaillant dans *Le Lys rouge*, automne-hiver 1949.

a appris à lire, non sans quelque lenteur, avant que l'abbé entre dans la boutique paternelle, un jour qu'il faisait froid. Cette mémorable rencontre peut donc être datée de 1716.

Certains détails du roman ne coïncident pas tout à fait avec cette chronologie, qu'il faut prendre au sens général, et non avec la minutie d'un historien qu'Anatole France ne se piquait nullement d'être en écrivant La Rôtisserie de la reine Pédauque. *Disons que l'atmosphère d'ensemble correspond, elle, tout à fait à un récit fait durant la seconde moitié du XVIIIe siècle d'événements dont la partie touchant la kabbale se déroule en 1728 : quarante-cinq ans, donc, après la mort de l'abbé de Villars, et pas loin de cinquante ans après la publication du* Comte de Gabalis. *C'est qu'Anatole France avait besoin de situer son roman après la mort de Louis XIV en 1715 : alors les mœurs françaises se libéralisent, une relative tolérance permet à toutes les opinions de s'exprimer ; alors aussi, le goût du plaisir s'épanouit, la morale devient élastique. En 1715 paraît* Gil Blas, *en 1731* Manon Lescaut. *C'est bien dans le monde que décrivent ces romans que s'insère celui de* La Rôtisserie de la reine Pédauque, *avec ses jolies filles, ses financiers, ses jolis garçons et ses ecclésiastiques à la religion facile.*

Il en allait tout autrement en 1670, l'année de Bérénice *: la société était alors beaucoup plus attachée au respect extérieur des conventions, et* Le Comte de Gabalis *est une œuvre d'avant-garde. Son héros est un illustre kabbaliste allemand, qui initie un Français dans l'isolement ' d'un labyrinthe situé à Rueil. De même le mystérieux château dans lequel vit d'Astarac est situé sur la route de Paris à Rueil. La doctrine de Gabalis, c'est en beaucoup de points celle d'Astarac : existence d'esprits élémentaires qui peuvent avoir commerce avec les hommes, bien qu'ils en aient été séparés par le péché d'Adam ; beauté des Salamandres ; recette pour les évoquer, pour un initié qui doit alors observer la chasteté avec les femmes ; possibilité de fabriquer des homoncules et de la poudre solaire. Anatole France a repris beaucoup de passages* de Villars, en se bornant à les adapter à la langue et aux habitudes du XIXe siècle. Il lui a repris aussi des anecdotes. Notons d'ailleurs que l'abbé de Villars lui-même puisait doctrine et anecdotes chez des auteurs classiques de l'occultisme, Paracelse ou Cornelius Agrippa, et ne se piquait pas d'innover.

Pourtant la doctrine est modifiée en un point important par Anatole France. C'est que les Salamandres ne sont point innocentes chez lui comme chez Villars, qui ne croit pas au diable ; et qu'elles ne sont point immortelles comme dans Le Comte de Gabalis : d'Astarac dit que tout amour, y compris le leur, est sujet à la mort et lié fort étroitement à elle. C'est une idée à laquelle tient Anatole France, tout autant qu'à l'interprétation « satanique » du monde.

Surtout, il suffit de lire Le Comte de Gabalis après La Rôtisserie de la reine Pédauque pour s'apercevoir que, n'étant nullement un roman, il n'a pas été plagié dans l'œuvre pleine d'action d'Anatole France. Il nous présente purement et simplement un dialogue entre le comte allemand et le gentilhomme français. Tout est statique, tout est de ton pédagogique chez Villars. Un seul passage du roman de France peut lui être comparé à cet égard, c'est le chapitre de l'île aux Cygnes où d'Astarac expose sa doctrine à Jacques. On avouera que la différence est sensible. Elle l'est également, si l'on considère que le ton de l'abbé de Villars demeure toujours respectueux envers la religion catholique (du reste, en 1670, en France, il ne pouvait pas en adopter un autre), alors que celui de France est au moins impertinent. Il tient alors d'autres lectures. Notre écrivain s'est en effet inspiré aussi d'auteurs mécréants du XVIIIe siècle, cette fois, comme Boyer d'Argens, Jean-Baptiste Thiers, Vigneul-Marville. On en trouvera référence en notes, ainsi que du Père Androl, auteur du curieux ouvrage Les Génies assistants et les Gnomes irréconciliables, qui a fourni la fameuse formule magique « Agla » à Anatole France. N'oublions pas, pour juger au juste de cette érudition qui nous paraît considérable, qu'elle *était pour ainsi dire consubstantielle à un auteur élevé dans une librairie spécialisée dans le XVIIIe siècle : le catalogue de Noël France mentionne toute une liste d'ouvrages illuministes et sur l'illuminisme. Les livres, chez France, sont une seconde nature, une espèce de spontanéité. Plus ils sont curieux et hors de la culture courante, plus il s'y complaît. Quant aux traces qu'ont pu laisser le Voltaire de* Candide, *le Prévost de* Manon Lescaut, *le Lesage de* Gil Blas *dans son roman, tout lecteur les suivra aisément. Il doit se convaincre que les auteurs que nous jugeons rares sont tout aussi courants que ceux-là pour Anatole France.*

En choisissant Le Comte de Gabalis *comme source principale de la doctrine du seigneur d'Astarac, il prenait ses distances par rapport à elle. En effet, quelles étaient au juste les intentions de l'abbé de Villars en écrivant* Le Comte de Gabalis ? *Les occultistes contemporains d'Anatole France soutiennent qu'il a véritablement voulu livrer une vision initiatique du monde : une de leurs revues les plus répandues,* Le Lotus, *publia dans cette perspective son ouvrage. Celui-ci au contraire semble à Anatole France, comme au critique Roger Laufer qui le publia en 1963* [1], *ne pas être l'exposé d'une foi, mais d'une vive curiosité à l'égard des doctrines ésotériques. Ainsi notre écrivain, qui s'en inspire, dévoile-t-il sa propre position devant la théorie que d'Astarac expose dans* La Rôtisserie de la reine Pédauque *sur la constitution du monde : un monde tout unifié par la circulation universelle du feu, avec des soleils immortels et des êtres ignés qui peuvent entrer en communication avec les hommes, pour peu que ces derniers soient des initiés. Anatole France a maintes fois, quant à lui, exposé sa propre conception de l'univers : on la trouve dans* Les Poèmes dorés, *dans maints articles, et dans* Le Jardin d'Épicure, *contemporain de* La Rôtisserie de la reine Pédauque. *C'est une conception tout opposée. L'univers est soumis à un immense cycle de vies et de morts, qui doit*

1. Chez Nizet.

*se terminer par le triomphe de la mort. L'homme, avec ses
sens limités, ne peut en concevoir d'ailleurs qu'une mince
partie. France pense donc du seigneur d'Astarac ce qu'il
pense de Papus, dont il écrit dans la* Revue illustrée [1], *après
avoir expliqué sa croyance aux esprits invisibles :* « Qu'est-ce
que cela veut dire, sinon que l'esprit de l'homme est toujours
tourmenté par la grande curiosité, que l'abîme l'attire et qu'il
se penche avec une délicieuse horreur sur les bords brumeux de
l'inconnaissable ? »

*Pourtant, cette fin de non-recevoir n'est pas exprimée sur le
ton d'une dénégation scientiste. France a toujours été attiré
par les* « fous » *qui ont une idée synthétique du monde, pour
la bonne raison que la sienne, discontinue, lui apparaît
comme d'une tristesse extrême. Que ne partage-t-il certaines
maladies heureuses de l'imagination ! Aussi choisit-il comme
modèle de la doctrine astaracienne un livre ambigu. Aussi
donne-t-il à son propre roman une allure également ambiguë.
Une série de coïncidences fait que, jusqu'à sa fin, d'Astarac
peut prétendre avoir raison : les pierres que Jérôme Coignard
lui a volées se sont révélées fausses ? C'est qu'elles n'étaient
pas parvenues à maturité magique. L'abbé est victime d'un
meurtre ? Ce n'est pas Mosaïde, ce sont les Elfes qui le
punissent de son vol. On notera que cette interprétation est
renforcée par le bris de la berline de voyage sur la route, au
moment même où Coignard prononce le mot* « Agla », *fatal
pour ceux qui ne sont pas des initiés au cœur pur. Le hasard
est bien agencé par Anatole France pour que d'Astarac meure
convaincu, et heureux de rejoindre les esprits ignés grâce à
l'incendie de son château.*

Comme le curé Safrac de Balthasar, *d'Astarac est sympathique à l'écrivain : il lui a prêté plusieurs idées qui lui sont
chères. Ainsi, celle que nous avons été fabriqués par un
démiurge de bas niveau, alors que le Diable est un être* « un
peu moqueur et très intelligent », *une sorte de Sylphe. Mettant*

---

1. « Études et portraits », 15 février 1890.

les Écritures « cul par-dessus tête », d'Astarac rejoint parfaitement le gnostique Zénothémis du « Banquet » de Thaïs. Cette violence à l'égard du Dieu de la Bible, cette prédilection pour un Diable que France, disciple en cela de Michelet et de Byron, assimile à la force de l'esprit, sont constamment prises à son propre compte par l'écrivain dans son œuvre. De même la piètre opinion que d'Astarac, à l'inverse de Coignard, nourrit sur le genre humain, méchant fondamentalement, peu intelligent, sauf une petite élite. D'Astarac fait partie de celle-ci par l'audace joyeuse de ses conceptions. Car tout saugrenu qu'il soit, il se montre le plus souvent agréable et actif : dans une note restée manuscrite, France le compare à d'Artagnan, Gascon comme lui.

L'écrivain s'est donc projeté dans trois personnages de son roman : Jacques, pour certains traits de son enfance et de ses amours, d'Astarac, pour le satanisme et le pessimisme envers les hommes, et Coignard pour la plupart de ses idées sur la société et sur l'art de vivre. Ce contrepoint triplement personnel contribue à la vivacité du roman ; c'est une réussite rare dans une œuvre où généralement l'auteur se choisit un porte-parole principal, Bonnard, Bergeret, Brotteaux des Ilettes dans Les dieux ont soif. Rapidité, ironie. Mélancolie cachée aussi. Car, jouant de ce contrepoint, Anatole France nous donne une idée assez désenchantée de notre destin. Elle se traduit bien par son attitude envers les livres. Coignard les considère comme une source de bonheur paisible, le plus grand qui soit sur la terre. Mais sans cesse il est exclu de la bibliothèque : par la force de l'amour dans sa jeunesse, par la mort au moment même où il projetait de se retirer dans la silencieuse méditation. Le seul qui parvienne à vivre parmi les livres est l'ingénu Tournebroche. Coignard, ici l'incarnation d'Anatole France, est toujours mené, par sa nature inquiète, au milieu des vicissitudes. Comme Brotteaux des Ilettes porte toujours sur lui un Lucrèce, lui porte son Boèce, le seul livre qui le suive partout. Mais c'est un symbole de ses *contradictions : Boèce voulait croire en une Providence, mais connut, après la gloire, la disgrâce et la mort violente.*

Oui, La Rôtisserie de la reine Pédauque *est un « conte » où il y a de la « tristesse ». Mais c'est aussi un roman très plaisant à lire, et tout enveloppé de sensualité dans l'évocation du Paris des années 1730, une ville où l'art de vivre se développe de diverses manières selon les quartiers et les gîtes. La Rôtisserie natale de Jacques se situe en haut de la rue Saint-Jacques, en face de l'église Saint-Benoît-le-Bétourné, non loin du cabaret du « Petit-Bacchus », qui occupe un emplacement recouvert par l'actuelle Sorbonne : quartier de petite bourgeoisie et de bonnes lettres, familier, agréable à l'esprit et à la gourmandise, pas assez huppé pour les jolies filles de quelque ambition qui y débutent, comme Catherine. Une fois parvenues, elles vont en voiture aux Tuileries et au Cours-la-Reine (c'est à l'extrémité ouest du jardin, où se dressait la porte de la Conférence, que Jacques rencontre Catherine), et se logent dans les beaux quartiers, à l'angle de la rue du Bac et de la rue de Grenelle (mais si leur protecteur est mécontent, elles risquent La Salpêtrière et la déportation « à l'Amérique »). Financiers, gentilshommes, accompagnés d'un peuple de valets et parfois de spadassins, animent ces lieux de la rive gauche où l'on parvient encore en bac depuis la rive droite de la Seine. Le fleuve en aval n'est pas encore aménagé ; une île presque déserte, dite « aux Cygnes », s'étend en son milieu, face à l'actuelle avenue de Suffren. C'est là que d'Astarac endoctrine Jacques. Pour le château de l'occultiste, il est franchement hors la ville : il faut pour l'atteindre longer le bois de Boulogne, alors séparé de Paris par le village de Passy, et prendre par la plaine des Sablons, maraîchère, traversée par la déserte route de Saint-Germain. Mais Jacques revient souvent dans un Paris où l'attend une Catherine qui a troqué bonnet et fichu contre une robe de satin rose et un coqueluchon en dentelle, quand elle ne s'exhibe pas en chemise transparente.*

C'est avec beaucoup de verve et d'amour qu'Anatole

France a restitué la capitale du XVIIIe siècle, dans laquelle règne un esprit agile, pourtant ouvert aux inquiétudes. Celles-ci dominent, chez les écrivains du Paris fin-de-siècle. Anatole France les transpose en un roman qui les allège d'un sourire, mais qui est incontestablement un roman d'actualité. Lisons-le avec le même plaisir et la même gravité que ses contemporains, s'il est vrai que notre fin de siècle ressemble en bien des points à la leur. Nous aussi, nous sommes inquiets, nous constatons l'usure des valeurs traditionnelles. Nous aussi, nous cherchons parfois des solutions à nos doutes dans des croyances auxquelles la raison ou l'éducation ne nous ont pas préparés. Ce roman nous en parle avec sensibilité. Mais il place aussi toute la société et ses diverses manières de vivre entre deux enseignes d'illusion : la reine Pédauque est une reine de conte, et sainte Catherine, sous l'invocation de laquelle se place la librairie de Jacques Ménétrier, n'a jamais existé. Sous des dehors aimables, Anatole France exprime là une philosophie de l'universel mirage qui a toujours été la sienne, « cette profonde tristesse épicurienne auprès de laquelle l'affliction du croyant est presque de la joie ». Avec ses valeurs de libre examen, d'humanité et de tolérance, une telle philosophie pourrait bien avoir aujourd'hui encore son intérêt et sa portée.

Marie-Claire Bancquart

La Rôtisserie
de la reine Pédauque ★

★ Le manuscrit original, d'une belle écriture du XVIIIᵉ siècle, porte en sous-titre : *Vie et opinions de M. l'abbé Jérôme Coignard.* (*Note de l'éditeur.*)

J'ai dessein de rapporter les rencontres singulières de ma vie. Il y en a de belles et d'étranges. En les remémorant, je doute moi-même si je n'ai pas rêvé. J'ai connu un cabbaliste gascon dont je ne puis dire qu'il était sage, car il périt malheureusement, mais qui me tint, une nuit, dans l'île aux Cygnes, des discours sublimes que j'ai eu le bonheur de retenir et le soin de mettre par écrit. Ces discours avaient trait à la magie et aux sciences occultes, dont on est aujourd'hui fort entêté. On ne parle que de Rose-Croix * [1]. Au reste, je ne me flatte pas de tirer grand honneur de ces révélations. Les uns diront que j'ai tout inventé et que ce n'est pas la vraie doctrine ; les autres que je n'ai dit que ce que tout le monde savait. J'avoue que je ne suis pas très instruit dans la cabbale, mon maître ayant péri au début de mon initiation. Mais le peu que j'ai appris de son art me fait véhémentement soupçonner que tout en est illusion, abus et vanité. Il suffit, d'ailleurs, que la magie soit contraire à la religion pour que je la repousse de toutes mes forces. Néanmoins, je crois devoir m'expliquer sur un point de cette fausse science, pour qu'on ne m'y juge pas plus ignorant encore

* Ceci fut écrit dans la seconde moitié du XVIIIe siècle. (*Note de l'éditeur.*)

2

que je ne le suis. Je sais que les cabbalistes pensent généralement que les Sylphes, les Salamandres, les Elfes, les Gnomes et les Gnomides naissent avec une âme périssable comme leur corps et qu'ils acquièrent l'immortalité par leur commerce avec les mages *. Mon cabbaliste enseignait, au contraire, que la vie éternelle n'est le partage d'aucune créature, soit terrestre, soit aérienne. J'ai suivi son sentiment sans prétendre m'en faire juge.

Il avait coutume de dire que les Elfes tuent ceux qui révèlent leurs mystères et il attribuait à la vengeance de ces esprits la mort de M. l'abbé Coignard [3], qui fut assassiné sur la route de Lyon. Mais je sais bien que cette mort, à jamais déplorable, eut une cause plus naturelle. Je parlerai librement des Génies de l'air et du feu. Il faut savoir courir quelques risques dans la vie, et celui des Elfes est extrêmement petit.

J'ai recueilli avec zèle les propos de mon bon maître, M. l'abbé Jérôme Coignard, qui périt comme je viens de le dire. C'était un homme plein de science et de piété. S'il avait eu l'âme moins inquiète, il aurait égalé en vertu M. l'abbé Rollin [4], qu'il surpassait de beaucoup par l'étendue du savoir et la profondeur de l'intelligence. Il eut du moins, dans les agitations d'une vie troublée, l'avantage sur M. Rollin de ne point tomber dans le jansénisme. Car la solidité de son esprit ne se laissait point ébranler par la violence des doctrines téméraires, et je puis attester devant Dieu la pureté de sa foi. Il avait une grande connaissance du monde, acquise dans la fréquentation de toutes sortes de compagnies. Cette

---

* Cette opinion est soutenue notamment dans un petit livre de l'abbé Montfaucon de Villars : *Le Comte de Gabalis ou Entretiens sur les sciences secrètes et mystérieuses suivant les principes des anciens mages ou sages cabbalistes*. Il y en a plusieurs éditions. Je me contenterai de signaler celle d'Amsterdam (*chez Jacques Le Jeune*, 1700, in-18, figures). Elle contient une seconde partie, qui n'est pas dans l'édition originale. (*Note de l'éditeur* [2].)

expérience l'aurait beaucoup servi dans les histoires
romaines qu'il eût sans doute composées, à l'exemple de
M. Rollin, si le loisir et le temps ne lui eussent fait
défaut, et si sa vie eût été mieux assortie à son génie. Ce
que je rapporterai d'un si excellent homme fera l'ornement de ces mémoires. Et comme Aulu-Gelle, qui
conféra les plus beaux endroits des philosophes en ses
Nuits attiques, comme Apulée, qui mit dans sa *Métamorphose* les meilleures fables des Grecs, je me donne un
travail d'abeille et je veux recueillir un miel exquis. Je ne
saurais néanmoins me flatter au point de me croire
l'émule de ces deux grands auteurs, puisque c'est uniquement dans les propres souvenirs de ma vie et non dans
d'abondantes lectures, que je puise toutes mes richesses.
Ce que je fournis de mon propre fonds c'est la bonne foi.
Si jamais quelque curieux lit mes mémoires, il reconnaî-
tra qu'une âme candide pouvait seule s'exprimer dans un
langage si simple et si uni. J'ai toujours passé pour très
naïf dans les compagnies où j'ai vécu. Cet écrit ne peut
que continuer cette opinion après ma mort.

J'ai nom Elme-Laurent-Jacques Ménétrier. Mon père, Léonard Ménétrier, était rôtisseur rue Saint-Jacques à l'enseigne de la *Reine Pédauque*[5], qui, comme on sait, avait les pieds palmés à la façon des oies et des canards.

Son auvent s'élevait vis-à-vis de Saint-Benoît-le-Bétourné, entre madame Gilles, mercière aux *Trois-Pucelles*, et M. Blaizot, libraire à l'*Image Sainte-Catherine*, non loin du *Petit Bacchus*, dont la grille, ornée de pampres, faisait le coin de la rue des Cordiers. Il m'aimait beaucoup et quand, après souper, j'étais couché dans mon petit lit, il me prenait la main, soulevait l'un après l'autre mes doigts, en commençant par le pouce, et disait :

— Celui-là l'a tué, celui-là l'a plumé, celui-là l'a fricassé, celui-là l'a mangé. Et le petit Riquiqui, qui n'a rien du tout.

» Sauce, sauce, sauce, ajoutait-il en me chatouillant, avec le bout de mon petit doigt, le creux de la main.

Et il riait très fort. Je riais aussi en m'endormant, et ma mère affirmait que le sourire restait encore sur mes lèvres le lendemain matin.

Mon père était bon rôtisseur et craignait Dieu. C'est pourquoi il portait, aux jours de fête, la bannière des rôtisseurs, sur laquelle un beau saint Laurent était brodé avec son gril et une palme d'or. Il avait coutume de me dire :

— Jacquot, ta mère est une sainte et digne femme.

C'est un propos qu'il se plaisait à répéter. Et il est vrai que ma mère allait tous les dimanches à l'église avec un livre imprimé en grosses lettres. Car elle savait mal lire le petit caractère qui, disait-elle, lui tirait les yeux hors de la tête. Mon père passait, chaque soir, une heure ou deux au cabaret du *Petit Bacchus*, que fréquentaient Jeannette la vielleuse et Catherine la dentellière. Et, chaque fois qu'il en revenait un peu plus tard que de coutume, il disait d'une voix attendrie en mettant son bonnet de coton :

— Barbe, dormez en paix. Je le disais tantôt encore au coutelier boiteux : Vous êtes une sainte et digne femme.

J'avais six ans, quand, un jour, rajustant son tablier, ce qui était en lui signe de résolution, il me parla de la sorte :

— Miraut, notre bon chien, a tourné ma broche pendant quatorze ans. Je n'ai pas de reproche à lui faire. C'est un bon serviteur qui ne m'a jamais volé le moindre morceau de dinde ni d'oie. Il se contentait pour prix de sa peine de lécher la rôtissoire. Mais il se fait vieux. Sa patte devient raide, il n'y voit goutte et ne vaut plus rien pour tourner la manivelle. Jacquot, c'est à toi, mon fils, de prendre sa place. Avec de la réflexion et quelque usage, tu y réussiras sans faute aussi bien que lui.

Miraut écoutait ces paroles et secouait la queue en signe d'approbation. Mon père poursuivit :

— Donc, assis sur cet escabeau, tu tourneras la broche. Cependant, afin de te former l'esprit, tu repasseras ta Croix de Dieu[6], et quand, par la suite, tu sauras lire toutes les lettres moulées, tu apprendras par cœur quelque livre de grammaire ou de morale ou encore les belles maximes de l'Ancien et Nouveau Testament. Car la connaissance de Dieu et la distinction du bien et du

mal sont nécessaires même dans un état mécanique, de
petit renom sans doute, mais honnête comme est le mien,
qui fut celui de mon père et qui sera le tien, s'il plaît à
Dieu.

A compter de ce jour, assis du matin au soir, au coin de
la cheminée, je tournai la broche, ma Croix de Dieu
ouverte sur mes genoux. Un bon capucin, qui venait,
avec son sac, quêter chez mon père, m'aidait à épeler. Il
le faisait d'autant plus volontiers que mon père, qui
estimait le savoir, lui payait ses leçons d'un beau morceau
de dinde et d'un grand verre de vin, tant qu'enfin le petit
frère, voyant que je formais assez bien les syllabes et les
mots, m'apporta une belle Vie de sainte Marguerite, où il
m'enseigna à lire couramment.

Un jour, ayant posé, comme de coutume, sa besace sur
le comptoir, il vint s'asseoir près de moi, et, chauffant ses
pieds nus dans la cendre du foyer, il me fit dire pour la
centième fois :

> Pucelle sage, nette et fine,
> Aide des femmes en gésine,
> Ayez pitié de nous [7].

A ce moment, un homme d'une taille épaisse et
pourtant assez noble, vêtu de l'habit ecclésiastique, entra
dans la rôtisserie et cria d'une voix ample :

— Holà ! l'hôte, servez-moi un bon morceau.

Il paraissait, sous ses cheveux gris, dans le plein de
l'âge et de la force. Sa bouche était riante et ses yeux vifs.
Ses joues un peu lourdes et ses trois mentons descen-
daient majestueusement sur un rabat, devenu par sympathie aussi gras que le cou qui s'y répandait.

Mon père, courtois par profession, tira son bonnet et
dit en s'inclinant :

— Si Votre Révérence veut se chauffer un moment à
mon feu, je lui servirai ce qu'elle désire.

Sans se faire prier davantage, l'abbé prit place devant la cheminée à côté du capucin.

Entendant le bon frère qui lisait :

> Pucelle sage, nette et fine,
> Aide des femmes en gésine…,

il frappa dans ses mains et dit :

— Oh! l'oiseau rare! l'homme unique! Un capucin qui sait lire! Eh! petit frère, comment vous nommez-vous ?

— Frère Ange[8], capucin indigne, répondit mon maître.

Ma mère, qui de la chambre haute entendit des voix, descendit dans la boutique, attirée par la curiosité.

L'abbé la salua avec une politesse déjà familière et lui dit :

— Voilà qui est admirable, madame : Frère Ange est capucin et il sait lire!

— Il sait même lire toutes les écritures, répondit ma mère.

Et, s'approchant du frère, elle reconnut l'oraison de sainte Marguerite à l'image qui représentait la vierge martyre, un goupillon à la main.

— Cette prière, ajouta-t-elle, est difficile à lire, parce que les mots en sont tout petits et à peine séparés. Par bonheur, il suffit, dans les douleurs, de se l'appliquer comme un emplâtre à l'endroit où l'on ressent le plus de mal, et elle opère de la sorte aussi bien et mieux même que si on la récitait. J'en ai fait l'épreuve, monsieur, lors de la naissance de mon fils Jacquot, ici présent.

— N'en doutez point, ma bonne dame, répondit frère Ange : l'oraison de sainte Marguerite est souveraine pour ce que vous dites, à la condition expresse de faire l'aumône aux capucins.

Sur ces mots, frère Ange vida le gobelet que ma mère

lui avait rempli jusqu'au bord, jeta sa besace sur son épaule et s'en alla du côté du *Petit Bacchus*.

Mon père servit un quartier de volaille à l'abbé, qui, tirant de sa poche un morceau de pain, un flacon de vin et un couteau dont le manche de cuivre représentait le feu roi en empereur romain sur une colonne antique, commença de souper.

Mais, à peine avait-il mis le premier morceau dans sa bouche, qu'il se tourna vers mon père, et lui demanda du sel, surpris qu'on ne lui eût point d'abord présenté la salière.

— Ainsi, dit-il, en usaient les anciens. Ils offraient le sel en signe d'hospitalité. Ils plaçaient aussi des salières dans les temples, sur la nappe des dieux.

Mon père lui présenta du sel gris dans le sabot qui était accroché à la cheminée. L'abbé en prit à sa convenance et dit :

— Les anciens considéraient le sel comme l'assaisonnement nécessaire de tous les repas et ils le tenaient en telle estime qu'ils appelaient sel, par métaphore, les traits d'esprit qui donnent de la saveur au discours.

— Ah ! dit mon père, en quelque estime que vos anciens l'aient tenu, la gabelle aujourd'hui le met encore à plus haut prix.

Ma mère, qui écoutait en tricotant un bas de laine, fut contente de placer son mot.

— Il faut croire, dit-elle, que le sel est une bonne chose, puisque le prêtre en met un grain sur la langue des enfants qu'on tient sur les fonts du baptême. Quand mon Jacquot sentit ce sel sur sa langue, il fit la grimace, car, tout petit qu'il était, il avait déjà de l'esprit. Je parle, monsieur l'abbé, de mon fils Jacques, ici présent.

L'abbé me regarda et dit :

— C'est maintenant un grand garçon. La modestie est peinte sur son visage, et il lit attentivement la Vie de sainte Marguerite.

— Oh! reprit ma mère, il lit aussi l'oraison pour les engelures et la prière de saint Hubert, que frère Ange lui a données, et l'histoire de celui qui a été dévoré, au faubourg Saint-Marcel, par plusieurs diables, pour avoir blasphémé le saint nom de Dieu.

Mon père me regarda avec admiration, puis il coula dans l'oreille de l'abbé que j'apprenais tout ce que je voulais, par une facilité native et naturelle.

— Ainsi donc, répliqua l'abbé, le faut-il former aux bonnes lettres, qui sont l'honneur de l'homme, la consolation de la vie et le remède à tous les maux, même à ceux de l'amour, ainsi que l'affirme le poète Théocrite[9].

— Tout rôtisseur que je suis, répondit mon père, j'estime le savoir et je veux bien croire qu'il est, comme dit Votre Grâce, un remède à l'amour. Mais je ne crois pas qu'il soit un remède à la faim.

— Il n'y est peut-être pas un onguent souverain, répondit l'abbé; mais il y porte quelque soulagement à la manière d'un baume très doux, quoique imparfait.

Comme il parlait ainsi, Catherine la dentellière parut au seuil, le bonnet sur l'oreille et son fichu très chiffonné. A sa vue, ma mère fronça le sourcil et laissa tomber trois mailles de son tricot.

— Monsieur Ménétrier, dit Catherine à mon père, venez dire un mot aux sergents du guet. Si vous ne le faites, ils conduiront sans faute frère Ange en prison. Le bon frère est entré tantôt au *Petit Bacchus*, où il a bu deux ou trois pots qu'il n'a point payés, de peur, disait-il, de manquer à la règle de saint François. Mais le pis de l'affaire est que, me voyant sous la tonnelle en compagnie, il s'approcha de moi pour m'apprendre certaine oraison nouvelle. Je lui dis que ce n'était pas le moment, et, comme il devenait pressant, le coutelier boiteux, qui se trouvait tout à côté de moi, le tira très fort par la barbe. Alors, frère Ange se jeta sur le coutelier, qui roula à terre, emportant la table et les brocs. Le cabaretier accourut au bruit et, voyant la table culbutée, le vin répandu et frère Ange, un pied sur la tête du coutelier, brandissant un escabeau dont il frappait tous ceux qui l'approchaient, ce méchant hôte jura comme un diable et s'en fut appeler la garde. Monsieur Ménétrier, venez sans tarder, venez tirer le petit frère de la main des sergents. C'est un saint homme et il est excusable dans cette affaire.

Mon père était enclin à faire plaisir à Catherine. Mais cette fois les paroles de la dentellière n'eurent point l'effet qu'elle en attendait. Il répondit net qu'il ne trouvait pas d'excuse à ce capucin et qu'il lui souhaitait une bonne pénitence au pain et à l'eau, au plus noir cul-de-basse-fosse du couvent dont il était l'opprobre et la honte.

Il s'échauffait en parlant :

— Un ivrogne et un débauché à qui je donne tous les jours du bon vin et de bons morceaux et qui s'en va au cabaret lutiner des guilledines assez abandonnées pour préférer la société d'un coutelier ambulant et d'un capucin à celle des honnêtes marchands jurés du quartier ! Fi ! Fi !

Il s'arrêta court à cet endroit de ses invectives et regarda à la dérobée ma mère qui, debout et droite contre l'escalier, poussait à petits coups secs l'aiguille à tricoter.

Catherine, surprise par ce mauvais accueil, dit sèchement :

— Ainsi, vous ne voulez pas dire une bonne parole au cabaretier et aux sergents ?

— Je leur dirai, si vous voulez, qu'ils emmènent le coutelier avec le capucin.

— Mais, fit-elle en riant, le coutelier est votre ami.

— Moins mon ami que le vôtre, dit mon père irrité. Un gueux qui tire la bricole et va clochant !

— Oh ! pour cela, s'écria-t-elle, c'est bien vrai qu'il cloche. Il cloche, il cloche, il cloche !

Et elle sortit de la rôtisserie, en éclatant de rire.

Mon père, se tournant alors vers l'abbé, qui grattait un os avec son couteau :

— C'est comme j'ai l'honneur de le dire à Votre Grâce ; chaque leçon de lecture et d'écriture que ce capucin donne à mon enfant, je la paie d'un gobelet de vin et d'un fin morceau, lièvre, lapin, oie, voire géline ou chapon. C'est un ivrogne et un débauché !

— N'en doutez point, répondit l'abbé.

— Mais s'il ose jamais mettre le pied sur mon seuil, je le chasserai à grands coups de balai.

— Ce sera bien fait, dit l'abbé. Ce capucin est un âne, et il enseignait à votre fils bien moins à parler qu'à braire. Vous ferez sagement de jeter au feu cette Vie de sainte Marguerite, cette prière pour les engelures et cette histoire de loup-garou, dont le frocard empoisonnait l'esprit de votre fils. Au prix où frère Ange donnait ses leçons, je donnerai les miennes ; j'enseignerai à cet enfant le latin et le grec, et même le français, que Voiture et Balzac[10] ont porté à sa perfection. Ainsi, par une fortune doublement singulière et favorable, ce Jacquot Tournebroche deviendra savant et je mangerai tous les jours.

— Topez-là ! dit mon père. Barbe, apportez deux gobelets. Il n'y a point d'affaire conclue quand les parties n'ont pas trinqué en signe d'accord. Nous boirons ici. Je ne veux de ma vie remettre le pied au *Petit Bacchus*, tant ce coutelier et ce moine m'inspirent d'éloignement.

L'abbé se leva, et, les mains posées sur le dossier de sa chaise, dit d'un ton lent et grave :

— Avant tout, je remercie Dieu, créateur et conservateur de toutes choses, de m'avoir conduit dans cette maison nourricière. C'est lui seul qui nous gouverne, et nous devons reconnaître sa providence dans les affaires humaines, encore qu'il soit téméraire et parfois incongru de l'y suivre de trop près. Car, étant universelle, elle se trouve dans toutes sortes de rencontres, sublimes assurément pour la conduite que Dieu y tient, mais obscènes ou

ridicules pour la part que les hommes y prennent, et qui
est le seul endroit par où elles nous apparaissent. Aussi,
ne faut-il pas crier, à la façon des capucins et des bonnes
femmes, qu'on voit Dieu à tous les chats qu'on fouette.
Louons le Seigneur ; prions-le de m'éclairer dans les
enseignements que je donnerai à cet enfant, et, pour le
reste, remettons-nous-en à sa sainte volonté, sans chercher à la comprendre par le menu.

Puis, soulevant son gobelet, il but un grand coup de
vin.

— Ce vin, dit-il, porte dans l'économie du corps
humain une chaleur douce et salutaire. C'est une liqueur
digne d'être chantée à Téos et au Temple, par les princes
des poètes bachiques, Anacréon et Chaulieu [11]. J'en veux
frotter les lèvres de mon jeune disciple.

Il me mit le gobelet sous le menton et s'écria :

— Abeilles de l'Académie, venez, venez vous poser en
harmonieux essaims sur la bouche, désormais sacrée aux
Muses, de Jacobus Tournebroche.

— Oh ! monsieur l'abbé, dit ma mère, il est vrai que le
vin attire les abeilles, surtout quand il est doux. Mais il
ne faut pas souhaiter que ces méchantes mouches se
posent sur les lèvres de mon Jacquot, car leur piqûre est
cruelle. Un jour que je mordais dans une pêche, je fus
piquée à la langue par une abeille et je souffris les
tourments de l'enfer. Je ne fus soulagée que par un peu
de terre, mêlée de salive, que frère Ange me mit dans la
bouche, en récitant l'oraison de saint Côme.

L'abbé lui fit entendre qu'il parlait d'abeilles au sens
allégorique. Et mon père dit sur un ton de reproche :

— Barbe, vous êtes une sainte et digne femme, mais
j'ai maintes fois remarqué que vous aviez un fâcheux
penchant à vous jeter étourdiment dans les entretiens
sérieux comme un chien dans un jeu de quilles.

— Il se peut, répondit ma mère. Mais si vous aviez
mieux suivi mes conseils, Léonard, vous vous en seriez

bien trouvé. Je puis ne pas connaître toutes les espèces d'abeilles, mais je m'entends au gouvernement de la maison et aux convenances que doit garder dans ses mœurs un homme d'âge, père de famille et porte-bannière de sa confrérie.

Mon père se gratta l'oreille et versa du vin à l'abbé qui dit en soupirant :

— Certes, le savoir n'est pas de nos jours honoré dans le royaume de France comme il l'était chez le peuple romain, pourtant dégénéré de sa vertu première, au temps où la rhétorique porta Eugène à l'Empire[12]. Il n'est pas rare de voir en notre siècle un habile homme dans un grenier sans feu ni chandelle. *Exemplum ut talpa.* J'en suis un exemple.

Il nous fit alors un récit de sa vie, que je rapporterai tel qu'il sortit de sa bouche, à cela près qu'il s'y trouvait des endroits que la faiblesse de mon âge m'empêcha de bien entendre, et, par suite, de garder dans ma mémoire. J'ai cru pouvoir les rétablir d'après les confidences qu'il me fit plus tard quand il m'accorda l'honneur de son amitié.

— Tel que vous me voyez, dit-il, ou pour mieux dire, tout autre que vous ne me voyez, jeune, svelte, l'œil vif et les cheveux noirs, j'ai enseigné les arts libéraux au collège de Beauvais, sous messieurs Dugué, Guérin, Coffin et Baffier[13]. J'avais reçu les ordres et je pensais me faire un grand renom dans les lettres. Mais une femme renversa mes espérances. Elle se nommait Nicole Pigoreau et tenait une boutique de librairie à la *Bible d'or*, sur la place, devant le collège. J'y fréquentais, feuilletant sans cesse les livres qu'elle recevait de Hollande[14], et aussi ces éditions bipontiques[15], illustrées de notes, gloses et commentaires très savants. J'étais aimable, madame Pigoreau s'en aperçut pour mon malheur. Elle avait été jolie et savait plaire encore. Ses yeux parlaient. Un jour, les Cicéron et les Tite-Live, les Platon et les Aristote, Thucydide, Polybe et Varron, Épictète, Sénèque, Boèce et Cassiodore, Homère, Eschyle, Sophocle, Euripide, Plaute et Térence, Diodore de Sicile et Denys d'Halicarnasse, saint Jean Chrysostome et saint Basile, saint Jérôme et saint Augustin, Érasme, Saumaise, Turnèbe et Scaliger, saint Thomas d'Aquin, saint Bonaventure, Bossuet traînant Ferri à sa suite, Lenain, Godefroy, Mézeray, Maimbourg, Fabricius, le père Lelong et le père Petau[16], tous les poètes, tous les orateurs, tous les historiens, tous les pères, tous les docteurs, tous les théologiens, tous les humanistes, tous les compilateurs, assemblés du haut en bas des murs, furent témoins de nos baisers.

» — Je n'ai pu vous résister, me dit-elle, n'en prenez pas une mauvaise opinion de moi.

» Elle exprimait son amour avec des transports inconcevables. Une fois, elle me fit essayer un rabat et des manchettes de dentelle, et trouvant qu'ils m'allaient à ravir, elle me pressa de les garder. Je n'en voulus rien faire. Mais comme elle s'irritait de mes refus, où elle voyait une offense à l'amour, je consentis à prendre ce qu'elle m'offrait, de peur de la fâcher.

» Ma bonne fortune dura jusqu'au temps où je fus remplacé par un officier. J'en conçus un violent dépit, et dans l'ardeur de me venger, je fis savoir aux régents du collège que je n'allais plus à la *Bible d'or*, de peur d'y voir des spectacles propres à offenser la modestie d'un jeune ecclésiastique. A vrai dire, je n'eus pas à me féliciter de cet artifice. Car madame Pigoreau, apprenant comme j'en usais à son égard, publia que je lui avais volé des manchettes et un rabat de dentelle. Ses fausses plaintes allèrent aux oreilles des régents qui firent fouiller mon coffre et y trouvèrent la parure, qui était d'un assez grand prix. Ils me chassèrent, et c'est ainsi que j'éprouvai, à l'exemple d'Hippolyte et de Bellérophon [17], la ruse et la méchanceté des femmes. Me trouvant dans la rue avec mes hardes et mes cahiers d'éloquence, j'étais en grand risque d'y mourir de faim, lorsque, laissant le petit collet, je me recommandai à un seigneur huguenot qui me prit pour secrétaire et me dicta des libelles sur la religion.

— Ah ! pour cela ! s'écria mon père, c'était mal à vous, monsieur l'abbé. Un honnête homme ne doit pas prêter la main à ces abominations. Et, pour ma part, bien qu'ignorant et de condition mécanique, je ne puis sentir la vache à Colas [18].

— Vous avez raison, mon hôte, reprit l'abbé. Cet endroit est le plus mauvais de ma vie. C'est celui qui me donne le plus de repentir. Mais mon homme était calviniste. Il ne m'employait qu'à écrire contre les luthériens et les sociniens[19], qu'il ne pouvait souffrir, et je vous assure qu'il m'obligea à traiter ces hérétiques plus durement qu'on ne le fit jamais en Sorbonne.

— *Amen*, dit mon père. Les agneaux paissent en paix, tandis que les loups se dévorent entre eux.

L'abbé poursuivit son récit :

— Au reste, dit-il, je ne demeurai pas longtemps chez ce seigneur, qui faisait plus de cas des lettres d'Ulric de Hutten[20] que des harangues de Démosthène et chez qui on ne buvait que de l'eau. Je fis ensuite divers métiers dont aucun ne me réussit. Je fus successivement colporteur, comédien, moine, laquais. Puis, reprenant le petit collet, je devins secrétaire de l'évêque de Séez[21] et je rédigeai le catalogue des manuscrits précieux renfermés dans sa bibliothèque. Ce catalogue forme deux volumes in-folio, qu'il plaça dans sa galerie, reliés en maroquin rouge, à ses armes, et dorés sur tranches. J'ose dire que c'est un bon ouvrage.

» Il n'aurait tenu qu'à moi de vieillir dans l'étude et la paix auprès de monseigneur. Mais j'aimais la chambrière de madame la baillive[22]. Ne m'en blâmez pas avec trop de sévérité. Brune, grasse, vive, fraîche, saint Pacôme[23] lui-même l'eût aimée. Un jour, elle prit le coche pour aller chercher fortune à Paris. Je l'y suivis. Mais je n'y fis point mes affaires aussi bien qu'elle fit les siennes. J'entrai, sur sa recommandation, au service de madame de Saint-Ernest, danseuse de l'Opéra, qui, connaissant mes talents, me chargea d'écrire, sous sa dictée, un libelle contre mademoiselle Davilliers, de qui elle avait à se plaindre. Je fus un assez bon secrétaire, et méritai bien les cinquante écus qui m'avaient été promis. Le livre fut imprimé à Amsterdam, chez Marc-Michel Rey, avec un

frontispice allégorique, et mademoiselle Davilliers reçut
le premier exemplaire au moment où elle entrait en scène
pour chanter le grand air d'Armide [24]. La colère rendit sa
voix rauque et tremblante. Elle chanta faux et fut sifflée.
Son rôle fini, elle courut avec sa poudre et ses paniers
chez l'intendant des menus, qui n'avait rien à lui refuser.
Elle se jeta tout en larmes à ses pieds et cria vengeance.
On sut bientôt que le coup partait de madame de Saint-
Ernest.

» Interrogée, pressée, menacée, elle me dénonça et je
fus mis à la Bastille, où je restai quatre ans. J'y trouvai
quelque consolation à lire Boèce et Cassiodore [25].

» Depuis j'ai tenu une échoppe d'écrivain public au
cimetière des Saints-Innocents et prêté aux servantes
amoureuses une plume, qui devait plutôt peindre les
hommes illustres de Rome et commenter les écrits des
Pères. Je gagne deux liards par lettre d'amour et c'est un
métier dont je meurs plutôt que je n'en vis. Mais je
n'oublie pas qu'Épictète fut esclave et Pyrrhon jardinier.

» Tantôt j'ai reçu, par grand hasard, un écu pour une
lettre anonyme. Je n'avais pas mangé depuis deux jours.
Aussi me suis-je mis tout de suite en quête d'un traiteur.
J'ai vu, de la rue, votre enseigne enluminée et le feu de
votre cheminée, qui faisait flamber joyeusement les
vitres. J'ai senti sur votre seuil une odeur délicieuse. Je
suis entré. Mon cher hôte, vous connaissez ma vie.

— Je vois qu'elle est d'un brave homme, dit mon
père, et, hors la vache à Colas, il n'y a trop rien à y
reprendre. Votre main ! Nous sommes amis. Comment
vous appelez-vous ?

— Jérôme Coignard, docteur en théologie, licencié ès
arts.

Ce qu'il y a de merveilleux dans les affaires humaines, c'est l'enchaînement des effets et des causes. M. Jérôme Coignard avait bien raison de le dire : A considérer cette suite bizarre de coups et de contre-coups où s'entrechoquent nos destinées, on est obligé de reconnaître que Dieu, dans sa perfection, ne manque ni d'esprit ni de fantaisie, ni de force comique ; qu'il excelle au contraire dans l'imbroglio comme en tout le reste, et qu'après avoir inspiré Moïse, David et les prophètes, s'il daignait inspirer M. Le Sage et les poètes de la foire[26], il leur dicterait les pièces les plus divertissantes pour Arlequin. C'est ainsi que je devins latiniste parce que frère Ange fut pris par les sergents et mis en chartre ecclésiastique, pour avoir assommé un coutelier sous la tonnelle du *Petit Bacchus*. M. Jérôme Coignard accomplit sa promesse. Il me donna ses leçons, et, me trouvant docile et intelligent, il prit plaisir à m'enseigner les lettres anciennes. En peu d'années il fit de moi un assez bon latiniste.

J'ai gardé à sa mémoire une reconnaissance qui ne finira qu'avec ma vie. On concevra toute l'obligation que je lui ai, quand j'aurai dit qu'il ne négligea rien pour former mon cœur et mon âme en même temps que mon esprit. Il me récitait les Maximes d'Épictète, les Homélies de saint Basile[27] et les Consolations de Boèce. Il m'exposait, par de beaux extraits, la philosophie des stoïciens ; mais il ne la faisait paraître dans sa sublimité que pour l'abattre de plus haut devant la philosophie chrétienne. Il était subtil théologien et bon catholique. Sa foi demeurait entière sur les débris de ses plus chères illusions et de ses plus légitimes espérances. Ses faiblesses, ses erreurs, ses fautes, qu'il n'essayait ni de dissimuler ni de colorer, n'avaient point ébranlé sa confiance en la bonté divine. Et, pour le bien connaître, il faut savoir qu'il gardait le soin de son salut éternel dans les occasions où il devait, en apparence, s'en soucier le moins. Il m'inculqua les principes d'une piété éclairée. Il s'efforçait aussi de m'attacher à la vertu et de me la rendre, pour ainsi dire, domestique et familière par des exemples tirés de la vie de Zénon[28].

Pour m'instruire des dangers du vice, il puisait ses arguments dans une source plus voisine, me confiant que, pour avoir trop aimé le vin et les femmes, il avait perdu l'honneur de monter dans une chaire de collège, en robe longue et en bonnet carré.

A ces rares mérites il joignait la constance et l'assiduité, et il donnait ses leçons avec une exactitude qu'on n'eût pas attendue d'un homme livré comme lui à tous les caprices d'une vie errante et sans cesse emporté dans les agitations d'une fortune moins doctorale que picaresque. Ce zèle était l'effet de sa bonté et aussi du goût qu'il avait pour cette bonne rue Saint-Jacques, où il trouvait à satisfaire tout ensemble les appétits de son corps et ceux de son esprit. Après m'avoir donné quelque profitable leçon en prenant un repas succulent, il faisait un tour au *Petit Bacchus* et à l'*Image Sainte-Catherine*, trouvant réunis ainsi dans un petit espace de terre, qui était son paradis, du vin frais et des livres.

Il était devenu l'hôte assidu de M. Blaizot, le libraire, qui lui faisait bon accueil, bien qu'il feuilletât tous les livres sans faire emplette d'aucun. Et c'était un merveilleux spectacle de voir mon bon maître, au fond de la boutique, le nez enfoui dans quelque petit livre fraîchement venu de Hollande et relevant la tête pour disserter selon l'occurrence, avec la même science abondante et riante, soit des plans de monarchie universelle attribués au feu roi[29], soit des aventures galantes d'un financier et d'une fille de théâtre. M. Blaizot ne se lassait pas de l'écouter. Ce M. Blaizot était un petit vieillard sec et propre, en habit et culotte puce et bas de laine gris. Je l'admirais beaucoup et je n'imaginais rien de plus beau au monde que de vendre comme lui des livres, à l'*Image Sainte-Catherine*.

Un souvenir contribuait à revêtir pour moi la boutique de M. Blaizot d'un charme mystérieux. C'est là qu'un jour, étant très jeune, j'avais vu pour la première fois une femme nue. Je la vois encore. C'était l'Ève d'une Bible en estampes[30]. Elle avait un gros ventre et les jambes un peu courtes, et elle s'entretenait avec le serpent dans un paysage hollandais. Le possesseur de cette estampe m'inspira dès lors une considération qui se soutint par la suite, quand je pris, grâce à M. Coignard, le goût des livres.

A seize ans, je savais assez de latin et un peu de grec. Mon bon maître dit à mon père :

— Ne pensez-vous point, mon hôte, qu'il est indécent de laisser un jeune cicéronien en habit de marmiton ?

— Je n'y avais pas songé, répondit mon père.

— Il est vrai, dit ma mère, qu'il conviendrait de donner à notre fils une veste de basin[31]. Il est agréable de sa personne, de bonnes manières et bien instruit. Il fera honneur à ses habits.

Mon père demeura pensif un moment, puis il demanda s'il serait bien séant à un rôtisseur de porter une veste de basin. Mais l'abbé Coignard lui représenta que, nourrisson des Muses, je ne deviendrais jamais rôtisseur, et que les temps étaient proches où je porterais le petit collet.

Mon père soupira en songeant que je ne serais point, après lui, porte-bannière de la confrérie des rôtisseurs parisiens. Et ma mère devint toute ruisselante de joie et d'orgueil à l'idée que son fils serait d'église.

Le premier effet de ma veste de basin fut de me donner de l'assurance et de m'encourager à prendre des femmes une idée plus complète que celle que m'avait donnée jadis l'Ève de M. Blaizot. Je songeais raisonnablement pour cela à Jeannette la vielleuse[32] et à Catherine la dentellière, que je voyais passer vingt fois le jour devant la rôtisserie, montrant quand il pleuvait une fine cheville et un petit pied dont la pointe sautillait d'un pavé à l'autre. Jeannette était moins jolie que Catherine. Elle était aussi moins jeune et moins brave en ses habits. Elle venait de Savoie et se coiffait en marmotte, avec un mouchoir à carreaux qui lui cachait les cheveux. Mais elle avait le mérite de ne point faire de façons et d'entendre ce qu'on voulait d'elle avant qu'on eût parlé. Ce caractère était extrêmement convenable à ma timidité. Un soir, sous le porche de Saint-Benoît-le-Bétourné, qui est garni de bancs de pierre, elle m'apprit ce que je ne savais pas encore et qu'elle savait depuis longtemps. Mais je ne lui en fus pas aussi reconnaissant que j'aurais dû, et je ne songeais qu'à porter à d'autres plus jolies la science qu'elle m'avait inculquée. Je dois dire, pour excuser mon ingratitude, que Jeannette la vielleuse n'attachait pas à ces leçons plus de prix que je n'y donnais moi-même, et qu'elle les prodiguait à tous les polissons du quartier.

Catherine était plus réservée dans ses façons, elle me faisait grand-peur et je n'osais pas lui dire combien je la trouvais jolie. Ce qui redoublait mon embarras, c'est qu'elle se moquait sans cesse de moi et ne perdait pas une occasion de me taquiner. Elle me plaisantait de ce que je n'avais pas de poil au menton. Cela me faisait rougir et j'aurais voulu être sous terre. J'affectais en la voyant un air sombre et chagrin. Je feignais de la mépriser. Mais elle était bien trop jolie pour que ce mépris fût véritable.

Cette nuit-là, nuit de l'Épiphanie et dix-neuvième anniversaire de ma naissance, tandis que le ciel versait avec la neige fondue une froide humeur dont on était pénétré jusqu'aux os et qu'un vent glacial faisait grincer l'enseigne de la *Reine Pédauque*, un feu clair, parfumé de graisse d'oie, brillait dans la rôtisserie et la soupière fumait sur la nappe blanche, autour de laquelle M. Jérôme Coignard, mon père et moi, étions assis. Ma mère, selon sa coutume, se tenait debout derrière le maître du logis, prête à le servir. Il avait déjà rempli l'écuelle de l'abbé, quand, la porte s'étant ouverte, nous vîmes frère Ange très pâle, le nez rouge et la barbe ruisselante. Mon père en leva de surprise sa cuiller à pot jusqu'aux poutres enfumées du plancher.

La surprise de mon père s'expliquait aisément. Frère Ange, qui, une première fois, avait disparu pendant six mois après l'assommade du coutelier boiteux, était demeuré cette fois deux ans entiers sans donner de ses nouvelles. Il s'en était allé au printemps avec un âne chargé de reliques, et le pis est qu'il avait emmené Catherine habillée en béguine. On ne savait ce qu'ils étaient devenus, mais il y avait vent au *Petit Bacchus* que le petit frère et la petite sœur avaient eu des démêlés avec l'official[33] entre Tours et Orléans. Sans compter qu'un

vicaire de Saint-Benoît criait comme un diable que ce
pendard de capucin lui avait volé son âne.

— Quoi, s'écria mon père, ce coquin n'est pas dans un
cul-de-basse-fosse ? Il n'y a plus de justice dans le
royaume.

Mais frère Ange disait le *Benedicite* et faisait le signe de
la croix sur la soupière.

— Holà ! reprit mon père, trêve de grimaces, beau
moine ! Et confessez que vous passâtes en prison d'Église
à tout le moins une des deux années durant lesquelles on
ne vit point dans la paroisse votre face de Belzébuth. La
rue Saint-Jacques en était plus honnête, et le quartier
plus respectable. Ardez le bel Olibrius [34] qui mène aux
champs l'âne d'autrui et la fille à tout le monde.

— Peut-être, répondit frère Ange, les yeux baissés et
les mains dans ses manches, peut-être, maître Léonard,
voulez-vous parler de Catherine, que j'eus le bonheur de
convertir et de tourner à une meilleure vie, tant et si bien
qu'elle souhaita ardemment de me suivre avec les reliques que je portais et de faire avec moi de beaux
pèlerinages, notamment à la Vierge noire de Chartres ?
J'y consentis à la condition qu'elle prît un habit ecclésiastique. Ce qu'elle fit sans murmurer.

— Taisez-vous ! répondit mon père, vous êtes un
débauché. Vous n'avez point le respect de votre habit.
Retournez d'où vous venez et allez voir, s'il vous plaît,
dans la rue si la reine Pédauque a des engelures.

Mais ma mère fit signe au frère de s'asseoir sous le
manteau de la cheminée, ce qu'il fit tout doucement.

— Il faut beaucoup pardonner aux capucins, dit
l'abbé, car ils pèchent sans malice.

Mon père pria M. Coignard de ne plus parler de cette
engeance, dont le seul nom lui échauffait les oreilles.

— Maître Léonard, dit l'abbé, la philosophie induit
l'âme à la clémence. Pour ma part, j'absous volontiers les
fripons, les coquins et tous les misérables. Et même je ne

garde pas rancune aux gens de bien, quoiqu'il y ait
beaucoup d'insolence dans leur cas. Et si, comme moi,
maître Léonard, vous aviez fréquenté les personnes
respectables, vous sauriez qu'elles ne valent pas mieux
que les autres et qu'elles sont d'un commerce souvent
moins agréable. Je me suis assis à la troisième table de
monsieur l'évêque de Séez, et deux serviteurs, vêtus de
noir, s'y tenaient à mon côté : la Contrainte et l'Ennui.

— Il faut convenir, dit ma mère, que les valets de
monseigneur portaient des noms fâcheux. Que ne les
nommait-il Champagne, l'Olive ou Frontin, selon
l'usage !

L'abbé reprit :

— Il est vrai que certaines personnes s'arrangent
aisément des incommodités qu'on éprouve à vivre parmi
les grands. Il y avait à la deuxième table de monsieur
l'évêque de Séez un chanoine fort poli, qui demeura
jusqu'à son dernier moment sur le pied cérémonieux.
Apprenant qu'il était au plus mal, monseigneur l'alla voir
dans sa chambre et le trouva à toute extrémité : « Hélas !
dit le chanoine, je demande pardon à Votre Grandeur
d'être obligé de mourir devant Elle. — Faites, faites ! ne
vous gênez point », répondit monseigneur avec bonté.

A ce moment, ma mère apporta le rôti et le posa sur la
table avec un geste empreint de gravité domestique dont
mon père fut ému, car il s'écria brusquement et la bouche
pleine :

— Barbe, vous êtes une sainte et digne femme.

— Madame, dit mon bon maître, est en effet compara-
ble aux femmes fortes de l'Écriture. C'est une épouse
selon Dieu.

— Dieu merci ! dit ma mère, je n'ai jamais trahi la
fidélité que j'ai jurée à Léonard Ménétrier, mon mari, et
je compte bien, maintenant que le plus difficile est fait,
n'y point manquer jusqu'à l'heure de la mort. Je voudrais
qu'il me gardât sa foi comme je lui garde la mienne.

— Madame, j'avais vu, du premier coup d'œil, que vous étiez une honnête femme, repartit l'abbé, car j'ai ressenti près de vous une quiétude qui tenait plus du ciel que de la terre.

Ma mère, qui était simple, mais point sotte, entendit fort bien ce qu'il voulait dire et lui répliqua que, s'il l'avait connue vingt ans en çà, il l'aurait trouvée tout autre qu'elle n'était devenue dans cette rôtisserie, où sa bonne mine s'en était allée au feu des broches et à la fumée des écuelles. Et, comme elle était piquée, elle conta que le boulanger d'Auneau la trouvait assez à son goût pour lui offrir des gâteaux chaque fois qu'elle passait devant son four. Elle ajouta vivement qu'au reste, il n'est fille ou femme si laide qui ne puisse mal faire quand l'envie lui en prend.

— Cette bonne femme a raison, dit mon père. Je me rappelle qu'étant apprenti dans la rôtisserie de l'*Oie Royale*, proche la porte Saint-Denis, mon patron, qui était en ce temps-là porte-bannière de la confrérie, comme je le suis aujourd'hui, me dit : « Je ne serai jamais cocu, ma femme est trop laide. » Cette parole me donna l'idée de faire ce qu'il croyait impossible. J'y réussis, dès le premier essai, un matin qu'il était à la Vallée [35]. Il disait vrai : sa femme était bien laide ; mais elle avait de l'esprit et elle était reconnaissante.

A cette anecdote, ma mère se fâcha tout de bon, disant que ce n'étaient point là des propos qu'un père de famille dût tenir à sa femme et à son fils, s'il voulait garder leur estime.

M. Jérôme Coignard, la voyant toute rouge de colère, détourna la conversation avec une adroite bonté. Interpellant de façon soudaine le frère Ange qui, les mains dans ses manches, se tenait humblement au coin du feu :

— Petit frère, lui dit-il, quelles reliques portiez-vous sur l'âne du second vicaire, en compagnie de sœur Catherine ? N'était-ce point votre culotte que vous donniez à baiser aux dévotes, sur l'exemple d'un certain cordelier dont Henry Estienne [36] a conté l'aventure ?

— Ah ! monsieur l'abbé, répondit frère Ange de l'air d'un martyr qui souffre pour la vérité, ce n'était point ma culotte, mais un pied de saint Eustache.

— Je l'eusse juré, si ce n'était péché, s'écria l'abbé en agitant un pilon de volaille. Ces capucins vous dénichent des saints que les bons auteurs, qui ont traité de l'histoire ecclésiastique, ignorent. Ni Tillemont, ni Fleury [37] ne parlent de ce saint Eustache, à qui l'on eut bien tort de dédier une église de Paris, quand il est tant de saints reconnus par les écrivains dignes de foi, qui attendent encore un tel honneur. La vie de cet Eustache est un tissu de fables ridicules. Il en est de même de celle de sainte Catherine, qui n'a jamais existé que dans l'imagination de quelque méchant moine byzantin. Je ne la veux pourtant pas trop attaquer parce qu'elle est la patronne des écrivains et qu'elle sert d'enseigne à la boutique du bon monsieur Blaizot, qui est le lieu le plus délectable du monde.

— J'avais aussi, reprit tranquillement le petit frère, une côte de sainte Marie l'Égyptienne [38].

— Ah ! ah ! pour celle-là, s'écria l'abbé en jetant son os par la chambre, je la tiens pour très sainte, car elle donna dans sa vie un bel exemple d'humilité.

» Vous savez, madame, ajouta-t-il en tirant ma mère par la manche, que sainte Marie l'Égyptienne, se rendant en pèlerinage au tombeau de Notre-Seigneur, fut arrêtée par une rivière profonde, et que, n'ayant pas un denier pour passer le bac, elle offrit son corps en paiement aux bateliers. Qu'en dites-vous, ma bonne dame ?

Ma mère demanda d'abord si l'histoire était bien vraie. Quand on lui donna l'assurance qu'elle était imprimée dans les livres et peinte sur une fenêtre de l'église de la Jussienne, elle la tint pour véritable.

— Je pense, dit-elle, qu'il faut être aussi sainte qu'elle

pour en faire autant sans pécher. Aussi ne m'y risquerais-je point.

— Pour moi, dit l'abbé, d'accord avec les docteurs les plus subtils, j'approuve la conduite de cette sainte. Elle est une leçon aux honnêtes femmes, qui s'obstinent avec trop de superbe dans leur altière vertu. Il y a quelque sensualité, si l'on y songe, à donner trop de prix à la chair et à garder avec un soin excessif ce qu'on doit mépriser. On voit des matrones qui croient avoir en elles un trésor à garder et qui exagèrent visiblement l'intérêt que portent à leur personne Dieu et les anges. Elles se croient une façon de Saint-Sacrement naturel. Sainte Marie l'Égyptienne en jugeait mieux. Bien que jolie et faite à ravir, elle estima qu'il y aurait trop de superbe à s'arrêter dans son saint pèlerinage pour une chose indifférente en soi et qui n'est qu'un endroit à mortifier, loin d'être un joyau précieux. Elle le mortifia, madame, et elle entra de la sorte, par une admirable humilité, dans la voie de la pénitence où elle accomplit des travaux merveilleux.

— Monsieur l'abbé, dit ma mère, je ne vous entends point. Vous êtes trop savant pour moi.

— Cette grande sainte, dit frère Ange, est peinte au naturel dans la chapelle de mon couvent, et tout son corps est couvert, par la grâce de Dieu, de poils longs et épais. On en a tiré des portraits dont je vous apporterai un tout bénit, ma bonne dame.

Ma mère attendrie lui passa la soupière sur le dos du maître. Et le bon frère, assis dans la cendre, se trempa la barbe en silence dans le bouillon aromatique.

— C'est le moment, dit mon père, de déboucher une de ces bouteilles, que je tiens en réserve pour les grandes fêtes, qui sont la Noël, les Rois et la Saint-Laurent. Rien n'est plus agréable que de boire du bon vin, quand on est tranquille chez soi, et à l'abri des importuns.

A peine avait-il prononcé ces paroles, que la porte

s'ouvrit et qu'un grand homme noir aborda la rôtisserie, dans une rafale de neige et de vent.

— Une Salamandre ! une Salamandre ! s'écriait-il.

Et, sans prendre garde à personne, il se pencha sur le foyer dont il fouilla les tisons du bout de sa canne, au grand dommage de frère Ange, qui, avalant des cendres et des charbons avec son potage, toussait à rendre l'âme. Et l'homme noir remuait encore le feu, en criant : « Une Salamandre !... Je vois une Salamandre », tandis que la flamme agitée faisait trembler au plafond son ombre en forme de grand oiseau de proie[39].

Mon père était surpris et même choqué des façons de ce visiteur. Mais il savait se contraindre. Il se leva donc, sa serviette sous le bras, et, s'étant approché de la cheminée, il se courba vers l'âtre, les deux poings sur les cuisses.

Quand il eut suffisamment considéré son foyer bouleversé et frère Ange couvert de cendres :

— Que Votre Seigneurie m'excuse, dit-il, je ne vois ici qu'un méchant moine et point de Salamandre.

» Au demeurant, j'en ai peu de regret, ajouta mon père. Car, à ce que j'ai ouï dire, c'est une vilaine bête, velue et cornue, avec de grandes griffes.

— Quelle erreur ! répondit l'homme noir, les Salamandres ressemblent à des femmes, ou, pour mieux dire, à des Nymphes, et elles sont parfaitement belles. Mais je suis bien simple de vous demander si vous apercevez celle-ci. Il faut être philosophe pour voir une Salamandre, et je ne pense pas qu'il y ait des philosophes dans cette cuisine.

— Vous pourriez vous tromper, monsieur, dit l'abbé Coignard. Je suis docteur en théologie, maître ès arts ; j'ai assez étudié les moralistes grecs et latins, dont les maximes ont fortifié mon âme dans les vicissitudes de ma vie, et j'ai particulièrement appliqué Boèce, comme un topique, aux maux de l'existence. Et voici près de moi

Jacobus Tournebroche, mon élève, qui sait par cœur les sentences de Publius Syrus [40].

L'inconnu tourna vers l'abbé des yeux jaunes, qui brillaient étrangement sur un nez en bec d'aigle, et s'excusa, avec plus de politesse que sa mine farouche n'en annonçait, de n'avoir pas tout de suite reconnu une personne de mérite.

— Il est extrêmement probable, ajouta-t-il, que cette Salamandre est venue pour vous ou pour votre élève. Je l'ai vue très distinctement de la rue en passant devant cette rôtisserie. Elle serait plus apparente si le feu était plus vif. C'est pourquoi il faut tisonner vivement dès qu'on croit qu'une Salamandre est dans la cheminée.

Au premier mouvement que l'inconnu fit pour remuer de nouveau les cendres, frère Ange, inquiet, couvrit la soupière d'un pan de sa robe et ferma les yeux.

— Monsieur, poursuivit l'homme à la Salamandre, souffrez que votre jeune élève approche du foyer et dise s'il ne voit pas quelque ressemblance d'une femme au-dessus des flammes.

En ce moment, la fumée qui montait sous la hotte de la cheminée se recourbait avec une grâce particulière et formait des rondeurs qui pouvaient simuler des reins bien cambrés, à la condition qu'on y eût l'esprit extrêmement tendu. Je ne mentis donc pas tout à fait en disant que, peut-être, je voyais quelque chose.

A peine avais-je fait cette réponse que l'inconnu, levant son bras démesuré, me frappa du poing l'épaule si rudement que je pensai en avoir la clavicule brisée.

— Mon enfant, me dit-il aussitôt, d'une voix très douce, en me regardant d'un air de bienveillance, j'ai dû faire sur vous cette forte impression, afin que vous n'oubliiez jamais que vous avez vu une Salamandre. C'est signe que vous êtes destiné à devenir un savant et, peut-être, un mage. Aussi bien votre figure me faisait-elle augurer favorablement de votre intelligence.

— Monsieur, dit ma mère, il apprend tout ce qu'il veut, et il sera abbé s'il plaît à Dieu.

M. Jérôme Coignard ajouta que j'avais tiré quelque profit de ses leçons et mon père demanda à l'étranger si sa Seigneurie ne voulait pas manger un morceau.

— Je n'en ai nul besoin, dit l'homme, et il m'est facile de passer un an et plus sans prendre aucune nourriture, hors un certain élixir[41] dont la composition n'est connue que des philosophes. Cette faculté ne m'est point particulière ; elle est commune à tous les sages, et l'on sait que l'illustre Cardan[42] s'abstint de tout aliment pendant plusieurs années, sans être incommodé. Au contraire, son esprit acquit pendant ce temps une vivacité singulière. Toutefois, ajouta le philosophe, je mangerai de ce que vous m'offrirez, à seule fin de vous complaire.

Et il s'assit sans façon à notre table. Dans le même moment, frère Ange poussa sans bruit un escabeau entre ma chaise et celle de mon maître et s'y coula à point pour recevoir sa part du pâté de perdreaux que ma mère venait de servir.

Le philosophe ayant rejeté son manteau sur le dossier de sa chaise, nous vîmes qu'il avait des boutons de diamant à son habit. Il demeurait songeur. L'ombre de son nez descendait sur sa bouche, et ses joues creuses rentraient dans ses mâchoires. Son humeur sombre gagnait la compagnie. Mon bon maître lui-même buvait en silence. On n'entendait plus que le bruit que faisait le petit frère en mâchant son pâté.

Tout à coup, le philosophe dit :

— Plus j'y songe et plus je me persuade que cette Salamandre est venue pour ce jeune garçon.

Et il me désigna de la pointe de son couteau.

— Monsieur, lui dis-je, si les Salamandres sont vraiment telles que vous le dites[43], c'est bien de l'honneur que celle-ci me fait, et je lui ai beaucoup d'obligation. Mais, à vrai dire, je l'ai plutôt devinée que vue, et cette première rencontre a éveillé ma curiosité sans la satisfaire.

Faute de parler à son aise, mon bon maître étouffait.

— Monsieur, dit-il tout à coup au philosophe, avec un grand éclat, j'ai cinquante et un ans, je suis licencié ès arts et docteur en théologie ; j'ai lu tous les auteurs grecs et latins qui n'ont point péri par l'injure du temps ou la malice de l'homme, et je n'y ai point vu de Salamandre, d'où je conclus raisonnablement qu'il n'en existe point.

— Pardonnez-moi, dit frère Ange à demi étouffé de perdreau et d'épouvante. Pardonnez-moi. Il existe malheureusement des Salamandres, et un père jésuite dont j'ai oublié le nom a traité de leurs apparitions. J'ai vu moi-même, en un lieu nommé Saint-Claude, chez des villageois, une Salamandre dans une cheminée, tout contre la marmite. Elle avait une tête de chat, un corps de crapaud et une queue de poisson. J'ai jeté une potée d'eau bénite sur cette bête et aussitôt elle s'est évanouie dans les airs avec un bruit épouvantable comme de friture et au milieu d'une fumée très âcre, dont j'eus, peu s'en faut, les yeux brûlés. Et ce que je dis est si véritable que pendant huit jours, pour le moins, ma barbe en sentit le roussi, ce qui prouve mieux que tout le reste la nature maligne de cette bête.

— Vous vous moquez de nous, petit frère, dit l'abbé, votre crapaud à la tête de chat n'est pas plus véritable que la Nymphe de monsieur que voici. Et, de plus, c'est une invention dégoûtante.

Le philosophe se mit à rire.

— Le frère Ange, dit-il, n'a pu voir la Salamandre des sages. Quand les Nymphes du feu rencontrent des capucins, elles leur tournent le dos.

— Oh ! oh ! dit mon père en riant très fort, un dos de Nymphe, c'est encore trop bon pour un capucin.

Et, comme il était de bonne humeur, il envoya une grosse tranche de pâté au petit frère.

Ma mère posa le rôti au milieu de la table et elle en prit
avantage pour demander si les Salamandres étaient
bonnes chrétiennes, ce dont elle doutait, n'ayant jamais
ouï dire que les habitants du feu louassent le Seigneur.

— Madame, répondit l'abbé, plusieurs théologiens de
la Compagnie de Jésus ont reconnu l'existence d'un
peuple d'incubes et de succubes[44], qui ne sont point
proprement des démons, puisqu'ils ne se laissent pas
mettre en déroute par une aspersion d'eau bénite, et qui
n'appartiennent pas à l'Église triomphante, car des
esprits glorieux n'eussent point, comme il s'est vu à
Pérouse, tenté de séduire la femme d'un boulanger[45].
Mais, si vous voulez mon avis, ce sont là plutôt les sales
imaginations d'un cafard que les vues d'un docteur. Il
faut haïr ces diableries ridicules et déplorer que des
fils de l'Église, nés dans la lumière, se fassent du monde
et de Dieu une idée moins sublime que celle qu'en
formèrent un Platon ou un Cicéron, dans les ténèbres
du paganisme. Dieu, j'ose le dire, est moins absent du
Songe de Scipion[46] que de ces noirs traités de démo-
nologie dont les auteurs se disent chrétiens et catholiques.

— Monsieur l'abbé, prenez-y garde, dit le philosophe.
Votre Cicéron parlait avec abondance et facilité, mais
c'était un esprit banal, et il n'était pas beaucoup avancé
dans les sciences sacrées. Avez-vous jamais ouï parler
d'Hermès Trismégiste et de la Table d'Émeraude[47] ?

— Monsieur, dit l'abbé, j'ai trouvé un très vieux
manuscrit de la Table d'Émeraude dans la bibliothèque
de monsieur l'évêque de Séez, et je l'aurais déchiffré un
jour ou l'autre sans la chambrière de madame la baillive
qui s'en fut à Paris chercher fortune et me fit monter
dans le coche avec elle. Il n'y eut point là de sorcellerie,
monsieur le philosophe, et je n'obéis qu'à des charmes
naturels :

Non facit hoc verbis ; facie tenerisque lacertis
Devovet et flavis nostra puella comis [48].

— C'est une nouvelle preuve, dit le philosophe, que les femmes sont grandes ennemies de la science. Aussi le sage doit-il se garder de tous rapports avec elles.

— Même en légitime mariage ? demanda mon père.

— Surtout en légitime mariage [49], répondit le philosophe.

— Hélas ! demanda encore mon père, que reste-t-il donc à vos pauvres sages, quand ils sont d'humeur à rire un peu ?

Le philosophe dit :

— Il leur reste les Salamandres.

A ces mots, frère Ange leva de dessus son assiette un nez épouvanté.

— Ne parlez pas ainsi, mon bon monsieur, murmura-t-il ; au nom de tous les saints de mon ordre, ne parlez pas ainsi ! Et ne perdez point de vue que la Salamandre n'est autre que le diable, qui revêt, comme on sait, les formes les plus diverses, tantôt agréables, quand il parvient à déguiser sa laideur naturelle, tantôt hideuses, s'il laisse voir sa vraie constitution.

— Prenez garde à votre tour, frère Ange, répondit le philosophe ; et puisque vous craignez le diable, ne le fâchez pas trop et ne l'excitez pas contre vous par des propos inconsidérés. Vous savez que le vieil Adversaire, que le grand Contradicteur garde, dans le monde spirituel, une telle puissance, que Dieu même compte avec lui. Je dirai plus : Dieu, qui le craignait, en a fait son homme d'affaires. Méfiez-vous, petit frère ; ils s'entendent.

En écoutant ce discours, le pauvre capucin crut ouïr et voir le diable en personne, à qui l'inconnu ressemblait précisément par ses yeux de feu, son nez crochu, son teint noir et toute sa longue et maigre personne. Son âme, déjà étonnée, acheva de s'abîmer dans une sainte terreur. Sentant sur lui la griffe du Malin, il se mit à trembler de tous ses membres, coula dans sa poche ce qu'il put ramasser de bons morceaux, se leva tout doucement et gagna la porte à reculons, en marmonnant des exorcismes.

Le philosophe n'y prit pas garde. Il tira de sa veste un petit livre couvert de parchemin racorni, qu'il tendit tout ouvert à mon bon maître et à moi. C'était un vieux texte grec, plein d'abréviations et de ligatures, et qui me fit tout d'abord l'effet d'un grimoire. Mais M. l'abbé Coignard ayant chaussé ses besicles et placé le livre à la bonne distance, commença de lire aisément ces caractères, plus semblables à des pelotons de fil à demi dévidés par un chat, qu'aux simples et tranquilles lettres de mon saint Jean Chrysostome où j'apprenais la langue de Platon et de l'Évangile. Quand il eut terminé sa lecture :

— Monsieur, dit-il, cet endroit s'entend de cette sorte : « *Ceux qui sont instruits parmi les Égyptiens apprennent avant tout les lettres appelées épistolographiques, en second lieu l'hiératique, dont se servent les hiérogrammates, et enfin l'hiéroglyphique.* »

Puis, tirant ses besicles et les secouant d'un air de triomphe :

— Ah ! ah ! monsieur le philosophe, ajouta-t-il, on ne me prend pas sans vert. Ceci est tiré du cinquième livre des *Stromates*, dont l'auteur, Clément d'Alexandrie, n'est point inscrit au martyrologe, pour diverses raisons que Sa Sainteté Benoît XI a savamment déduites [50], et dont la principale est que ce Père errait souvent en matière de foi. Cette exclusion doit lui être médiocrement sensible, si l'on considère quel éloignement philosophique, durant sa vie, lui inspirait le martyre. Il y préférait l'exil et avait soin d'épargner un crime à ses persécuteurs, car c'était un fort honnête homme. Il écrivait avec élégance ; son génie était vif, ses mœurs étaient pures, et même austères. Il avait un goût excessif pour les allégories et pour la laitue.

Le philosophe étendit le bras, qui, s'allongeant d'une manière prodigieuse, autant du moins qu'il me parut, traversa toute la table pour reprendre le livre des mains de mon savant maître.

— Il suffit, dit-il en remettant les *Stromates* dans sa poche. Je vois, monsieur l'abbé, que vous entendez le grec. Vous avez assez bien rendu ce passage, du moins quant au sens vulgaire et littéral. Je veux faire votre fortune et celle de votre élève. Je vous emploierai tous deux à traduire, dans ma maison, des textes grecs que j'ai reçus d'Égypte.

Et se tournant vers mon père :

— Je pense, monsieur le rôtisseur, que vous consentirez à me donner votre fils pour que j'en fasse un savant et un homme de bien. S'il en coûte trop à votre amour paternel de me l'abandonner tout à fait, j'entretiendrai de mes deniers un marmiton pour le remplacer dans votre rôtisserie.

— Puisque votre Seigneurie l'entend ainsi, répondit mon père, je ne l'empêcherai point de faire du bien à mon fils.

— A condition, dit ma mère, que ce ne soit point aux dépens de son âme. Il faut me jurer, monsieur, que vous êtes bon chrétien.

— Barbe, lui dit mon père, vous êtes une sainte et digne femme, mais vous m'obligez à faire des excuses à ce seigneur sur votre impolitesse, qui provient moins, à la vérité, de votre naturel qui est bon que de votre éducation négligée.

— Laissez parler cette bonne femme, dit le philosophe, et qu'elle se tranquillise, je suis un homme très religieux.

— Voilà qui est bon ! dit ma mère. Il faut adorer le saint nom de Dieu.

— J'adore tous ses noms, ma bonne dame, car il en a plusieurs. Il se nomme Adonaï, Tetragrammaton, Jéhovah, Theos, Athanatos, Ischyros [51]. Et il a beaucoup d'autres noms encore.

— Je n'en savais rien, dit ma mère. Mais ce que vous en dites, monsieur, ne me surprend pas ; car j'ai remarqué que les personnes de condition portaient beaucoup plus de noms que les gens du commun. Je suis native d'Auneau, proche la ville de Chartres, et j'étais bien petite quand le seigneur du village vint à trépasser de ce monde à l'autre ; or je me souviens très bien que, lorsque le héraut cria le décès du défunt seigneur, il lui donna autant de noms, peu s'en faut, qu'il s'en trouve dans les litanies des saints. Je crois volontiers que Dieu a plus de noms que le seigneur d'Auneau, puisqu'il est d'une condition encore plus haute. Les gens instruits sont bien heureux de les savoir tous. Et, si vous avancez mon fils Jacques dans cette connaissance, je vous en aurai, monsieur, beaucoup d'obligation.

— C'est donc une affaire entendue, dit le philosophe. Et vous, monsieur l'abbé, il ne vous déplaira pas sans doute de traduire du grec ; moyennant salaire, s'entend.

Mon bon maître qui rassemblait depuis quelques moments les rares esprits de sa cervelle qui n'étaient point déjà mêlés désespérément aux fumées des vins, remplit son gobelet, se leva et dit :

— Monsieur le philosophe, j'accepte de grand cœur vos offres généreuses. Vous êtes un mortel magnifique ; je m'honore, monsieur, d'être à vous. Il y a deux meubles que je tiens en haute estime, c'est le lit et la table. La table qui, tour à tour chargée de doctes livres et de mets succulents, sert de support à la nourriture du corps et à celle de l'esprit ; le lit, propice au doux repos comme au cruel amour. C'est assurément un homme divin qui donna aux fils de Deucalion [52] le lit et la table. Si je trouve chez vous, monsieur, ces deux meubles précieux, je poursuivrai votre nom, comme celui de mon bienfaiteur, d'une louange immortelle et je vous célébrerai dans des vers grecs et latins de mètres divers.

Il dit, et but un grand coup de vin.

— Voilà donc qui est bien, reprit le philosophe. Je vous attends tous deux demain matin chez moi. Vous suivrez la route de Saint-Germain jusqu'à la Croix-des-Sablons. Du pied de cette croix vous compterez cent pas en allant vers l'Occident et vous trouverez une petite porte verte dans un mur de jardin. Vous soulèverez le marteau qui est formé d'une figure voilée tenant un doigt sur la bouche. Au vieillard qui vous ouvrira cette porte vous demanderez monsieur d'Astarac.

— Mon fils, me dit mon bon maître, en me tirant par la manche, rangez tout cela dans votre mémoire, mettez-y croix, marteau et le reste, afin que nous puissions trouver demain cette porte fortunée. Et vous, monsieur le Mécène…

Mais le philosophe était déjà parti sans que personne l'eût vu sortir.

Le lendemain, nous cheminions de bonne heure, mon maître et moi, sur la route de Saint-Germain. La neige qui couvrait la terre, sous la lumière rousse du ciel, rendait l'air muet et sourd. La route était déserte. Nous marchions dans de larges sillons de roues, entre des murs de potagers, des palissades chancelantes et des maisons basses dont les fenêtres nous regardaient d'un œil louche. Puis, ayant laissé derrière nous deux ou trois masures de terre et de paille à demi écroulées, nous vîmes, au milieu d'une plaine désolée, la Croix-des-Sablons. A cinquante pas au-delà commençait un parc très vaste, clos par un mur en ruine. Ce mur était percé d'une petite porte verte dont le marteau représentait une figure horrible, un doigt sur la bouche. Nous la reconnûmes facilement pour celle que le philosophe nous avait décrite et nous soulevâmes le marteau.

Après un assez long temps, un vieux valet vint nous ouvrir, et nous fit signe de le suivre à travers un parc abandonné. Des statues de Nymphes, qui avaient vu la jeunesse du feu roi, cachaient sous le lierre leur tristesse et leurs blessures. Au bout de l'allée, dont les fondrières étaient recouvertes de neige, s'élevait un château de pierre et de brique, aussi morose que celui de Madrid, son voisin, et qui, coiffé tout de travers d'un haut toit d'ardoises, semblait le château de la Belle au Bois dormant.

Tandis que nous suivions les pas du valet silencieux, l'abbé me dit à l'oreille :

— Je vous confesse, mon fils, que le logis ne rit point aux yeux. Il témoigne de la rudesse dans laquelle les mœurs des Français étaient encore endurcies au temps du roi Henri IV, et il porte l'âme à la tristesse et même à la mélancolie, par l'état d'abandon où il a été laissé malheureusement. Qu'il nous serait plus doux de gravir les coteaux enchanteurs de Tusculum, avec l'espoir d'entendre Cicéron discourir de la vertu sous les pins et les térébinthes de sa villa, chère aux philosophes. Et n'avez-vous point observé, mon fils, qu'il ne se rencontre sur cette route ni cabaret, ni hôtellerie d'aucune sorte, et qu'il faudra passer le pont et monter la côte jusqu'au rond-point des Bergères [53] pour boire du vin frais ? Il se trouve en effet à cet endroit une auberge du *Cheval-Rouge* où il me souvient qu'un jour madame de Saint-Ernest m'emmena dîner avec son singe et son amant. Vous ne pouvez concevoir, Tournebroche, à quel point la chère y est fine. Le *Cheval-Rouge* est autant renommé pour les dîners du matin qu'on y fait, que pour l'abondance des chevaux et des voitures de poste qu'on y loue. Je m'en suis assuré par moi-même, en poursuivant dans l'écurie une certaine servante qui me semblait jolie. Mais elle ne l'était point ; on l'eût mieux jugée en la disant laide. Je la colorais du feu de mes désirs, mon fils. Telle est la condition des hommes livrés à eux-mêmes : ils errent pitoyablement. Nous sommes abusés par de vaines images ; nous poursuivons des songes et nous embrassons des ombres ; en Dieu seul est la vérité et la stabilité.

Cependant nous montâmes, à la suite du vieux valet, les degrés disjoints du perron.

— Hélas ! me dit l'abbé dans le creux de l'oreille, je commence à regretter la rôtisserie de monsieur votre

père, où nous mangions de bons morceaux en expliquant
Quintilien.

Après avoir gravi le premier étage d'un large escalier
de pierre, nous fûmes introduits dans un salon, où
M. d'Astarac était occupé à écrire près d'un grand feu,
au milieu de cercueils égyptiens, de forme humaine, qui
dressaient contre les murs leur gaine peinte de figures
sacrées et leur face d'or, aux longs yeux luisants.

M. d'Astarac nous invita poliment à nous asseoir et
dit :

— Messieurs, je vous attendais. Et puisque vous
voulez bien tous deux m'accorder la faveur d'être à moi,
je vous prie de considérer cette maison comme vôtre.
Vous y serez occupés à traduire des textes grecs que j'ai
rapportés d'Égypte. Je ne doute point que vous ne
mettiez tout votre zèle à accomplir ce travail quand vous
saurez qu'il se rapporte à l'œuvre que j'ai entreprise et
qui est de retrouver la science perdue, par laquelle
l'homme sera rétabli dans sa première puissance sur les
éléments. Bien que je n'aie pas dessein aujourd'hui de
soulever à vos yeux les voiles de la nature et de vous
montrer Isis dans son éblouissante nudité, je vous
confierai l'objet de mes études, sans craindre que vous en
trahissiez le mystère, car je m'assure en votre probité, et,
aussi, dans ce pouvoir que j'ai de deviner et de prévenir
tout ce qu'on pourrait tenter contre moi, et de disposer,
pour ma vengeance, de forces secrètes et terribles. A
défaut d'une fidélité dont je ne doute point, ma puissance, messieurs, m'assure de votre silence, et je ne
risque rien à me découvrir à vous. Sachez donc que
l'homme sortit des mains de Jéhovah avec la science
parfaite, qu'il a perdue depuis. Il était très puissant et
très sage à sa naissance. C'est ce qu'on voit dans les livres
de Moïse [54]. Mais encore faut-il les comprendre. Tout
d'abord, il est clair que Jéhovah n'est pas Dieu, mais
qu'il est un grand Démon, puisqu'il a créé ce monde.

L'idée d'un Dieu à la fois parfait et créateur n'est qu'une rêverie gothique, d'une barbarie digne d'un Welche ou d'un Saxon. On n'admet point, si peu qu'on ait l'esprit poli, qu'un être parfait ajoute quoi que ce soit à sa perfection, fût-ce une noisette. Cela tombe sous le sens. Dieu n'a point d'entendement. Car, étant infini, que pourrait-il bien entendre ? Il ne crée point, car il ignore le temps et l'espace, conditions nécessaires à toute construction. Moïse était trop bon philosophe pour enseigner que le monde a été créé par Dieu. Il tenait Jéhovah pour ce qu'il est en réalité, c'est-à-dire pour un puissant Démon, et, s'il faut le nommer, pour le Démiurge.

» Or donc, quand Jéhovah créa l'homme, il lui donna la connaissance du monde visible et du monde invisible. La chute d'Adam et d'Ève, que je vous expliquerai un autre jour, ne détruisit pas tout à fait cette connaissance chez le premier homme et chez la première femme, dont les enseignements passèrent à leurs enfants. Ces enseignements, d'où dépend la domination de la nature, ont été consignés dans le livre d'Énoch[55]. Les prêtres égyptiens en avaient gardé la tradition, qu'ils fixèrent en signes mystérieux, sur les murs des temples et dans les cercueils des morts. Moïse, élevé dans les sanctuaires de Memphis, fut un de leurs initiés. Ses livres, au nombre de cinq et même de six, renferment, comme autant d'arches précieuses, les trésors de la science divine. On y découvre les plus beaux secrets, si toutefois, après les avoir purgés des interpolations qui les déshonorent, on dédaigne le sens littéral et grossier pour ne s'attacher qu'au sens plus subtil, que j'ai pénétré en grande partie, ainsi qu'il vous apparaîtra plus tard. Cependant, les vérités gardées, comme des vierges, dans les temples de l'Égypte, passèrent aux sages d'Alexandrie, qui les enrichirent encore et les couronnèrent de tout l'or pur légué à la Grèce par Pythagore et ses disciples, avec qui

les puissances de l'air conversaient familièrement. Il
convient donc, messieurs, d'explorer les livres des
Hébreux, les hiéroglyphes des Égyptiens et les traités de
ces Grecs qu'on nomme gnostiques, précisément parce
qu'ils eurent la connaissance. Je me suis réservé, comme
il était juste, la part la plus ardue de ce vaste travail. Je
m'applique à déchiffrer ces hiéroglyphes, que les Égyptiens inscrivaient dans les temples des dieux et sur les
tombeaux des prêtres. Ayant rapporté d'Égypte beaucoup de ces inscriptions, j'en pénètre le sens au moyen de
la clé que j'ai su découvrir chez Clément d'Alexandrie.

» Le rabbin Mosaïde [56], qui vit retiré chez moi,
travaille à rétablir le sens véritable du *Pentateuque*. C'est
un vieillard très savant en magie, qui vécut enfermé
pendant dix-sept années dans les cryptes de la grande
Pyramide, où il lut les livres de Toth [57]. Quant à vous,
messieurs, je compte employer votre science à lire les
manuscrits alexandrins que j'ai moi-même recueillis en
grand nombre. Vous y trouverez, sans doute, des secrets
merveilleux, et je ne doute point qu'à l'aide de ces trois
sources de lumières, l'égyptienne, l'hébraïque et la
grecque, je ne parvienne bientôt à acquérir les moyens
qui me manquent encore de commander absolument à la
nature tant visible qu'invisible. Croyez bien que je saurai
reconnaître vos services en vous faisant participer de
quelque manière à ma puissance.

» Je ne vous parle pas d'un moyen plus vulgaire de les
reconnaître. Au point où j'en suis de mes travaux
philosophiques, l'argent n'est pour moi qu'une bagatelle.

Quand M. d'Astarac en fut à cet endroit de son
discours, mon bon maître l'interrompit :

— Monsieur, dit-il, je ne vous cèlerai point que cet
argent, qui vous semble une bagatelle, est pour moi un
cuisant souci, car j'ai éprouvé qu'il était malaisé d'en
gagner en demeurant honnête homme, ou même diffé-

remment. Je vous serai donc reconnaissant des assurances que vous voudrez bien me donner à ce sujet.

M. d'Astarac, d'un geste qui semblait écarter quelque objet invisible, rassura M. Jérôme Coignard. Pour moi, curieux de tout ce que je voyais, je ne souhaitais que d'entrer dans ma nouvelle vie.

A l'appel du maître, le vieux serviteur, qui nous avait ouvert la porte, parut dans le cabinet.

— Messieurs, reprit notre hôte, je vous donne votre liberté jusqu'au dîner de midi. Je vous serais fort obligé cependant de monter dans les chambres que je vous ai fait préparer et de me dire s'il n'y manque rien. Criton vous conduira.

Après s'être assuré que nous le suivions, le silencieux Criton sortit et commença de monter l'escalier. Il le gravit jusqu'aux combles. Puis, ayant fait quelques pas dans un long couloir, il nous désigna deux chambres très propres où brillait un bon feu. Je n'aurais jamais cru qu'un château aussi délabré au-dehors, et qui ne laissait voir sur sa façade que des murs lézardés et des fenêtres borgnes, fût aussi habitable dans quelques-unes de ses parties. Mon premier soin fut de me reconnaître. Nos chambres donnaient sur les champs, et la vue, répandue sur les pentes marécageuses de la Seine, s'étendait jusqu'au Calvaire du mont Valérien. En donnant un regard à nos meubles, je vis, étendu sur le lit, un habit gris, une culotte assortie, un chapeau et une épée. Sur le tapis, des souliers à boucles se tenaient gentiment accouplés, les talons réunis et les pointes séparées, comme s'ils eussent d'eux-mêmes le sentiment du beau maintien.

J'en augurai favorablement de la libéralité de notre maître. Pour lui faire honneur, je donnai grand soin à ma toilette et je répandis abondamment sur mes cheveux de la poudre dont j'avais trouvé une boîte pleine sur une petite table. Je découvris à propos, dans un tiroir de la commode, une chemise de dentelle et des bas blancs.

Ayant vêtu chemise, bas, culotte, veste, habit, je me mis à tourner dans ma chambre, le chapeau sous le bras, la main sur la garde de mon épée, me penchant, à chaque instant, sur mon miroir et regrettant que Catherine la dentellière ne pût me voir en si galant équipage.

Je faisais depuis quelque temps ce manège, quand M. Jérôme Coignard entra dans ma chambre avec un rabat neuf et un petit collet fort respectable.

— Tournebroche, s'écria-t-il, est-ce vous, mon fils ? N'oubliez jamais que vous devez ces beaux habits au savoir que je vous ai donné. Ils conviennent à un humaniste comme vous, car *humanités* veut dire élégances. Mais regardez-moi, je vous prie, et dites si j'ai bon air. Je me sens fort honnête homme dans cet habit. Ce monsieur d'Astarac semble assez magnifique. Il est dommage qu'il soit fou. Mais il est sage du moins par un endroit, puisqu'il nomme son valet Criton, c'est-à-dire le juge. Et il est bien vrai que nos valets sont les témoins de toutes nos actions. Ils en sont parfois les guides. Quand milord Verulam, chancelier d'Angleterre [58] dont je goûte peu la philosophie, mais qui était savant homme, entra dans la grand-chambre pour y être jugé, ses laquais, vêtus avec une richesse qui témoignait assez du faste avec lequel le chancelier gouvernait sa maison, se levèrent pour lui faire honneur. Mais le milord Verulam leur dit : « Asseyez-vous ! Votre élévation fait mon abaissement. » En effet, ces coquins l'avaient, par leur dépense, poussé à la ruine et contraint à des actes pour lesquels il était poursuivi comme concussionnaire. Tournebroche, mon fils, que l'exemple de milord Verulam, chancelier d'Angleterre et auteur du *Novum organum,* vous soit toujours présent. Mais, pour en revenir à ce seigneur d'Astarac, à qui nous sommes, c'est grand dommage qu'il soit sorcier, et adonné aux sciences maudites. Vous savez, mon fils, que je me pique de délicatesse en matière de foi. Il m'en coûte de servir un cabbaliste qui met nos saintes écritures cul par-dessus tête, sous prétexte de les mieux entendre ainsi. Toutefois, si comme son nom et son parler l'indiquent, c'est un gentilhomme gascon, nous n'avons rien à craindre. Un Gascon peut faire un pacte avec le diable ; soyez sûr que c'est le diable qui sera dupé.

La cloche du déjeuner interrompit nos propos.

— Tournebroche, mon fils, me dit mon bon maître en descendant les escaliers, songez, pendant le repas, à suivre tous mes mouvements, afin de les imiter. Ayant mangé à la troisième table de monsieur l'évêque de Séez, je sais comment m'y prendre. C'est un art difficile. Il est plus malaisé de manger comme un gentilhomme que de parler comme lui.

Nous trouvâmes dans la salle à manger une table de trois couverts où M. d'Astarac nous fit prendre place. Criton, qui faisait office de maître d'hôtel, servit des gelées, des coulis et des purées douze fois passées au tamis. Nous ne vîmes point venir le rôti. Bien que nous fûmes, mon bon maître et moi, très attentifs à cacher notre surprise, M. d'Astarac la devina et nous dit :

— Messieurs, ceci n'est qu'un essai et, pour peu qu'il vous semble malheureux, je ne m'y entêterai point. Je vous ferai servir des mets plus ordinaires, et je ne dédaignerai pas moi-même d'y toucher. Si les plats que je vous offre aujourd'hui sont mal préparés, c'est moins la faute de mon cuisinier que celle de la chimie, qui est encore dans l'enfance. Ceci peut toutefois vous donner quelque idée de ce qui sera à l'avenir. Pour le présent, les hommes mangent sans philosophie. Ils ne se nourrissent point comme des êtres raisonnables. Ils n'y songent même pas. Mais à quoi songent-ils ? Ils vivent presque tous dans la stupidité, et ceux mêmes qui sont capables de réflexion occupent leur esprit à des sottises, telles que la controverse ou la poétique. Considérez, messieurs, les hommes dans leurs repas depuis les temps reculés où ils cessèrent tout commerce avec les Sylphes et les Salamandres. Abandonnés par les Génies de l'air, ils s'appesantirent dans l'ignorance et dans la barbarie. Sans police et sans art, ils vivaient nus et misérables dans les cavernes, au bord des torrents, ou dans les arbres des forêts. La chasse était leur unique industrie. Quand ils avaient surpris ou gagné de vitesse un animal timide, ils dévoraient cette proie encore palpitante.

» Ils mangeaient aussi la chair de leurs compagnons et de leurs parents infirmes, et les premières sépultures des humains furent des tombeaux vivants, des entrailles affamées et sourdes. Après de longs siècles farouches, un homme divin parut, que les Grecs ont nommé Prométhée. Il n'est point douteux que ce sage n'ait eu commerce, dans les asiles des Nymphes, avec le peuple des Salamandres. Il apprit d'elles et enseigna aux malheureux mortels l'art de produire et de conserver le feu. Parmi les avantages innombrables que les hommes tirèrent de ce présent céleste, un des plus heureux fut de pouvoir cuire les aliments et de les rendre par ce traitement plus légers et plus subtils. Et c'est en grande partie par l'effet d'une nourriture soumise à l'action de la flamme, que les humains devinrent lentement et par degrés intelligents, industrieux, méditatifs, aptes à cultiver les arts et les sciences. Mais ce n'était là qu'un premier pas, et il est affligeant de penser que tant de millions d'années se sont écoulées sans qu'on en ait fait un second. Depuis le temps où nos ancêtres cuisaient des quartiers d'ours sur un feu de broussailles, à l'abri d'un rocher, nous n'avons point accompli de véritables progrès en cuisine. Car sûrement vous ne comptez pour rien, messieurs, les inventions de Lucullus et cette tourte épaisse à laquelle Vitellius donnait le nom de bouclier de Minerve [59], non plus que nos rôtis, nos pâtés, nos daubes, nos viandes farcies, et toutes ces fricassées qui se ressentent de l'ancienne barbarie.

» A Fontainebleau, la table du Roi, où l'on dresse un cerf entier dans son pelage, avec sa ramure, présente au regard du philosophe un spectacle aussi grossier que celui des troglodytes accroupis dans les cendres et rongeant des os de cheval. Les peintures brillantes de la salle, les gardes, les officiers richement vêtus, les musiciens jouant dans les tribunes des airs de Lambert[60] et de Lulli, les nappes de soie, les vaisselles d'argent, les hanaps d'or, les verres de Venise, les flambeaux, les surtouts ciselés et chargés de fleurs, ne peuvent vous donner le change ni jeter un charme qui dissimule la véritable nature de ce charnier immonde, où des hommes et des femmes s'assemblent devant des cadavres d'animaux, des os rompus et des chairs déchirées, pour s'en repaître avidement. Oh! que c'est là une nourriture peu philosophique. Nous avalons avec une gloutonnerie stupide les muscles, la graisse, les entrailles des bêtes, sans distinguer dans ces substances les parties qui sont vraiment propres à notre nourriture et celles, beaucoup plus abondantes, qu'il faudrait rejeter; et nous engloutissons dans notre ventre indistinctement le bon et le mauvais, l'utile et le nuisible. C'est ici pourtant qu'il conviendrait de faire une séparation, et, s'il se trouvait dans toute la faculté un seul médecin chimiste et philosophe, nous ne serions plus contraints de nous asseoir à ces festins dégoûtants.

» Il nous préparerait, messieurs, des viandes distillées, ne contenant que ce qui est en sympathie et affinité avec notre corps. On ne prendrait que la quintessence des bœufs et des cochons, que l'élixir des perdrix et des poulardes, et tout ce qui serait avalé pourrait être digéré. C'est à quoi, messieurs, je ne désespère point de parvenir un jour, en méditant sur la chimie et la médecine[61] un peu plus que je n'ai eu le loisir de le faire jusqu'ici.

A ces mots de notre hôte, M. Jérôme Coignard, levant les yeux de dessus le brouet noir qui couvrait son assiette, regarda M. d'Astarac avec inquiétude.

— Ce ne sera là, poursuivit celui-ci, qu'un progrès

encore bien insuffisant. Un honnête homme ne peut sans
dégoût manger la chair des animaux et les peuples ne
peuvent se dire polis tant qu'ils auront dans leurs villes
des abattoirs et des boucheries. Mais nous saurons un
jour nous débarrasser de ces industries barbares. Quand
nous connaîtrons exactement les substances nourris-
santes qui sont contenues dans le corps des animaux, il
deviendra possible de tirer ces mêmes substances des
corps qui n'ont point de vie et qui les fourniront en
abondance. Ces corps contiennent, en effet, tout ce qui se
rencontre dans les êtres animés, puisque l'animal a été
formé du végétal, qui a lui-même tiré sa substance de la
matière inerte.

» On se nourrira alors d'extraits de métaux et de
minéraux traités convenablement par des physiciens. Ne
doutez point que le goût n'en soit exquis et l'absorption
salutaire. La cuisine se fera dans des cornues et dans des
alambics, et nous aurons des alchimistes pour maîtres
queux. N'êtes-vous point bien pressés, messieurs, de voir
ces merveilles ? Je vous les promets pour un temps
prochain. Mais vous ne démêlez point encore les effets
excellents qu'elles produiront.

— A la vérité, monsieur, je ne les démêle point, dit
mon bon maître en buvant un coup de vin.

— Veuillez, en ce cas, dit M. d'Astarac, m'écouter un
moment. N'étant plus appesantis par de lentes diges-
tions, les hommes seront merveilleusement agiles ; leur
vue deviendra singulièrement perçante, et ils verront des
navires glisser sur les mers de la lune. Leur entendement
sera plus clair, leurs mœurs s'adouciront. Ils s'avanceront
beaucoup dans la connaissance de Dieu et de la nature.

» Mais il faut envisager tous les changements qui ne
manqueront pas de se produire. La structure même du
corps humain sera modifiée. C'est un fait que, faute de
s'exercer, les organes s'amincissent et finissent même par
disparaître. On a observé que les poissons privés de

lumière devenaient aveugles ; et j'ai vu, dans le Valais, des pâtres qui, ne se nourrissant que de lait caillé, perdent leurs dents de bonne heure ; quelques-uns d'entre eux n'en ont jamais eu. Il faut admirer en cela la nature, qui ne souffre rien d'inutile. Quand les hommes se nourriront du baume que j'ai dit, leurs intestins ne manqueront pas de se raccourcir de plusieurs aunes, et le volume du ventre en sera considérablement diminué.

— Pour le coup ! dit mon bon maître, vous allez trop vite, monsieur, et risquez de faire de mauvaise besogne. Je n'ai jamais trouvé fâcheux que les femmes eussent un peu de ventre, pourvu que le reste y fût proportionné. C'est une beauté qui m'est sensible. N'y taillez pas inconsidérément.

— Qu'à cela ne tienne ! Nous laisserons la taille et les flancs des femmes se former sur le canon des sculpteurs grecs. Ce sera pour vous faire plaisir, monsieur l'abbé, et en considération des travaux de la maternité ; bien que, à vrai dire, j'aie dessein d'opérer aussi de ce côté divers changements dont je vous entretiendrai quelque jour. Pour revenir à notre sujet, je dois vous avouer que tout ce que je vous ai annoncé jusqu'à présent n'est qu'un acheminement à la véritable nourriture, qui est celle des Sylphes et de tous les Esprits aériens. Ils boivent la lumière, qui suffit à communiquer à leur corps une force et une souplesse merveilleuses. C'est leur unique potion. Ce sera un jour la nôtre, messieurs. Il s'agit seulement de rendre potables les rayons du soleil. Je confesse ne pas voir avec une suffisante clarté les moyens d'y parvenir et je prévois de nombreux embarras et de grands obstacles sur cette route. Si toutefois quelque sage touche le but, les hommes égaleront les Sylphes et les Salamandres en intelligence et en beauté.

Mon bon maître écoutait ces paroles, replié sur lui-même et la tête tristement baissée. Il semblait méditer les changements qu'apporterait un jour à sa personne la nourriture imaginée par notre hôte.

— Monsieur, dit-il enfin, ne parlâtes-vous pas hier à la rôtisserie d'un certain élixir qui dispense de toute autre nourriture ?

— Il est vrai, dit M. d'Astarac, mais cette liqueur n'est bonne que pour les philosophes, et vous concevez par là combien l'usage s'en trouve restreint. Il vaut mieux n'en point parler.

Cependant, un doute me tourmentait ; je demandai à mon hôte la permission de le lui soumettre, certain qu'il l'éclaircirait tout de suite. Il me permit de parler, et je lui dis :

— Monsieur, ces Salamandres, que vous dites si belles et dont je me fais, sur votre rapport, une si charmante idée, ont-elles malheureusement gâté leurs dents à boire de la lumière, comme les paysans du Valais ont perdu les leurs en ne mangeant que du laitage ? Je vous avoue que j'en suis inquiet.

— Mon fils, répondit M. d'Astarac, votre curiosité me plaît et je veux la satisfaire. Les Salamandres n'ont point de dents, à proprement parler. Mais leurs gencives sont garnies de deux rangs de perles, très blanches et très brillantes, qui donnent à leur sourire une grâce inconcevable. Sachez encore que ces perles sont de la lumière durcie.

Je dis à M. d'Astarac que j'en étais bien aise. Il poursuivit :

— Les dents de l'homme sont un signe de sa férocité. Quand on se nourrira comme il faut, ces dents feront place à quelque ornement semblable aux perles des Salamandres. Alors on ne concevra plus qu'un amant ait pu voir sans horreur et sans dégoût des dents de chien dans la bouche de sa maîtresse.

Après le dîner, notre hôte nous conduisit dans une vaste galerie contiguë à son cabinet et qui servait de bibliothèque. On y voyait, rangée sur des tablettes de chêne, une armée innombrable ou plutôt un grand concile de livres in-douze, in-octavo, in-quarto, in-folio, vêtus de veau, de basane, de maroquin, de parchemin, de peau de truie. Six fenêtres éclairaient cette assemblée silencieuse, qui s'étendait d'un bout de la salle à l'autre, tout le long des hautes murailles. De grandes tables, alternant avec des sphères célestes et des machines astronomiques, occupaient le milieu de la galerie. M. d'Astarac nous pria de choisir l'endroit qui nous parût le plus commode pour travailler.

Mais mon bon maître, la tête renversée, du regard et du souffle aspirant tous les livres, bavait de joie.

— Par Apollon ! s'écria-t-il, voilà une magnifique librairie ! La bibliothèque de monsieur l'évêque de Séez, bien que riche en ouvrages de droit canon, ne peut être comparée à celle-ci. Il n'est point de séjour plus plaisant, à mon gré, non point même les Champs-Élysées décrits par Virgile. J'y distingue, à première vue, tant d'ouvrages rares et tant de précieuses collections, que je doute presque, monsieur, qu'aucune bibliothèque particulière l'emporte sur celle-ci, qui le cède seulement, en France, à la Mazarine et à la Royale. J'ose dire même qu'à voir ces manuscrits latins et grecs, qui se pressent en foule à cet angle, on peut, après la Bodléienne, l'Ambroisienne, la Laurentienne et la Vaticane, nommer encore, monsieur, l'Astaracienne. Sans me flatter, je flaire d'assez loin les truffes et les livres, et je vous tiens, dès à présent, pour l'égal de Peiresc, de Groslier et de Canevarius [62], princes des bibliophiles.

— Je l'emporte de beaucoup sur eux, répondit doucement M. d'Astarac, et cette bibliothèque est infiniment plus précieuse que toutes celles que vous venez de nommer. La bibliothèque du Roi n'est qu'une bouquinerie auprès de la mienne, à moins que vous considériez uniquement le nombre des volumes et la masse du papier noirci. Gabriel Naudé et votre abbé Bignon [63], bibliothécaires renommés, n'étaient près de moi que les pasteurs indolents d'un vil troupeau de livres moutonniers. Quant aux Bénédictins, j'accorde qu'ils sont appliqués, mais ils n'ont point d'esprit et leurs bibliothèques se ressentent de la médiocrité des âmes qui les ont formées. Ma galerie, monsieur, n'est point sur le modèle des autres. Les ouvrages que j'y ai rassemblés composent un tout qui me procurera sans faute la Connaissance. Elle est gnostique, œcuménique et spirituelle. Si toutes les lignes tracées sur ces innombrables feuilles de papier et de parchemin vous entraient en bon ordre dans la cervelle, monsieur, vous sauriez tout, vous pourriez tout, vous seriez le maître de la nature, le plasmateur des choses ; vous tiendriez le monde entre les deux doigts de votre main, comme je tiens ces grains de tabac.

A ces mots, il tendit sa boîte à mon bon maître.

— Vous êtes bien honnête, dit M. l'abbé Coignard.

Et, promenant encore ses regards ravis sur ces murailles savantes :

— Voici, s'écria-t-il, entre la troisième fenêtre et la quatrième, des tablettes qui portent un illustre faix. Les

manuscrits orientaux s'y sont donné rendez-vous et
semblent converser ensemble. J'en vois dix ou douze très
vénérables sous les lambeaux de pourpre et de soie
brochée d'or qui les revêtent. Il en est qui portent à leur
manteau, comme un empereur byzantin, des agrafes de
pierreries. D'autres sont renfermés dans des plaques
d'ivoire.

— Ce sont, dit M. d'Astarac, les cabbalistes juifs,
arabes et persans. Vous venez d'ouvrir la *Puissante Main*.
Vous trouverez à côté la *Table couverte*, le *Fidèle Pasteur*,
les *Fragments du Temple* et la *Lumière dans les ténèbres* [64].
Une place est vide : celle des *Eaux lentes*, traité précieux,
que Mosaïde étudie en ce moment. Mosaïde, comme je
vous l'ai dit, messieurs, est occupé dans ma maison à
découvrir les plus profonds secrets contenus dans les
écrits des Hébreux et, bien qu'âgé de plus d'un siècle, ce
rabbin consent à ne point mourir [65] avant d'avoir pénétré
le sens de tous les symboles cabbalistiques. Je lui en ai
beaucoup d'obligation, et je vous prie, messieurs, de lui
montrer, quand vous le verrez, les sentiments que j'ai
moi-même.

» Mais laissons cela, et venons-en à ce qui vous
regarde particulièrement. J'ai songé à vous, monsieur
l'abbé, pour transcrire et mettre en latin des manuscrits
grecs d'un prix inestimable. J'ai confiance en votre savoir
et dans votre zèle, et je ne doute point que votre jeune
élève ne vous soit bientôt d'un grand secours.

Et, s'adressant à moi :

— Oui, mon fils, je mets sur vous de grandes espérances. Elles sont fondées en bonne partie sur l'éducation
que vous avez reçue. Car vous fûtes nourri, pour ainsi
dire, dans les flammes, sous le manteau d'une cheminée
hantée par les Salamandres. Cette circonstance est considérable.

Tout en parlant, il saisissait une brassée de manuscrits
qu'il déposa sur la table.

— Ceci, dit-il, en désignant un rouleau de papyrus, vient d'Égypte[66]. C'est un livre de Zozime le Panopolitain, qu'on croyait perdu, et que j'ai trouvé moi-même dans le cercueil d'un prêtre de Sérapis.

» Et ce que vous voyez là, ajouta-t-il en nous montrant des lambeaux de feuilles luisantes et fibreuses sur lesquelles on distinguait à peine des lettres grecques tracées au pinceau, ce sont des révélations inouïes, dues, l'une à Sophar le Perse, l'autre à Jean, l'archiprêtre de la Sainte-Évagie[67].

» Je vous serai infiniment obligé de vous occuper d'abord de ces travaux. Nous étudierons ensuite les manuscrits de Synésius, évêque de Ptolémaïs, d'Olympiodore et de Stéphanus, que j'ai découverts à Ravenne dans un caveau où ils étaient renfermés depuis le règne de l'ignare Théodose, qu'on a surnommé le Grand[68].

» Prenez, messieurs, s'il vous plaît, une première idée de ce vaste travail. Vous trouverez au fond de la salle, à droite de la cheminée, les grammaires et les lexiques que j'ai pu rassembler et qui vous donneront quelque aide. Souffrez que je vous quitte ; il y a dans mon cabinet quatre ou cinq Sylphes qui m'attendent. Criton veillera à ce qu'il ne vous manque rien. Adieu !

Dès que M. d'Astarac fut dehors, mon bon maître s'assit devant le papyrus de Zozime et, s'armant d'une loupe qu'il trouva sur la table, il commença le déchiffrement. Je lui demandai s'il n'était pas surpris de ce qu'il venait d'entendre.

Il me répondit sans relever la tête :

— Mon fils, j'ai connu trop de sortes de personnes et traversé des fortunes trop diverses pour m'étonner de rien. Ce gentilhomme paraît fou, moins parce qu'il l'est réellement que parce que ses pensées diffèrent à l'excès de celles du vulgaire. Mais, si l'on prêtait attention aux discours qui se tiennent communément dans le monde, on y trouverait moins de sens encore que dans ceux que tient ce philosophe. Livrée à elle-même, la raison humaine la plus sublime fait ses palais et ses temples avec des nuages, et vraiment monsieur d'Astarac est un assez bel assembleur de nuées. Il n'y a de vérité qu'en Dieu ; ne l'oubliez pas, mon fils. Mais ceci est véritablement le livre *Imouth,* que Zozime le Panopolitain écrivit pour sa sœur Théosébie. Quelle gloire et quelles délices de lire ce manuscrit unique, retrouvé par une sorte de prodige ! J'y veux consacrer mes jours et mes veilles. Je plains, mon fils, les hommes ignorants que l'oisiveté jette dans la débauche. Ils mènent une vie misérable. Qu'est-ce qu'une femme auprès d'un papyrus alexandrin ? Comparez, s'il vous plaît, cette bibliothèque très noble au cabaret du *Petit Bacchus* et l'entretien de ce précieux manuscrit aux caresses que l'on fait aux filles sous la tonnelle, et dites-moi, mon fils, de quel côté se trouve le véritable contentement. Pour moi, convive des Muses et admis à ces silencieuses orgies de la méditation que le rhéteur de Madaura [69], célébrait avec éloquence, je rends grâce à Dieu de m'avoir fait honnête homme.

Tout le long d'un mois ou de six semaines, M. Coignard demeura appliqué, jours et nuits, comme il l'avait promis, à la lecture de Zozime le Panopolitain. Pendant les repas que nous prenions à la table de M. d'Astarac, l'entretien ne roulait que sur les opinions des gnostiques et sur les connaissances des anciens Égyptiens. N'étant qu'un écolier fort ignorant, je rendais peu de services à mon bon maître. Mais je m'appliquais à faire de mon mieux les recherches qu'il m'indiquait ; j'y prenais quelque plaisir. Et il est vrai que nous vivions heureux et tranquilles. Vers la septième semaine, M. d'Astarac me donna congé d'aller voir mes parents à la rôtisserie. La boutique me parut étrangement rapetissée. Ma mère y était seule et triste. Elle fit un grand cri en me voyant équipé comme un prince.

— Mon Jacques, me dit-elle, je suis bien heureuse !

Et elle se mit à pleurer. Nous nous embrassâmes. Puis, s'étant essuyé les yeux avec un coin de son tablier de serpillière :

— Ton père, me dit-elle, est au *Petit Bacchus*. Il y va beaucoup depuis ton départ, en raison de ce que la maison lui est moins plaisante en ton absence. Il sera content de te revoir. Mais, dis-moi, mon Jacquot, es-tu satisfait de ta nouvelle condition ? J'ai eu du regret de t'avoir laissé partir chez ce seigneur; même je me suis accusée en confession, à monsieur le troisième vicaire, d'avoir préféré le bien de ta chair à celui de ton âme et de n'avoir pas assez pensé à Dieu dans ton établissement. Monsieur le troisième vicaire m'en a reprise avec bonté, et il m'a exhortée à suivre l'exemple des femmes fortes de l'Écriture, dont il m'a nommé plusieurs; mais ce sont là des noms que je vois bien que je ne retiendrai jamais. Il ne s'est pas expliqué tout au long, parce que c'était le samedi soir et que l'église était pleine de pénitentes.

Je rassurai ma bonne mère du mieux qu'il me fut possible, et lui représentai que M. d'Astarac me faisait travailler dans le grec, qui est la langue de l'Évangile. Cette idée lui fut agréable. Pourtant elle demeura soucieuse.

— Tu ne devinerais jamais, mon Jacquot, me dit-elle, qui m'a parlé de monsieur d'Astarac. C'est Cadette Saint-Avit, la servante de monsieur le curé de Saint-Benoît. Elle est de Gascogne, et native d'un lieu nommé Laroque-Timbaut, tout proche Sainte-Eulalie, dont monsieur d'Astarac est seigneur [70]. Tu sais que Cadette Saint-Avit est ancienne, comme il convient à la servante d'un curé. Elle a connu dans sa jeunesse, au pays, les trois messieurs d'Astarac, dont l'un, qui commandait un navire, s'est noyé depuis dans la mer. C'était le plus jeune. Le cadet, étant colonel d'un régiment, s'en alla en guerre et y fut tué. L'aîné, Hercule d'Astarac, est seul survivant des trois. C'est donc celui à qui tu appartiens, pour ton bien, mon Jacques, du moins je l'espère. Il était, durant sa jeunesse, magnifique en ses habits, libéral dans ses mœurs, mais d'humeur sombre. Il se tint éloigné des emplois publics et ne se montra point jaloux d'entrer au service du Roi, comme avaient fait messieurs ses frères, qui y trouvèrent une fin honorable. Il avait coutume de dire qu'il n'y avait pas de gloire à porter une épée au côté, qu'il ne savait point de métier plus ignoble que le noble métier des armes et qu'un rebouteux de village était, à son avis, bien au-dessus d'un brigadier ou d'un maréchal de France. Tels étaient ses propos. J'avoue qu'ils ne me semblèrent ni mauvais ni malicieux, mais plutôt hardis et bizarres. Pourtant il faut bien qu'ils soient condamnables en quelque chose, puisque Cadette Saint-Avit disait que monsieur le curé les reprenait comme contraires à l'ordre établi par Dieu dans ce monde et opposés aux endroits de la Bible où Dieu est nommé d'un nom qui veut dire maréchal de camp[71]. Et ce serait un grand péché. Ce monsieur Hercule avait tant d'éloignement pour la cour, qu'il refusa de faire le voyage de Versailles pour être présenté à Sa Majesté, selon les droits de sa naissance. Il disait : « Le roi ne vient point chez moi, je ne vais pas chez lui. » Et il tombe sous le sens, mon Jacquot, que ce n'est pas là un discours naturel.

Ma bonne mère m'interrogea du regard avec inquiétude et poursuivit de la sorte :

— Ce qu'il me reste à t'apprendre, mon Jacquot, est moins croyable encore. Pourtant Cadette Saint-Avit m'en a parlé comme d'une chose certaine. Je te dirai donc que monsieur Hercule d'Astarac, demeuré sur ses terres, n'avait d'autres soins que de mettre dans des carafes la lumière du soleil. Cadette Saint-Avit ne sait pas comme il s'y prenait, mais ce dont elle est sûre, c'est qu'avec le temps, il se formait dans ces carafes, bien bouchées et chauffées au bain-marie, des femmes[72] toutes petites, mais faites à ravir, et vêtues comme des princesses de théâtre... Tu ris, mon Jacquot ; pourtant on ne peut pas plaisanter de ces choses, quand on en voit les conséquences. C'est un grand péché de fabriquer ainsi des créatures qui ne peuvent être baptisées et qui ne sauraient participer à la béatitude éternelle. Car tu n'imagines pas que monsieur d'Astarac ait porté ces marmousets au prêtre, dans leur bouteille, pour les tenir sur les fonts baptismaux. On n'aurait pas trouvé de marraine.

— Mais, chère maman, répondis-je, les poupées de monsieur d'Astarac n'avaient pas besoin de baptême, n'ayant pas eu de part au péché originel.

— C'est à quoi je n'avais pas songé, dit ma mère, et Cadette Saint-Avit elle-même ne m'en a rien dit, bien qu'elle soit la servante d'un curé. Malheureusement, elle quitta toute jeune la Gascogne pour venir en France, et elle n'eut plus de nouvelles de monsieur d'Astarac, de ses carafes et de ses marmousets. J'espère bien, mon Jacquot, qu'il a renoncé à ces œuvres maudites, qu'on ne peut accomplir sans l'aide du démon.

Je demandai :

— Dites-moi, ma bonne mère, Cadette Saint-Avit, la servante de monsieur le curé, a-t-elle vu de ses yeux les dames dans les carafes ?

— Non point, mon enfant. Monsieur d'Astarac était bien trop secret pour montrer ces poupées. Mais elle en a ouï parler par un homme d'église, du nom de Fulgence, qui hantait le château et jurait avoir vu ces petites personnes sortir de leur prison de verre pour danser un menuet. Et elle n'avait en cela que plus de raison d'y croire. Car on peut douter de ce qu'on voit, mais non pas de la parole d'un honnête homme, surtout quand il est d'Église. Il y a encore un malheur à ces pratiques, c'est qu'elles sont extrêmement coûteuses et l'on ne s'imagine point, m'a dit Cadette Saint-Avit, les dépenses que fit ce monsieur Hercule pour se procurer les bouteilles de diverses formes, les fourneaux et les grimoires dont il avait rempli son château. Mais il était devenu par la mort de ses frères le plus riche gentilhomme de sa province, et pendant qu'il dissipait son bien en folies, ses bonnes terres travaillaient pour lui. Cadette Saint-Avit estime que, malgré ses dépenses, il doit encore être fort riche aujourd'hui.

Sur ces mots, mon père entra dans la rôtisserie. Il m'embrassa tendrement et me confia que la maison avait perdu la moitié de son agrément par suite de mon départ et de celui de M. Jérôme Coignard, qui était honnête et jovial. Il me fit compliment de mes habits et me donna une leçon de maintien, assurant que le négoce l'avait accoutumé aux manières affables, par l'obligation continuelle où il était tenu de saluer les chalands comme des gentilshommes, alors même qu'ils appartenaient à la vile canaille. Il me donna pour précepte d'arrondir le coude et de tenir les pieds en dehors, et me conseilla, au surplus, d'aller voir Léandre [73], à la foire Saint-Germain, afin de m'ajuster exactement sur lui.

Nous dînâmes ensemble de bon appétit et nous nous séparâmes en versant des torrents de larmes. Je les aimais bien tous deux, et ce qui me faisait surtout pleurer, c'est que je sentais qu'en six semaines d'absence, ils m'étaient devenus à peu près étrangers. Et je crois que leur tristesse venait du même sentiment.

Quand je sortis de la rôtisserie, il faisait nuit noire. A l'angle de la rue des Écrivains[74], j'entendis une voix grasse et profonde qui chantait :

> Si ton honneur elle est perdue,
> La bell', c'est qu' tu l'as bien voulu.

Et je ne tardai pas à voir, du côté d'où venait cette voix, frère Ange qui, son bissac ballant sur l'épaule, et tenant par la taille Catherine la dentellière, marchait dans l'ombre d'un pas chancelant et triomphal, faisant jaillir sous ses sandales l'eau du ruisseau en magnifiques gerbes de boue qui semblaient célébrer sa gloire crapuleuse, comme les bassins de Versailles font jouer leurs machines en l'honneur des rois. Je me rangeai contre une borne dans un coin de porte, pour qu'ils ne me vissent point. C'était prendre un soin inutile, car ils étaient assez occupés l'un de l'autre. La tête renversée sur l'épaule du moine, Catherine riait. Un rayon de lune tremblait sur ses lèvres humides et dans ses yeux comme dans l'eau des fontaines. Et je poursuivis mon chemin, l'âme irritée et le cœur serré, songeant à la taille ronde de cette belle fille, que pressait dans ses bras un sale capucin.

— Est-il possible, me dis-je, qu'une si jolie chose soit

en de si laides mains ? et si Catherine me dédaigne, faut-il encore qu'elle me rende ses mépris plus cruels par le goût qu'elle a de ce vilain frère Ange ?

Cette préférence me semblait étonnante et j'en concevais autant de surprise que de dégoût. Mais je n'étais pas en vain l'élève de M. Jérôme Coignard. Ce maître incomparable avait formé mon esprit à la méditation. Je me représentai les Satyres qu'on voit dans les jardins ravissant des Nymphes, et fis réflexion que, si Catherine était faite comme une Nymphe, ces Satyres, tels qu'on nous les montre, étaient aussi affreux que ce capucin. J'en conclus que je ne devais pas m'étonner excessivement de ce que je venais de voir. Pourtant mon chagrin ne fut point dissipé par ma raison, sans doute parce qu'il n'y avait point sa source. Ces méditations me conduisirent, à travers les ombres de la nuit et les boues du dégel, jusqu'à la route de Saint-Germain, où je rencontrai M. l'abbé Jérôme Coignard qui, ayant soupé en ville, rentrait de nuit à la Croix-des-Sablons.

— Mon fils, me dit-il, je viens de m'entretenir de Zozime et des gnostiques à la table d'un ecclésiastique très docte, d'un autre Pereisc. Le vin était rude et la chère médiocre. Mais le nectar et l'ambroisie coulaient de tous les discours.

Mon bon maître me parla ensuite du Panopolitain avec une éloquence inconcevable. Hélas ! je l'écoutai mal, songeant à cette goutte de clair de lune qui était tombée dans la nuit sur les lèvres de Catherine.

Enfin, il s'arrêta et je lui demandai sur quel fondement les Grecs avaient établi le goût des Nymphes pour les Satyres. Mon bon maître était prêt à répondre sur toutes les questions, tant son savoir avait d'étendue. Il me dit :

— Mon fils, ce goût est fondé sur une sympathie naturelle. Il est vif, bien que moins ardent que le goût des Satyres pour les Nymphes, auquel il correspond. Les poètes ont très bien observé cette distinction. A ce propos, je vous conterai une singulière aventure que j'ai lue dans un manuscrit [75] qui faisait partie de la bibliothèque de monsieur l'évêque de Séez. C'était (je le vois encore) un recueil in-folio, d'une bonne écriture du siècle dernier. Voici le fait singulier qui y est rapporté. Un gentilhomme normand et sa femme prirent part à un divertissement public, déguisés l'un en Satyre, l'autre en Nymphe. On sait, par Ovide, avec quelle ardeur les Satyres poursuivent les Nymphes. Ce gentilhomme avait lu les *Métamorphoses*. Il entra si bien dans l'esprit de son déguisement que, neuf mois après, sa femme lui donna un enfant qui avait le front cornu et des pieds de bouc. Nous ne savons ce qu'il advint du père, sinon que, par un sort commun à toute créature, il mourut, laissant avec son petit capripède un autre enfant plus jeune, chrétien celui-là, et de forme humaine. Ce cadet demanda à la justice que son frère fût déchu de l'héritage paternel pour cette raison qu'il n'appartenait pas à l'espèce rachetée par le sang de Jésus-Christ. Le Parlement de Normandie siégeant à Rouen lui donna gain de cause, et l'arrêt fut enregistré.

Je demandai à mon bon maître s'il était possible qu'un travestissement pût avoir un tel effet sur la nature, et que la façon d'un enfant résultât de celle d'un habit. M. l'abbé Coignard m'engagea à n'en rien croire.

— Jacques Tournebroche, mon fils, me dit-il, qu'il vous souvienne qu'un bon esprit repousse tout ce qui est contraire à la raison, hors en matière de foi, où il convient de croire aveuglément. Dieu merci ! je n'ai jamais erré sur les dogmes de notre très sainte religion, et j'espère bien me trouver en cette disposition à l'article de la mort.

En devisant de la sorte, nous arrivâmes au château. Le toit apparaissait éclairé par une lueur rouge, au milieu des ténèbres. D'une des cheminées sortaient des étincelles qui montaient en gerbes pour retomber en pluie d'or sous une fumée épaisse dont le ciel était voilé. Nous crûmes l'un et l'autre que les flammes dévoraient l'édifice. Mon bon maître s'arrachait les cheveux et gémissait.

— Mon Zozime, mes papyrus et mes manuscrits grecs! Au secours! au secours! mon Zozime!

Courant par la grande allée, sur les flaques d'eau qui reflétaient des lueurs d'incendie, nous traversâmes le parc, enseveli dans une ombre épaisse. Il était calme et désert. Dans le château tout semblait dormir. Nous entendions le ronflement du feu, qui remplissait l'escalier obscur. Nous montâmes deux à deux les degrés, nous arrêtant par moments pour écouter d'où venait ce bruit épouvantable.

Il nous parut sortir d'un corridor du premier étage où nous n'avions jamais mis les pieds. Nous nous dirigeâmes à tâtons de ce côté, et, voyant par les fentes d'une porte close des clartés rouges, nous heurtâmes de toutes nos forces les battants. Ils cédèrent tout à coup.

M. d'Astarac, qui venait de les ouvrir, se tenait tranquille devant nous. Sa longue forme noire se dressait dans un air enflammé. Il nous demanda doucement pour quelle affaire pressante nous le cherchions à cette heure.

Il n'y avait point d'incendie, mais un feu terrible, qui sortait d'un grand fourneau à réverbère, que j'ai su depuis s'appeler athanor [76]. Toute cette salle, assez vaste, était pleine de bouteilles de verre au long col, sur lequel serpentaient des tubes de verre à bec de canard, de cornues semblables à des visages joufflus, d'où partait un nez comme une trompe, de creusets, de matras, de coupelles, de cucurbites, et de vases de formes inconnues.

Mon bon maître dit, en s'épongeant le visage, qui luisait comme braise :

— Ah! monsieur, nous avons cru que le château flambait ainsi qu'une paille sèche. Dieu merci, la bibliothèque n'est pas brûlée. Mais je vois que vous pratiquez, monsieur, l'art spagyrique.

— Je ne vous cèlerai pas, répondit M. d'Astarac, que j'y ai fait de grands progrès, sans avoir trouvé toutefois le thélème[77] qui rendra mes travaux parfaits. Au moment même où vous avez heurté cette porte, je recueillais, messieurs, l'Esprit du Monde et la Fleur du Ciel, qui est la vraie Fontaine de Jouvence. Entendez-vous un peu l'alchimie, monsieur Coignard ?

L'abbé répondit qu'il en avait pris quelque teinture dans les livres, mais qu'il en tenait la pratique pour pernicieuse et contraire à la religion. M. d'Astarac sourit et dit encore :

— Vous êtes trop habile homme, monsieur Coignard, pour ne pas connaître l'Aigle volante, l'Oiseau d'Hermès, le Poulet d'Hermogène, la Tête de Corbeau, le Lion vert et le Phénix[78].

— J'ai ouï dire, répondit mon bon maître, que ces noms désignaient la pierre philosophale, à ses divers états. Mais je doute qu'il soit possible de transmuter les métaux.

M. d'Astarac répliqua avec beaucoup d'assurance :

— Rien ne me sera plus facile, monsieur, que de mettre fin à votre incertitude.

Il alla ouvrir un vieux bahut boiteux, adossé au mur, y prit une pièce de cuivre à l'effigie du feu roi et nous fit remarquer une tache ronde qui la traversait de part en part.

— C'est, dit-il, l'effet de la pierre qui a changé le cuivre en argent. Mais ce n'est là qu'une bagatelle.

Il retourna au bahut et en tira un saphir de la grosseur d'un œuf, une opale d'une merveilleuse grandeur et une poignée d'émeraudes parfaitement belles.

— Voici, dit-il, quelques-uns de mes ouvrages, qui vous prouvent suffisamment que l'art spagyrique n'est pas le rêve d'un cerveau creux.

Il y avait au fond de la sébile où ces pierres étaient jetées cinq ou six petits diamants, dont M. d'Astarac ne

nous parla même point. Mon bon maître lui demanda
s'ils étaient aussi de sa façon. Et l'alchimiste ayant
répondu qu'oui :

— Monsieur, dit l'abbé, je vous conseillerais de
montrer ceux-là en premier lieu aux curieux, par prudence. Si vous faites paraître d'abord le saphir, l'opale et
le rubis, on vous dira que le diable seul a pu produire de
telles pierres, et l'on vous intentera un procès en
sorcellerie. Aussi bien le diable seul pourrait vivre à l'aise
sur ces fourneaux où l'on respire la flamme. Pour moi,
qui y suis depuis un quart d'heure, je me sens déjà à
moitié cuit.

M. d'Astarac sourit avec bienveillance et s'exprima de
la sorte en nous mettant dehors :

— Bien que sachant à quoi m'en tenir sur la réalité du
diable et de l'Autre, je consens volontiers à parler d'eux
avec les personnes qui y croient. Le diable et l'Autre, ce
sont là, comme on dit, des caractères ; et l'on en peut
discourir ainsi que d'Achille et de Thersite[79]. Soyez
assurés, messieurs, que, si le diable est tel qu'on le dit, il
n'habite pas un élément si subtil que le feu. C'est un
grand contresens que de mettre une si vilaine bête dans
du soleil. Mais, comme j'avais l'honneur de le dire,
monsieur Tournebroche, au capucin de madame votre
mère, j'estime que les chrétiens calomnient Satan et les
démons. Qu'il puisse être, en quelque monde inconnu,
des êtres plus méchants encore que les hommes, c'est
possible, bien que presque inconcevable. Assurément,
s'ils existent, ils habitent des régions privées de lumière
et, s'ils brûlent, c'est dans les glaces, qui, en effet,
causent des douleurs cuisantes, non dans les flammes
illustres, parmi les filles ardentes des astres. Ils souffrent,
puisqu'ils sont méchants et que la méchanceté est un
mal ; mais ce ne peut être que d'engelures. Quant à votre
Satan, messieurs, qui est en horreur à vos théologiens, je
ne l'estime pas si méprisable à le juger par tout ce que

vous en dites, et, s'il existait d'aventure, je le tiendrais non pour une vilaine bête, mais pour un petit Sylphe ou tout au moins pour un Gnome métallurgiste un peu moqueur et très intelligent.

Mon bon maître se boucha les oreilles et s'enfuit pour n'en point entendre davantage.

— Quelle impiété, Tournebroche, mon fils, s'écria-t-il dans l'escalier, quels blasphèmes ! Avez-vous bien senti tout ce qu'il y avait de détestable dans les maximes de ce philosophe ? Il pousse l'athéisme jusqu'à une sorte de frénésie joyeuse, qui m'étonne. Mais cela même le rend presque innocent. Car étant séparé de toute croyance, il ne peut déchirer la sainte Église comme ceux qui y restent attachés par quelque membre à demi tranché et saignant encore. Tels sont, mon fils, les Luthériens et les Calvinistes, qui gangrènent l'Église au point de rupture. Au contraire, les athées se damnent tout seuls, et l'on peut dîner chez eux sans péché. En sorte qu'il ne nous faut pas faire scrupule de vivre chez ce monsieur d'Astarac, qui ne croit ni à Dieu ni au diable. Mais avez-vous vu, Tournebroche, mon fils, qu'il se trouvait au fond de la sébile une poignée de petits diamants, dont il semble lui-même ignorer le nombre et qui me paraissent d'une assez belle eau ? Je doute de l'opale et des saphirs. Quant à ces petits diamants, ils vous ont un air de vérité.

Arrivés à nos chambres hautes, nous nous souhaitâmes l'un à l'autre le bonsoir.

Nous menâmes, mon bon maître et moi, jusqu'au printemps une vie exacte et recluse. Nous travaillions toute la matinée, enfermés dans la galerie, et nous y retournions après le dîner comme au spectacle, selon l'expression même de M. Jérôme Coignard; non point, disait cet homme excellent, pour nous donner, à la mode des gentilshommes et des laquais, un spectacle scurrile, mais pour entendre les dialogues sublimes, encore que contradictoires, des auteurs anciens.

De ce train, la lecture et la traduction du Panopolitain avançaient merveilleusement. Je n'y contribuais guère. Un tel travail passait mes connaissances, et j'avais assez d'apprendre la figure que les caractères grecs ont sur le papyrus. J'aidai toutefois mon maître à consulter les auteurs qui pouvaient l'éclairer dans ses recherches, et notamment Olympiodore et Photius[80], qui, depuis ce temps, me sont restés familiers. Les petits services que je lui rendais me haussaient beaucoup dans ma propre estime.

Après un âpre et long hiver, j'étais en passe de devenir un savant, quand le printemps survint tout à coup, avec son galant équipage de lumière, de tendre verdure et de chants d'oiseaux. L'odeur des lilas, qui montait dans la bibliothèque, me faisait tomber en de vagues rêveries, dont mon bon maître me tirait brusquement en me disant :

— Jacquot Tournebroche, grimpez, s'il vous plaît, à l'échelle et dites-moi si ce coquin de Manéthon[81] ne parle point d'un dieu Imhotep qui, par ses contradictions, me tourmente comme un diable ?

Et mon bon maître s'emplissait le nez de tabac avec un air de contentement.

— Mon fils, me dit-il encore, il est remarquable que nos habits ont une grande influence sur notre état moral. Depuis que mon petit collet est taché de diverses sauces que j'y ai laissé couler, je me sens moins honnête homme. Tournebroche, maintenant que vous êtes vêtu comme un marquis, n'êtes-vous point chatouillé de l'envie d'assister à la toilette d'une fille d'Opéra et de pousser un rouleau de faux louis sur une table de pharaon ; en un mot, ne vous sentez-vous point homme de qualité ? Ne prenez pas ce que je vous dis en mauvaise part, et considérez qu'il suffit de donner un bonnet à poil à un couard pour qu'il aille aussitôt se faire casser la tête au service du Roi. Tournebroche, nos sentiments sont formés de mille choses qui nous échappent par leur petitesse, et la destinée de notre âme immortelle dépend parfois d'un souffle trop léger pour courber un brin d'herbe. Nous sommes le jouet des vents. Mais passez-moi, s'il vous plaît, les Rudiments de Vossius[82], dont je vois les tranches rouges bâiller là, sous votre bras gauche.

Ce jour-là, après le dîner de trois heures[83], M. d'Astarac nous mena, mon bon maître et moi, faire un tour de promenade dans le parc. Il nous conduisit du côté occidental, qui regardait Rueil et le Mont-Valérien. C'était le plus profond et le plus désolé. Le lierre et l'herbe couvraient les allées, que barraient çà et là de grands troncs d'arbres morts. Les statues de marbre qui les bordaient souriaient sans rien savoir de leur ruine. Une Nymphe, de sa main brisée, qu'elle approchait de

ses lèvres, faisait signe à un berger d'être discret. Un
jeune Faune, dont la tête gisait sur le sol, cherchait
encore à porter sa flûte à sa bouche. Et tous ces êtres
divins semblaient nous enseigner à mépriser l'injure du
temps et de la fortune. Nous suivions le bord d'un canal
où l'eau des pluies nourrissait les rainettes. Autour d'un
rond-point, des vasques penchantes s'élevaient où
buvaient les colombes. Parvenus à cet endroit, nous
prîmes un étroit sentier pratiqué dans les taillis.

— Marchez avec précaution, nous dit M. d'Astarac.
Ce sentier a ceci de dangereux, qu'il est bordé de
Mandragores[84] qui, la nuit, chantent au pied des arbres.
Elles sont cachées dans la terre. Gardez-vous d'y mettre
le pied : vous y prendriez le mal d'aimer ou la soif des
richesses, et vous seriez perdus, car les passions qu'inspire la mandragore sont mélancoliques.

Je demandai comment il était possible d'éviter ce
danger invisible. M. d'Astarac me répondit qu'on y
pouvait échapper par intuitive divination, et point autrement.

— Au reste, ajouta-t-il, ce sentier est funeste.

Il conduisait tout droit à un pavillon de brique, caché
sous le lierre, qui, sans doute, avait servi jadis de maison
à un garde. Là finissait le parc sur les marais monotones
de la Seine.

— Vous voyez ce pavillon, nous dit M. d'Astarac. Il
renferme le plus savant des hommes. C'est là que
Mosaïde, âgé de cent douze ans, pénètre, avec une
majestueuse opiniâtreté, les arcanes de la nature. Il a
laissé bien loin derrière lui Imbonatus et Bartolocci[85]. Je
voulais m'honorer, messieurs, en gardant sous mon toit
le plus grand des cabbalistes après Énoch[86], fils de Caïn.
Mais des scrupules de religion ont empêché Mosaïde de
s'asseoir à ma table, qu'il tient pour chrétienne, en quoi il
lui fait trop d'honneur. Vous ne sauriez concevoir à
quelle violence la haine des chrétiens est portée chez ce

sage. C'est à grand-peine qu'il a consenti à loger dans ce pavillon, où il vit seul avec sa nièce Jahel. Messieurs, vous ne devez pas tarder davantage à connaître Mosaïde, et je vais vous présenter tout de suite, l'un et l'autre, à cet homme divin.

Ayant ainsi parlé, M. d'Astarac nous poussa dans le pavillon et nous fit monter, par un escalier à vis, dans une chambre où se tenait, au milieu de manuscrits épars, dans un grand fauteuil à oreilles, un vieillard aux yeux vifs, au nez busqué, dont le menton fuyant laissait échapper deux maigres ruisseaux de barbe blanche. Un bonnet de velours, en forme de couronne impériale, couvrait sa tête chauve, et son corps, d'une maigreur qui n'était point humaine, s'enveloppait d'une vieille robe de soie jaune, éblouissante et sordide.

Bien que ses regards perçants fussent tournés vers nous, il ne marqua par aucun signe qu'il s'apercevait de notre venue. Son visage exprimait un entêtement douloureux, et il roulait lentement, entre ses doigts ridés, le roseau qui lui servait à écrire.

— N'attendez pas de Mosaïde des paroles vaines, nous dit M. d'Astarac. Depuis longtemps, ce sage ne s'entretient plus qu'avec les Génies et moi. Ses discours sont sublimes. Comme il ne consentira pas, sans doute, à converser avec vous, messieurs, je vous donnerai en peu de mots une idée de son mérite. Le premier, il a pénétré le sens spirituel des livres de Moïse, d'après la valeur des caractères hébraïques, laquelle dépend de l'ordre des lettres dans l'alphabet. Cet ordre avait été brouillé à partir de la onzième lettre. Mosaïde l'a rétabli, ce que n'avaient pu faire Atrabis, Philon, Avicenne, Raymond Lulle, Pic de La Mirandole, Reuchelin, Henri Morus et Robert Flydd [87]. Mosaïde sait le nombre de l'or qui correspond à Jéhovah dans le monde des Esprits. Et vous concevez, messieurs, que cela est d'une conséquence infinie.

Mon bon maître tira sa boîte de sa poche et nous l'ayant présentée avec civilité, huma une prise de tabac et dit :

— Ne croyez-vous pas, monsieur d'Astarac, que ces connaissances sont extrêmement propres à vous mener au diable, à l'issue de cette vie transitoire ? Car enfin, ce seigneur Mosaïde erre visiblement dans l'interprétation des saintes écritures. Quand Notre-Seigneur mourut sur la croix pour le salut des hommes, la synagogue sentit un bandeau descendre sur ses yeux ; elle chancela comme une femme ivre, et sa couronne tomba de sa tête. Depuis lors, l'intelligence de l'Ancien Testament est renfermée dans l'Église catholique à laquelle j'appartiens malgré mes iniquités multiples.

A ces mots, Mosaïde, semblable à un dieu bouc, sourit d'une manière effrayante et dit à mon bon maître d'une voix lente, aigre et comme lointaine :

— La Mashore ne t'a pas confié ses secrets et la Mischna ne t'a pas révélé ses mystères [88].

— Mosaïde, reprit M. d'Astarac, interprète avec clarté, non seulement les livres de Moïse, mais celui d'Énoch, qui est bien plus considérable, et que les chrétiens ont rejeté faute de le comprendre, comme le coq de la fable arabe dédaigna la perle tombée dans son grain. Ce livre d'Énoch, monsieur l'abbé Coignard, est d'autant plus précieux qu'on y voit les premiers entretiens des filles des hommes avec les Sylphes. Car vous entendez bien que ces anges, qu'Énoch nous montre liant avec des femmes un commerce d'amour, sont des Sylphes et des Salamandres.

— Je l'entendrai, monsieur, répondit mon bon maître, pour ne pas vous contrarier. Mais par ce qui nous a été conservé du livre d'Énoch, qui est visiblement apocryphe, je soupçonne que ces anges étaient, non point des Sylphes, mais des marchands phéniciens.

— Et sur quoi, demanda M. d'Astarac, fondez-vous une opinion si singulière ?

— Je la fonde, monsieur, sur ce qu'il est dit dans ce livre que les anges apprirent aux femmes l'usage des bracelets et des colliers, l'art de se peindre les sourcils et d'employer toutes sortes de teintures. Il est dit encore au même livre, que les anges enseignèrent aux filles des hommes les propriétés des racines et des arbres, les enchantements, l'art d'observer les étoiles. De bonne foi, monsieur, ces anges-là n'ont-ils pas tout l'air de Tyriens ou de Sidoniens débarquant sur quelque côte à demi déserte et déballant au pied des rochers leur pacotille pour tenter les filles des tribus sauvages ? Ces trafiquants leur donnaient des colliers de cuivre, des amulettes et des médicaments, contre de l'ambre, de l'encens et des pelleteries, et ils étonnaient ces belles créatures ignorantes en leur parlant des étoiles avec une connaissance acquise dans la navigation. Voilà qui est clair et je voudrais bien savoir par quel endroit monsieur Mosaïde y pourrait contredire.

Mosaïde garda le silence et M. d'Astarac sourit de nouveau.

— Monsieur Coignard, dit-il, vous ne raisonnez pas trop mal, dans l'ignorance où vous êtes encore de la gnose et de la cabbale. Et ce que vous dites me fait songer qu'il pouvait se trouver quelques Gnomes métallurgistes et orfèvres parmi ces Sylphes qui s'unirent d'amour aux filles des hommes. Les Gnomes, en effet, s'occupent volontiers d'orfèvrerie, et il est probable que ce furent ces ingénieux démons qui forgèrent ces bracelets que vous croyez de fabrication phénicienne. Mais vous aurez quelque désavantage, monsieur, je vous en préviens, à vous mesurer avec Mosaïde sur la connaissance des antiquités humaines. Il en a retrouvé les monuments qu'on croyait perdus et, entre autres, la colonne de Seth et les oracles de Sambéthé, fille de Noé, la plus ancienne des Sibylles[89].

— Oh ! s'écria mon bon maître en bondissant sur le plancher poudreux d'où s'éleva un nuage de poussière, oh ! que de rêveries ! C'en est trop, vous vous moquez ! et monsieur Mosaïde ne peut emmagasiner tant de folies dans sa tête, sous son grand bonnet qui ressemble à la couronne de Charlemagne. Cette colonne de Seth est une invention ridicule de ce plat Flavius Josèphe[90], un conte absurde qui n'avait encore trompé personne avant vous. Quant aux prédictions de Sambéthé, fille de Noé, je serais bien curieux de les connaître, et monsieur Mosaïde, qui paraît assez avare de ses paroles, m'obligerait en en faisant passer quelques-unes par sa bouche, car il ne lui est pas possible, je me plais à le reconnaître, de les proférer par la voie plus secrète à travers laquelle les sibylles anciennes avaient coutume de faire passer leurs mystérieuses réponses.

Mosaïde, qui ne semblait point entendre, dit tout à coup :

— La fille de Noé a parlé ; Sambéthé a dit : « L'homme vain qui rit et qui raille n'entendra pas la voix qui sort du septième tabernacle ; l'impie ira misérablement à sa ruine. »

Sur cet oracle nous prîmes tous trois congé de Mosaïde.

Cette année-là, l'été fut radieux, d'où me vint l'envie d'aller dans les promenades. Un jour, comme j'errais sous les arbres du Cours-la-Reine, avec deux petits écus que j'avais trouvés le matin dans la pochette de ma culotte et qui étaient le premier effet par lequel mon faiseur d'or eût encore montré sa munificence, je m'assis devant la porte d'un limonadier, à une table que sa petitesse appropriait à ma solitude et à ma modestie, et là je me mis à songer à la bizarrerie de ma destinée, tandis qu'à mes côtés, des mousquetaires buvaient du vin d'Espagne avec des filles du monde. Je doutais si la Croix-des-Sablons, M. d'Astarac, Mosaïde, le papyrus de Zozime et mon bel habit n'étaient point des songes dont j'allais me réveiller, pour me retrouver en veste de basin devant la broche de la *Reine Pédauque*.

Je sortis de ma rêverie en me sentant tiré par la manche. Et je vis devant moi frère Ange, dont le visage disparaissait entre son capuchon et sa barbe.

— Monsieur Jacques Ménétrier, me dit-il à voix basse, une demoiselle, qui vous veut du bien, vous attend dans son carrosse sur la chaussée, entre la rivière et la porte de la Conférence.

Le cœur me battit très fort. Effrayé et ravi de cette

aventure, je me rendis tout de suite à l'endroit indiqué par le capucin, en marchant toutefois d'un pas tranquille, qui me parut le plus avantageux. Parvenu sur le quai, je vis un carrosse avec une petite main posée sur le bord de la portière.

Cette portière s'entr'ouvrit à mon approche, et je fus bien surpris de trouver dans le carrosse mam'selle Catherine en robe de satin rose, et la tête couverte d'un coqueluchon où ses cheveux blonds se jouaient dans la dentelle noire.

Je restais interdit sur le marchepied.

— Venez là, me dit-elle, et asseyez-vous près de moi. Fermez la portière, je vous prie. Il ne faut pas qu'on vous voie. Tout à l'heure, en passant sur le Cours, je vous ai vu chez le limonadier. Aussitôt je vous ai fait quérir par le bon frère, que j'ai pris pour les exercices du carême et que je garde près de moi depuis ce temps, car, dans quelque condition où l'on se trouve, il faut avoir de la piété. Vous aviez très bonne mine, monsieur Jacques, devant votre petite table, l'épée en travers sur les cuisses, avec l'air chagrin d'un homme de qualité. J'ai toujours eu de l'amitié pour vous, et je ne suis pas de ces femmes qui, dans la prospérité, méprisent les amis d'autrefois.

— Eh! quoi? mam'selle Catherine, m'écriai-je, ce carrosse, ces laquais, cette robe de satin...

— Viennent, me dit-elle, des bontés de monsieur de la Guéritaude, qui est dans les partis[91], et des plus riches financiers. Il a prêté de l'argent au Roi. C'est un excellent ami que, pour tout au monde, je ne voudrais fâcher. Mais il n'est pas si aimable que vous, monsieur Jacques. Il m'a donné aussi une petite maison à Grenelle, que je vous montrerai de la cave au grenier. Monsieur Jacques, je suis bien contente de vous voir en état de faire votre fortune. Le mérite se découvre toujours. Vous verrez ma chambre à coucher, qui est copiée sur celle de mademoiselle Davilliers. Elle est tout en glaces, avec des magots.

Comment va votre bonhomme de père? Entre nous, il négligeait un peu sa femme et sa rôtisserie. C'est un grand tort chez un homme de sa condition. Mais parlons de vous.

Parlons de vous, mam'selle Catherine, dis-je enfin. Vous êtes bien jolie, et c'est grand dommage que vous aimiez les capucins. Car il faut bien vous passer les fermiers généraux.

— Oh! dit-elle, ne me reprochez point frère Ange. Je ne l'ai que pour faire mon salut, et, si je donnais un rival à monsieur de la Guéritaude, ce serait...

— Ce serait?

— Ne me le demandez pas, monsieur Jacques. Vous êtes un ingrat. Car vous savez que je vous ai toujours distingué. Mais vous n'y preniez pas garde.

— J'étais, au contraire, sensible à vos railleries, mam'selle Catherine. Vous me faisiez honte de ce que je n'avais pas de barbe au menton. Vous m'avez dit maintes fois que j'étais un peu niais.

— C'était vrai, monsieur Jacques, et plus vrai que vous ne pensiez. Que n'avez-vous deviné que je vous voulais du bien!

— Pourquoi, aussi, Catherine, étiez-vous jolie à faire peur? Je n'osais vous regarder. Et puis, j'ai bien vu qu'un jour vous étiez fâchée tout de bon contre moi.

— J'avais raison de l'être, monsieur Jacques. Vous m'aviez préféré cette Savoyarde en marmotte, le rebut du port Saint-Nicolas.

— Ah! croyez bien, Catherine, que ce ne fut point par goût ni par inclination, mais seulement parce qu'elle prit pour vaincre ma timidité des moyens énergiques.

— Ah! mon ami, croyez-moi, qui suis votre aînée: la timidité est un grand péché contre l'amour. Mais n'avez-vous pas vu que cette mendiante porte des bas troués et qu'elle a une dentelle de crasse et de boue haute d'une demi-aune au bas de ses jupons?

— Je l'ai vu, Catherine.

— N'avez-vous point vu, Jacques, qu'elle était mal faite, et de plus bien défaite ?

— Je l'ai vu, Catherine.

— Comment alors aimâtes-vous cette guenon savoyarde, vous qui avez la peau blanche et des manières distinguées ?

— Je ne le conçois pas moi-même, Catherine. Il fallut qu'à ce moment mon imagination fût pleine de vous. Et, puisque votre seule image me donna le courage et la force que vous me reprochez aujourd'hui, jugez, Catherine, de mes transports, si je vous avais pressée dans mes bras, vous-même ou seulement une fille qui vous ressemblât un peu. Car je vous aimais extrêmement.

Elle me prit les mains et soupira. Je repris d'un ton mélancolique :

— Oui, je vous aimais, Catherine, et je vous aimerais encore, sans ce moine dégoûtant.

Elle se récria :

— Quel soupçon ! vous me fâchez. C'est une folie.

— Vous n'aimez donc point les capucins ?

— Fi !

Ne jugeant point opportun de trop la presser sur ce sujet, je lui pris la taille ; nous nous embrassâmes, nos lèvres se rencontrèrent, et je sentis tout mon être se fondre de volupté.

Après un moment de mol abandon, elle se dégagea, les joues roses, l'œil humide, les lèvres entr'ouvertes. C'est de ce jour que je connus à quel point une femme est embellie et parée du baiser qu'on met sur sa bouche. Le mien avait fait éclore sur les joues de Catherine, des roses de la teinte la plus suave, et trempé la fleur bleue de ses yeux d'une étincelante rosée.

— Vous êtes un enfant, me dit-elle en rajustant son coqueluchon. Allez ! vous ne pouvez demeurer un moment de plus. Monsieur de la Guéritaude va venir. Il m'aime avec une impatience qui devance l'heure des rendez-vous.

Lisant alors sur mon visage la contrariété que j'en éprouvais, elle reprit avec une tendre vivacité :

— Mais écoutez-moi, Jacques : il rentre chaque soir à neuf heures chez sa vieille femme, devenue acariâtre avec l'âge, qui ne souffre plus ses infidélités depuis qu'elle est hors d'état de les lui rendre et dont la jalousie est devenue effroyable. Venez ce soir à neuf heures et demie. Je vous recevrai. Ma maison est au coin de la rue du Bac. Vous la reconnaîtrez à ses trois fenêtres par étage, et au balcon qui est couvert de roses. Vous savez que j'ai toujours aimé les fleurs. A ce soir !

Elle me repoussa d'un geste caressant, où elle semblait trahir le regret de ne point me garder, puis, un doigt sur la bouche, elle murmura encore :

— A ce soir !

Je ne sais comment il me fut possible de m'arracher des bras de Catherine, mais il est certain que, en sautant hors du carrosse, je tombai, peu s'en faut, sur M. d'Astarac, dont la haute figure était plantée comme un arbre au bord de la chaussée. Je le saluai poliment et lui marquai ma surprise d'un si heureux hasard.

— Le hasard, me dit-il, diminue à mesure que la connaissance augmente : il est supprimé pour moi. Je savais, mon fils, que je devais vous rencontrer ici. Il faut que j'aie avec vous un entretien trop longtemps différé. Allons, s'il vous plaît, chercher la solitude et le silence qu'exige le discours que je veux vous tenir. Ne prenez point un visage soucieux. Les mystères que je vous dévoilerai sont sublimes, à la vérité, mais aimables.

Ayant parlé ainsi, il me conduisit sur le bord de la Seine, jusqu'à l'île aux Cygnes, qui s'élevait au milieu du fleuve comme un navire de feuillage. Là, il fit signe au passeur, dont le bac nous porta dans l'île verte, fréquentée seulement par quelques invalides qui, dans les beaux jours, y jouent aux boules et vident une chopine. La nuit allumait ses premières étoiles dans le ciel et donnait une voix aux insectes de l'herbe. L'île était déserte. M. d'Astarac s'assit sur un banc de bois, à l'extrémité claire d'une allée de noyers, m'invita à prendre place à son côté, et me parla en ces termes :

— Il est trois sortes de gens, mon fils, à qui le philosophe doit cacher ses secrets. Ce sont les princes, parce qu'il serait imprudent d'ajouter à leur puissance ; les ambitieux, dont il ne faut pas armer le génie impitoyable, et les débauchés, qui trouveraient dans la science cachée le moyen d'assouvir leurs mauvaises passions[92]. Mais je puis m'ouvrir à vous, qui n'êtes ni débauché, car je compte pour rien l'erreur où tantôt vous alliez tomber dans les bras de cette fille, ni ambitieux, ayant vécu jusqu'ici content de tourner la broche paternelle. Je peux donc vous découvrir sans crainte les lois cachées de l'univers.

» Il ne faut pas croire que la vie soit bornée aux conditions étroites dans lesquelles elle se manifeste aux yeux du vulgaire. Quand ils enseignent que la création eut l'homme pour objet et pour fin, vos théologiens et vos philosophes raisonnent comme des cloportes de Versailles ou des Tuileries qui croiraient que l'humidité des caves est faite pour eux et que le reste du château n'est point habitable. Le système du monde, que le chanoine Copernic[93] enseignait au siècle dernier, d'après Aristarque de Samos et les philosophes pythagoriciens, vous est sans doute connu, puisqu'on en a fait même des abrégés pour les petits grimauds d'école et des dialogues à l'usage des caillettes de la ville. Vous avez vu chez moi une machine qui le démontre parfaitement, au moyen d'un mouvement d'horloge.

» Levez les yeux, mon fils, et voyez sur votre tête le Chariot de David qui, traîné par Mizar et ses deux compagnes illustres, tourne autour du pôle ; Arcturus, Véga de la Lyre, l'Épi de la Vierge, la Couronne d'Ariane, et sa perle charmante. Ce sont des soleils. Un seul coup d'œil sur le monde vous fait paraître que la création tout entière est une œuvre de feu et que la vie doit, sous ses plus belles formes, se nourrir de flammes !

» Et qu'est-ce que les planètes ? Des gouttes de boue, un peu de fange et de moisissure. Contemplez le chœur auguste des étoiles, l'assemblée des soleils. Ils égalent ou surpassent le nôtre en grandeur et en puissance et, lorsque, par quelque claire nuit d'hiver, je vous aurai montré Sirius dans ma lunette, vos yeux et votre âme en seront éblouis.

» Croyez-vous, de bonne foi, que Sirius, Altaïr, Régulus, Aldébaran, tous ces soleils enfin, soient seulement des luminaires ? Croyez-vous que ce vieux Phébus, qui verse incessamment dans les espaces où nous nageons ses flots démesurés de chaleur et de lumière, n'ait d'autre fonction que d'éclairer la terre et quelques autres planètes imperceptibles et dégoûtantes ? Quelle chandelle ! Un million de fois plus grosse que le logis !

» J'ai dû vous présenter d'abord cette idée que l'Univers est composé de soleils et que les planètes qui peuvent s'y trouver sont moins que rien. Mais je prévois que vous voulez me faire une objection, et j'y vais répondre. Les soleils, m'allez-vous dire, s'éteignent dans la suite des siècles, et deviennent aussi de la boue. — Non pas ! vous répondrai-je ; car ils s'entretiennent par les comètes qu'ils attirent et qui y tombent. C'est l'habitacle de la vie véritable. Les planètes et cette terre, où nous vivons, ne sont que des séjours de larves. Telles sont les vérités dont il fallait d'abord vous pénétrer.

» Maintenant que vous entendez, mon fils, que le feu est l'élément par excellence, vous concevrez mieux ce que je vais vous enseigner, qui est plus considérable que tout ce que vous avez appris jusqu'ici et même que ce que connurent jamais Érasme, Turnèbe et Scaliger. Je ne parle pas des théologiens comme Quesnel[94] ou Bossuet, qui, entre nous, sont la lie de l'esprit humain et qui n'ont guère plus d'entendement qu'un capitaine aux gardes.

Ne nous attardons point à mépriser ces cervelles compa-
rables, pour le volume et la façon, à des œufs de roitelet,
et venons-en tout de suite à l'objet de mon discours.
Tandis que les créatures formées de la terre ne dépassent
point un degré de perfection qui, pour la beauté des
formes, fut atteint par Antinoüs et par madame de
Parabère [95], et auquel parvinrent seuls, pour la faculté de
connaître, Démocrite et moi, les êtres formés du feu
jouissent d'une sagesse et d'une intelligence dont il nous
est impossible de concevoir l'étendue.

» Telle est, mon fils, la nature des enfants glorieux des
soleils ; ils possèdent les lois de l'univers comme nous
possédons les règles du jeu d'échecs, et le cours des astres
dans le ciel ne les embarrasse pas plus que ne nous
trouble la marche sur le damier du roi, de la tour et du
fou. Ces Génies créent des mondes dans les parties de
l'espace où il ne s'en trouve point encore et les organisent
à leur gré. Cela les distrait, un moment, de leur grande
affaire qui est de s'unir entre eux par d'ineffables
amours. Je tournais hier ma lunette sur le signe de la
Vierge et j'y aperçus un tourbillon lointain de lumière.
Nul doute, mon fils, que ce ne soit l'ouvrage encore
informe de quelqu'un de ces êtres de feu.

» L'univers à vrai dire n'a pas d'autre origine. Loin
d'être l'effet d'une volonté unique, il est le résultat des
caprices sublimes d'un grand nombre de Génies qui se
sont récréés en y travaillant chacun en son temps et
chacun de son côté. C'est ce qui en explique la diversité,
la magnificence et l'imperfection. Car la force et la
clairvoyance de ces Génies, encore qu'immenses, ont des
limites. Je vous tromperais si je vous disais qu'un
homme, fût-il philosophe et mage, peut entrer avec eux
en commerce familier. Aucun d'eux ne s'est manifesté à
moi, et tout ce que je vous en dis ne m'est connu que par
induction et ouï-dire. Aussi, quoique leur existence soit
certaine, je m'avancerais trop en vous décrivant leurs

mœurs et leur caractère. Il faut savoir ignorer, mon fils, et je me pique de n'avancer que des faits parfaitement observés. Laissons donc ces Génies ou plutôt ces Démiurges à leur gloire lointaine et venons-en à des êtres illustres qui nous touchent de plus près. C'est ici, mon fils, qu'il vous faut tendre l'oreille.

» En vous parlant, tout à l'heure, des planètes, si j'ai cédé à un sentiment de mépris, c'est que je considérais seulement la surface solide et l'écorce de ces petites boules ou toupies, et les animaux qui y rampent tristement. J'eusse parlé d'un autre ton, si mon esprit avait alors embrassé, avec les planètes, l'air et les vapeurs qui les enveloppent. Car l'air est un élément qui ne le cède en noblesse qu'au feu, d'où il suit que la dignité et illustration des planètes est dans l'air dont elles sont baignées. Ces nuées, ces molles vapeurs, ces souffles, ces clartés, ces ondes bleues, ces îles mouvantes de pourpre et d'or qui passent sur nos têtes, sont le séjour de peuples adorables. On les nomme les Sylphes et les Salamandres. Ce sont des créatures infiniment aimables et belles. Il nous est possible et convenable de former avec elles des unions dont les délices ne se peuvent concevoir. Les Salamandres sont telles qu'auprès d'elles la plus jolie personne de la cour ou de la ville n'est qu'une répugnante guenon. Elles se donnent volontiers aux philosophes. Vous avez sans doute ouï parler de cette merveille dont monsieur Descartes était accompagné dans ses voyages [96]. Les uns disaient que c'était une fille naturelle, qu'il menait partout avec lui ; les autres pensaient que c'était un automate qu'il avait fabriqué avec un art inimitable. En réalité c'était une Salamandre que cet habile homme avait prise pour sa bonne amie. Il ne s'en séparait jamais. Pendant une traversée qu'il fit dans les mers de Hollande, il la prit à bord, renfermée dans une boîte faite d'un bois précieux et garnie de satin à l'intérieur. La forme de cette boîte et les précautions avec lesquelles monsieur Descartes la gardait attirèrent l'attention du capitaine qui, pendant le sommeil du philosophe, souleva le couvercle et découvrit la Salamandre. Cet homme ignorant et grossier s'imagina qu'une si merveilleuse créature était l'œuvre du diable. D'épouvante, il la jeta à la mer. Mais vous pensez bien que cette belle personne ne s'y noya pas, et qu'il lui fut aisé de rejoindre son bon ami monsieur Descartes. Elle lui demeura fidèle tant qu'il vécut et quitta cette terre à sa mort pour n'y plus revenir.

» Je vous cite cet exemple, entre beaucoup d'autres, pour vous faire connaître les amours des philosophes et des Salamandres. Ces amours sont trop sublimes pour être assujetties à des contrats ; et vous conviendrez que l'appareil ridicule qu'on déploie dans les mariages ne serait pas de mise en de telles unions. Il serait beau, vraiment, qu'un notaire en perruque et un gros curé y missent le nez ! Ces messieurs sont propres seulement à sceller la vulgaire conjonction d'un homme et d'une femme. Les hymens des Salamandres et des sages ont des témoins plus augustes. Les peuples aériens les célèbrent dans des navires qui, portés par des souffles légers, glissent, la poupe couronnée de roses, au son des harpes, sur des ondes invisibles. Mais n'allez pas croire que pour n'être pas inscrits sur un sale registre dans une vilaine sacristie, ces engagements soient peu solides et puissent être rompus avec facilité. Ils ont pour garants les Esprits qui se jouent sur les nuées d'où jaillit l'éclair et tombe la foudre. Je vous fais là, mon fils, des révélations qui vous seront utiles, car j'ai reconnu à des indices certains que vous étiez destiné au lit d'une Salamandre.

— Hélas ! monsieur, m'écriai-je, cette destinée m'effraye, et j'ai presque autant de scrupules que ce capitaine hollandais qui jeta à la mer la bonne amie de monsieur Descartes. Je ne puis me défendre de penser comme lui que ces dames aériennes sont des démons. Je craindrais de perdre mon âme avec elles, car enfin, monsieur, ces mariages sont contraires à la nature et en opposition avec la loi divine. Que monsieur Jérôme Coignard, mon bon maître, n'est-il là pour vous entendre ! Je suis bien sûr qu'il me fortifierait par de bons arguments contre les délices de vos Salamandres, monsieur, et de votre éloquence.

— L'abbé Coignard, reprit M. d'Astarac, est admirable pour traduire du grec. Mais il ne faut pas le tirer de ses livres. Il n'a point de philosophie. Quant à vous, mon fils, vous raisonnez avec l'infirmité de l'ignorance, et la faiblesse de vos raisons m'afflige. Ces unions, dites-vous, sont contraires à la nature. Qu'en savez-vous ? Et quel moyen auriez-vous de le savoir ? Comment est-il possible de distinguer ce qui est naturel et ce qui ne l'est pas ? Connaît-on assez l'universelle Isis pour discerner ce qui la seconde de ce qui la contrarie ? Mais disons mieux : rien ne la contrarie et tout la seconde, puisque rien n'existe qui n'entre dans le jeu de ses organes et qui ne suive les attitudes innombrables de son corps. D'où viendraient, je vous prie, des ennemis pour l'offenser ? Rien n'agit ni contre elle ni hors d'elle, et les forces qui semblent la combattre ne sont que des mouvements de sa propre vie.

» Les ignorants seuls sont assez assurés pour décider si une action est naturelle ou non. Mais entrons un moment dans leur illusion et dans leur préjugé et feignons de reconnaître qu'on peut commettre des actes contre nature. Ces actes en seront-ils pour cela mauvais et condamnables ? Je m'en attends sur ce point à l'opinion vulgaire des moralistes qui représentent la vertu comme un effort sur les instincts, comme une entreprise sur les inclinations que nous portons en nous, comme une lutte enfin avec l'homme originel. De leur propre aveu, la vertu est contre nature, et ils ne peuvent dès lors condamner une action, quelle qu'elle soit, pour ce qu'elle a de commun avec la vertu.

» J'ai fait cette digression, mon fils, afin de vous représenter la légèreté pitoyable de vos raisons. Je vous offenserais en croyant qu'il vous reste encore quelques doutes sur l'innocence du commerce charnel que les hommes peuvent avoir avec les Salamandres. Apprenez donc maintenant que, loin d'être interdits par la loi religieuse, ces mariages sont ordonnés par cette loi à l'exclusion de tous autres. Je vais vous en donner des preuves manifestes.

Il s'arrêta de parler, tira sa boîte de sa poche et se mit dans le nez une prise de tabac.

La nuit était profonde. La lune versait sur le fleuve ses clartés liquides qui y tremblaient avec le reflet des lanternes. Le vol des éphémères nous enveloppait de ses tourbillons légers. La voix aiguë des insectes s'élevait dans le silence de l'univers. Une telle douceur descendait du ciel qu'il semblait qu'il se mêlât du lait à la clarté des étoiles.

M. d'Astarac reprit de la sorte :

— La Bible, mon fils, et principalement les livres de Moïse, contiennent de grandes et utiles vérités. Cette opinion paraît absurde et déraisonnable, par suite du traitement que les théologiens ont infligé à ce qu'ils appellent l'Écriture et dont ils ont fait, par leurs commentaires, explications et méditations, un manuel d'erreur, une bibliothèque d'absurdités, un magasin de niaiseries, un cabinet de mensonges, une galerie de sottises, un lycée d'ignorance, un musée d'inepties et le garde-meuble enfin de la bêtise et de la méchanceté humaines. Sachez, mon fils, que ce fut à l'origine un temple rempli d'une lumière céleste.

» J'ai été assez heureux pour le rétablir dans sa splendeur première. Et la vérité m'oblige à déclarer que Mosaïde m'y a beaucoup aidé par son intelligence de la langue et de l'alphabet des Hébreux. Mais ne perdons point de vue notre principal sujet. Apprenez tout d'abord, mon fils, que le sens de la Bible est figuré et que la principale erreur des théologiens est d'avoir pris à la lettre ce qui doit être entendu en manière de symbole. Ayez cette vérité présente dans toute la suite de mon discours.

» Quand le Démiurge qu'on nomme Jéhovah et qui possède encore beaucoup d'autres noms, puisqu'on lui applique généralement tous les termes qui expriment la qualité ou la quantité, eut, je ne dis pas créé le monde, car ce serait dire une sottise, mais aménagé un petit canton de l'univers pour en faire le séjour d'Adam et d'Ève, il y avait dans l'espace des créatures subtiles, que Jéhovah n'avait point formées et qu'il n'était pas capable de former. C'était l'ouvrage de plusieurs autres Démiurges plus anciens que lui et plus habiles. Son artifice n'allait pas au-delà de celui d'un potier très excellent, capable de pétrir dans l'argile des êtres en façon de pots, tels que nous sommes précisément. Ce que j'en dis n'est pas pour le déprécier, car un pareil ouvrage est encore bien au-dessus des forces humaines. Mais il fallait bien marquer le caractère inférieur de l'œuvre des sept jours.

» Jéhovah travailla, non dans le feu qui seul donne naissance aux chefs-d'œuvre de la vie, mais dans la boue, où il ne pouvait produire que les ouvrages d'un céramiste ingénieux. Nous ne sommes pas autre chose, mon fils, qu'une poterie animée. L'on ne peut reprocher à Jéhovah de s'être fait illusion sur la qualité de son travail. S'il le trouva bon au premier moment et dans l'ardeur de la composition, il ne tarda pas à reconnaître son erreur, et la Bible est pleine de l'expression de son mécontentement, qui alla souvent jusqu'à la mauvaise humeur et parfois jusqu'à la colère. Jamais artisan ne traita les objets de son industrie avec plus de dégoût et d'aversion. Il pensa les

détruire et, dans le fait, il en noya la plus grande partie.
Ce déluge, dont le souvenir a été conservé par les Juifs,
par les Grecs et par les Chinois[97], prépara une dernière
déception au malheureux Démiurge qui, reconnaissant
bientôt l'inutilité et le ridicule d'une semblable violence,
tomba dans un découragement et dans une apathie dont
les progrès n'ont point cessé depuis Noé jusqu'à nos
jours, où ils sont extrêmes. Mais je vois que je suis allé
trop avant. C'est l'inconvénient de ces vastes sujets, de ne
pouvoir s'y borner. Notre esprit, quand il s'y jette,
ressemble à ces fils des soleils, qui passent en un seul
bond d'un univers à l'autre.

» Retournons au Paradis terrestre, où le Démiurge
avait placé les deux vases façonnés de sa main, Adam et
Ève. Ils n'y vivaient point seuls parmi les animaux et les
plantes. Les Esprits de l'air, créés par les Démiurges du
feu, flottaient au-dessus d'eux et les regardaient avec une
curiosité où se mêlaient la sympathie et la pitié. C'est
bien ce que Jéhovah avait prévu. Hâtons-nous de le dire à
sa louange, il avait compté sur les Génies du feu,
auxquels nous pouvons désormais donner leurs vrais
noms d'Elfes et de Salamandres, pour améliorer et
parfaire ses figurines d'argile. Il s'était dit, dans sa
prudence : « Mon Adam et mon Ève, opaques et scellés
dans l'argile, manquent d'air et de lumière. Je n'ai pas su
leur donner des ailes. Mais, en s'unissant aux Elfes et aux
Salamandres, créés par un Démiurge plus puissant et
plus subtil que moi, ils donneront naissance à des enfants
qui procéderont des races lumineuses autant que de la
race d'argile et qui auront à leur tour des enfants plus
lumineux qu'eux-mêmes, jusqu'à ce qu'enfin leur posté-
rité égale presque en beauté les fils et les filles de l'air et
du feu. »

» Il n'avait rien négligé, à vrai dire, pour attirer sur
son Adam et sur son Ève les regards des Sylphes et des
Salamandres. Il avait modelé la femme en forme d'am-

phore, avec une harmonie de lignes courbes qui suffirait à le faire reconnaître pour le prince des géomètres, et il parvint à racheter la grossièreté de la matière par la magnificence des contours. Il avait sculpté Adam d'une main moins caressante, mais plus énergique, formant son corps avec tant d'ordre, selon des proportions si parfaites que, appliquées ensuite par les Grecs à l'architecture, cette ordonnance et ces mesures firent toute la beauté des temples.

» Vous voyez donc, mon fils, que Jéhovah s'était appliqué selon ses moyens à rendre ses créatures dignes des baisers aériens qu'il espérait pour elles. Je n'insiste point sur les soins qu'il prit en vue de rendre ces unions fécondes. L'économie des sexes témoigne assez de sa sagesse à cet égard. Aussi eut-il d'abord à se féliciter de sa ruse et de son adresse. J'ai dit que les Sylphes et les Salamandres regardèrent Adam et Ève avec cette curiosité, cette sympathie, cet attendrissement qui sont les premiers ingrédients de l'amour. Ils les approchèrent et se prirent aux pièges ingénieux que Jéhovah avait disposés et tendus à leur intention dans le corps et sur le ventre même de ces deux amphores. Le premier homme et la première femme goûtèrent pendant des siècles les embrassements délicieux des Génies de l'air, qui les conservaient dans une jeunesse éternelle.

» Tel fut leur sort, tel serait encore le nôtre. Pourquoi fallut-il que les parents du genre humain, fatigués de ces voluptés sublimes, cherchassent l'un près de l'autre des plaisirs criminels ? Mais que voulez-vous, mon fils, pétris d'argile, ils avaient le goût de la fange. Hélas ! ils se connurent l'un l'autre de la manière qu'ils avaient connu les Génies.

» C'est ce que le Démiurge leur avait défendu le plus expressément. Craignant, avec raison, qu'ils n'eussent ensemble des enfants épais comme eux, terreux et lourds, il leur avait interdit, sous les peines les plus sévères, de s'approcher l'un de l'autre. Tel est le sens de cette parole d'Ève : « Pour ce qui est du fruit de l'arbre qui est au milieu du Paradis, Dieu nous a commandé de n'en point manger et de n'y point toucher, de peur que nous ne fussions en danger de mourir. » Car, vous entendez bien, mon fils, que la pomme qui tenta la pitoyable Ève n'était point le fruit d'un pommier, et que c'est là une allégorie dont je vous ai révélé le sens. Bien qu'imparfait et quelquefois violent et capricieux, Jéhovah était un Démiurge trop intelligent pour se fâcher au sujet d'une pomme ou d'une grenade. Il faut être évêque ou capucin pour soutenir des imaginations aussi extravagantes. Et la preuve que la pomme était ce que j'ai dit, c'est qu'Ève fut frappée d'un châtiment assorti à sa faute. Il lui fut dit, non point : « Tu digéreras laborieusement », mais bien : « Tu enfanteras dans la douleur. » Or, quel rapport peut-on établir, je vous prie, entre une pomme et un accouchement difficile ? Au contraire, la peine est exactement appliquée, si la faute est telle que je vous l'ai fait connaître.

» Voilà, mon fils, la véritable explication du péché originel. Elle vous enseigne votre devoir, qui est de vous tenir éloigné des femmes. Le penchant qui vous y porte est funeste. Tous les enfants qui naissent par cette voie sont imbéciles et misérables.

— Mais, monsieur, m'écriai-je stupéfait, en saurait-il naître par une autre voie ?

— Il en naît heureusement, me dit-il, un grand nombre de l'union des hommes avec les Génies de l'air. Et ceux-là sont intelligents et beaux. Ainsi naquirent les géants dont parlent Hésiode et Moïse ; ainsi naquit Pythagore, auquel la Salamandre, sa mère, avait contribué jusqu'à lui faire une cuisse d'or ; ainsi naquirent Alexandre le Grand, qu'on disait fils d'Olympias et d'un serpent, Scipion l'Africain, Aristomène de Messénie, Jules César, Porphyre, l'empereur Julien, qui rétablit le

culte du feu aboli par Constantin l'Apostat, Merlin
l'Enchanteur, né d'un Sylphe et d'une religieuse, fille de
Charlemagne, saint Thomas d'Aquin, Paracelse et, plus
récemment, monsieur Van Helmont[98].

Je promis à M. d'Astarac, puisqu'il en était ainsi, de
me prêter à l'amitié d'une Salamandre, s'il s'en trouvait
quelqu'une assez obligeante pour vouloir de moi. Il
m'assura que j'en rencontrerais, non pas une, mais vingt
ou trente, entre lesquelles je n'aurais que l'embarras de
choisir. Et, moins par envie de tenter l'aventure que pour
lui complaire, je demandai au philosophe comment il
était possible de se mettre en communication avec ces
personnes aériennes.

— Rien n'est plus facile, me répondit-il. Il suffit d'une
boule de verre dont je vous expliquerai l'usage. Je garde
chez moi un assez grand nombre de ces boules, et je vous
donnerai bientôt, dans mon cabinet, tous les éclaircissements nécessaires. Mais c'en est assez pour aujourd'hui.

Il se leva et marcha vers le bac où le passeur nous
attendait, étendu sur le dos, et ronflant à la lune. Quand
nous eûmes touché le bord, il s'éloigna vivement et ne
tarda pas à se perdre dans la nuit.

Il me restait de ce long entretien le sentiment confus d'un rêve; l'idée de Catherine m'était plus sensible. En dépit des sublimités que je venais d'entendre, j'avais grande envie de la voir, bien que je n'eusse point soupé. Les idées du philosophe ne m'étaient point assez entrées dans le sens pour que j'imaginasse rien de dégoûtant à cette jolie fille. J'étais résolu à pousser jusqu'au bout ma bonne fortune, avant d'être en possession de quelqu'une de ces belles furies de l'air qui ne veulent point de rivales terrestres. Ma crainte était qu'à une heure si avancée de la nuit, Catherine se fût lassée de m'attendre. Prenant ma course le long du fleuve et passant au galop le pont Royal, je me jetai dans la rue du Bac. J'atteignis en une minute celle de Grenelle, où j'entendis des cris mêlés au cliquetis des épées. Le bruit venait de la maison que Catherine m'avait décrite. Là, sur le pavé, s'agitaient des ombres et des lanternes, et il en sortait des voix :

— Au secours, Jésus ! On m'assassine !... Sus au capucin ! Hardi ! piquez-le ! — Jésus, Marie, assistez-moi ! — Voyez le joli greluchon ! Sus ! sus ! Piquez, coquins, piquez ferme !

Les fenêtres s'ouvraient aux maisons d'alentour pour laisser paraître des têtes en bonnets de nuit.

Soudain tout ce mouvement et tout ce bruit passa

devant moi comme une chasse en forêt, et je reconnus frère Ange qui détalait d'une telle vitesse que ses sandales lui donnaient la fessée, tandis que trois grands diables de laquais armés comme des suisses, le serrant de près, lui lardaient le cuir de la pointe de leurs hallebardes. Leur maître, un jeune gentilhomme courtaud et rougeaud, ne cessait de les encourager de la voix et du geste, comme on fait aux chiens.

— Hardi ! hardi ! Piquez ! La bête est dure.

Comme il se trouvait près de moi :

— Ah ! monsieur, lui dis-je, vous n'avez point de pitié.

— Monsieur, me répondit-il, on voit bien que ce capucin n'a point caressé votre maîtresse et que vous n'avez point surpris madame, que voici, dans les bras de cette bête puante. On s'accommode de son financier, parce qu'on sait vivre. Mais un capucin ne se peut souffrir. Ardez l'effrontée !

Et il me montrait Catherine en chemise, sous la porte, les yeux brillants de larmes, échevelée, se tordant les bras, plus belle que jamais et murmurant d'une voix expirante, qui me déchirait l'âme :

— Ne le faites pas mourir ! C'est frère Ange, c'est le petit frère !

Les pendards de laquais revinrent, annonçant qu'ils avaient cessé leur poursuite en apercevant le guet, mais non sans avoir enfoncé d'un demi-doigt leurs piques dans le derrière du saint homme. Les bonnets de nuit disparurent des fenêtres, qui se refermèrent, et, tandis que le jeune seigneur causait avec ses gens, je m'approchai de Catherine dont les larmes séchaient sur ses joues, au joli creux de son sourire.

— Le pauvre frère est sauvé, me dit-elle. Mais j'ai tremblé pour lui. Les hommes sont terribles. Quand ils vous aiment, ils ne veulent rien entendre.

— Catherine, lui dis-je assez piqué, ne m'avez-vous

fait venir que pour assister à la querelle de vos amis ?
Hélas ! je n'ai pas le droit d'y prendre part.

— Vous l'auriez, monsieur Jacques, me dit-elle, vous
l'auriez si vous l'aviez voulu.

— Mais, lui dis-je encore, vous êtes la personne de
Paris la plus entourée. Vous ne m'aviez point parlé de ce
jeune gentilhomme.

— Aussi bien n'y pensais-je guère. Il est venu
impromptu.

— Et il vous a surprise avec frère Ange.

— Il a cru voir ce qui n'était pas. C'est un emporté à
qui l'on ne peut faire entendre raison.

Sa chemise entr'ouverte laissait voir dans la dentelle un
sein gonflé comme un beau fruit, et fleuri d'une rose
naissante. Je la pris dans mes bras et couvris sa poitrine
de baisers.

— Ciel ! s'écria-t-elle, dans la rue ! devant monsieur
d'Anquetil, qui nous voit !

— Qui est ça, monsieur d'Anquetil ?

— C'est le meurtrier de frère Ange, pardi ! Quel autre
voulez-vous que ce soit ?

— Il est vrai, Catherine, qu'il n'en faut pas d'autres,
vos amis sont près de vous en forces suffisantes.

— Monsieur Jacques, ne m'insultez pas, je vous prie.

— Je ne vous insulte pas, Catherine ; je reconnais vos
attraits, auxquels je voudrais rendre le même hommage
que tant d'autres.

— Monsieur Jacques, ce que vous dites sent odieuse-
ment la rôtisserie de votre bonhomme de père.

— Vous étiez naguère bien contente, mam'selle
Catherine, d'en flairer la cheminée.

— Fi ! le vilain ! le pied plat ! Il outrage une femme !

Comme elle commençait à glapir et à s'agiter,
M. d'Anquetil quitta ses gens, vint à nous, la poussa
dans le logis en l'appelant friponne et dévergondée, entra
derrière elle dans l'allée, et me ferma la porte au nez.

La pensée de Catherine occupa mon esprit pendant toute la semaine qui suivit cette fâcheuse aventure. Son image brillait aux feuillets des in-folio sur lesquels je me courbais, dans la bibliothèque, à côté de mon bon maître ; si bien que Photius, Olympiodore, Fabricius, Vossius, ne me parlaient plus que d'une petite demoiselle en chemise de dentelle. Ces visions m'inclinaient à la paresse. Mais, indulgent à autrui comme à lui-même, M. Jérôme Coignard souriait avec bonté de mon trouble et de mes distractions.

— Jacques Tournebroche, me dit un jour ce bon maître, n'êtes-vous point frappé des variations de la morale à travers les siècles ? Les livres assemblés dans cette admirable Astaracienne témoignent de l'incertitude des hommes à ce sujet. Si j'y fais réflexion, mon fils, c'est pour loger dans votre esprit cette idée solide et salutaire qu'il n'est point de bonnes mœurs en dehors de la religion et que les maximes des philosophes, qui prétendent instituer une morale naturelle, ne sont que lubies et billevesées. La raison des bonnes mœurs ne se trouve point dans la nature qui est, par elle-même, indifférente, ignorant le mal comme le bien ; elle est dans la Parole divine, qu'il ne faut point transgresser, à moins de s'en repentir ensuite convenablement. Les lois humaines sont fondées sur l'utilité, et ce ne peut être qu'une utilité apparente et illusoire, car on ne sait pas naturellement ce qui est utile aux hommes, ni ce qui leur convient en réalité. Encore y a-t-il dans nos Coutumiers [99] une bonne moitié des articles auxquels le préjugé seul a donné naissance. Soutenues par la menace du châtiment, les lois humaines peuvent être éludées par ruse et dissimulation ; tout homme capable de réflexion est au-dessus d'elles. Ce sont proprement des attrape-nigauds.

» Il n'en est pas de même, mon fils, des lois divines. Celles-là sont imprescriptibles, inéluctables et stables. Leur absurdité n'est qu'apparente et cache une sagesse inconcevable. Si elles blessent notre raison, c'est parce qu'elles y sont supérieures et qu'elles s'accordent avec les vraies fins de l'homme, et non avec ses fins apparentes. Il convient de les observer, quand on a le bonheur de les connaître. Toutefois, je ne fais pas de difficulté d'avouer que l'observation de ces lois, contenues dans le Décalogue et dans les commandements de l'Église, est difficile, la plupart du temps, et même impossible sans la grâce qui se fait parfois attendre, puisque c'est un devoir de l'espérer. C'est pourquoi nous sommes tous de pauvres pécheurs.

» Et c'est là qu'il faut admirer l'économie de la religion chrétienne, qui fonde principalement le salut sur le repentir. Il est à remarquer, mon fils, que les plus grands saints sont des pénitents, et, comme le repentir se proportionne à la faute, c'est dans les plus grands pécheurs que se trouve l'étoffe des plus grands saints. Je pourrais illustrer cette doctrine d'un grand nombre d'exemples admirables. Mais j'en ai dit assez pour vous faire sentir que la matière première de la sainteté est la concupiscence, l'incontinence, toutes les impuretés de la chair et de l'esprit. Il importe seulement, après avoir amassé cette matière, de la travailler selon l'art théologique et de la modeler pour ainsi dire en figure de pénitence, ce qui est l'affaire de quelques années, de quelques jours et parfois d'un seul instant, comme il se voit dans le cas de la contrition parfaite. Jacques Tournebroche, si vous m'avez bien entendu, vous ne vous épuiserez pas dans des soins misérables pour devenir honnête homme selon le monde, et vous vous étudierez uniquement à satisfaire à la justice divine.

Je ne laissai pas de sentir la haute sagesse renfermée dans les maximes de mon bon maître. Je craignais seulement que cette morale, au cas où elle serait pratiquée sans discernement, ne portât l'homme aux plus grands désordres. Je fis part de mes doutes à M. Jérôme Coignard, qui me rassura en ces termes :

— Jacobus Tournebroche, vous ne prenez pas garde à ce que je viens de vous dire expressément, à savoir que ce que vous appelez désordres, n'est tel en effet que dans l'opinion des légistes et des juges tant civils qu'ecclésiastiques et par rapport aux lois humaines, qui sont arbitraires et transitoires, et qu'en un mot se conduire selon ces lois est le fait d'une âme moutonnière. Un homme d'esprit ne se pique pas d'agir selon les règles en usage au Châtelet et chez l'official. Il s'inquiète de faire son salut et il ne se croit pas déshonoré pour aller au ciel par les voies détournées que suivirent les plus grands saints. Si la bienheureuse Pélagie [100] n'avait point exercé la profession de laquelle vous savez que vit Jeannette la vielleuse, sous le porche de Saint-Benoît-le-Bétourné, cette sainte n'aurait pas eu lieu d'en faire une ample et copieuse pénitence, et il est infiniment probable qu'après avoir vécu comme une matrone dans une médiocre et banale honnêteté, elle ne jouerait pas du psaltérion, au moment où je vous parle, devant le tabernacle où le Saint des Saints repose dans sa gloire. Appelez-vous désordre une si belle ordonnance de la vie d'une prédestinée ? Non point ! Il faut laisser ces façons basses de dire à monsieur le lieutenant de police qui, après sa mort, ne trouvera peut-être pas une petite place derrière les malheureuses

qu'aujourd'hui il traîne ignominieusement à l'hôpital.
Hors la perte de l'âme et la damnation éternelle, il ne
saurait y avoir ni désordre, ni crime, ni mal aucun dans
ce monde périssable, où tout doit se régler et s'ajuster en
vue du monde divin. Reconnaissez donc, Tournebroche,
mon fils, que les actes les plus répréhensibles dans
l'opinion des hommes peuvent conduire à une bonne fin,
et n'essayez plus de concilier la justice des hommes avec
celle de Dieu, qui seule est juste, non point à notre sens,
mais par définition. Pour le moment, vous m'obligerez,
mon fils, en cherchant dans Vossius la signification de
cinq ou six termes obscurs qu'emploie le Panopolitain,
avec lequel il faut se battre dans les ténèbres de cette
façon insidieuse qui étonnait même le grand cœur d'Ajax,
au rapport d'Homère, prince des poètes et des historiens.
Ces vieux alchimistes avaient le style dur ; Manilius [101],
n'en déplaise à monsieur d'Astarac, écrivait sur les
mêmes matières avec plus d'élégance.

A peine mon bon maître avait-il prononcé ces derniers
mots, qu'une ombre s'éleva entre lui et moi. C'était celle
de M. d'Astarac, ou plutôt c'était M. d'Astarac lui-
même, mince et noir comme une ombre.

Soit qu'il n'eût point entendu ce propos, soit qu'il le
dédaignât, il ne laissa voir aucun ressentiment. Il félicita,
au contraire, M. Jérôme Coignard de son zèle et de son
savoir, et il ajouta qu'il comptait sur ses lumières pour
l'achèvement de la plus grande œuvre qu'un homme eût
encore tentée. Puis, se tournant vers moi :

— Mon fils, me dit-il, je vous prie de descendre un
moment dans mon cabinet, où je veux vous communiquer un secret de conséquence.

Je le suivis dans la pièce où il nous avait d'abord reçus,
mon bon maître et moi, le jour qu'il nous prit tous deux à
son service. J'y retrouvai, rangés contre les murs, les
vieux Égyptiens au visage d'or. Un globe de verre, de la
grosseur d'une citrouille, était posé sur la table. M. d'As-

tarac se laissa tomber sur un sopha, me fit signe de m'asseoir devant lui et, s'étant passé deux ou trois fois sur le front une main chargée de pierreries et d'amulettes, me dit :

— Mon fils, je ne vous fais point l'injure de croire qu'après notre entretien dans l'île des Cygnes, il vous reste encore un doute sur l'existence des Sylphes et des Salamandres, qui est aussi réelle que celle des hommes et qui même l'est beaucoup plus, si l'on mesure la réalité à la durée des apparences par lesquelles elle se manifeste, car cette existence est bien plus longue que la nôtre. Les Salamandres promènent de siècle en siècle leur inaltérable jeunesse ; quelques-unes, qui vivent encore, ont vu Noé, Ménès [102] et Pythagore. La richesse de leurs souvenirs et la fraîcheur de leur mémoire rendent leur conversation extrêmement attrayante. On a prétendu même qu'elles acquéraient l'immortalité dans les bras des hommes et que l'espoir de ne point mourir les attirait dans le lit des philosophes. Mais ce sont là des mensonges qui ne peuvent séduire un esprit réfléchi. Toute union des sexes, loin d'assurer l'immortalité aux amants, est un signe de mort, et nous ne connaîtrions pas l'amour, si nous devions vivre toujours. Il n'en saurait être autrement des Salamandres, qui ne cherchent dans les bras des sages qu'une seule espèce d'immortalité : celle de la race. C'est aussi la seule qu'il soit raisonnable d'espérer. Et, bien que je me promette, avec le secours de la science, de prolonger d'une façon notable la vie humaine, et de l'étendre à cinq ou six siècles pour le moins, je ne me suis jamais flatté d'en assurer indéfiniment la durée. Il serait insensé d'entreprendre contre l'ordre naturel. Repoussez donc, mon fils, comme de vaines fables, l'idée de cette immortalité puisée dans un baiser. C'est la honte de plusieurs cabbalistes de l'avoir seulement conçue. Il n'en est pas moins vrai que les Salamandres sont enclines à l'amour des hommes. Vous en ferez l'expérience sans tarder. Je vous ai suffisamment préparé à leur visite, et, puisque, à compter de la nuit de votre initiation, vous n'avez point eu de commerce impur avec une femme, vous allez recevoir le prix de votre continence.

Mon ingénuité naturelle souffrait de recevoir des louanges que j'avais méritées malgré moi, et je pensai avouer à M. d'Astarac mes coupables pensées. Il ne me laissa point le temps de les confesser, et reprit avec vivacité :

— Il ne me reste plus, mon fils, qu'à vous donner la clef qui vous ouvrira l'empire des Génies. C'est ce que je vais faire incontinent.

Et, s'étant levé, il alla poser la main sur le globe qui tenait la moitié de la table.

— Ce ballon, ajouta-t-il, est plein d'une poudre solaire [103] qui échappe à vos regards par sa pureté même. Car elle est beaucoup trop fine pour tomber sous les sens grossiers des hommes. C'est ainsi, mon fils, que les plus belles parties de l'univers se dérobent à notre vue et ne se révèlent qu'au savant muni d'appareils propres à les découvrir. Les fleuves et les campagnes de l'air, par exemple, vous demeurent invisibles, bien qu'en réalité l'aspect en soit mille fois plus riche et plus varié que celui du plus beau paysage terrestre.

» Sachez donc qu'il se trouve dans ce ballon une poudre solaire souverainement propre à exalter le feu qui est en nous. Et l'effet de cette exaltation ne se fait guère attendre. Il consiste en une subtilité des sens qui nous permet de voir et de toucher les figures aériennes flottant autour de nous. Sitôt que vous aurez rompu le sceau qui ferme l'orifice de ce ballon et respiré la poudre solaire qui s'en échappera, vous découvrirez dans cette chambre une ou plusieurs créatures ressemblant à des femmes par le système de lignes courbes qui forme leurs corps, mais beaucoup plus belles que ne fut jamais aucune femme, et qui sont effectivement des Salamandres. Nul doute que celle que je vis, l'an passé, dans la rôtisserie de votre père ne vous apparaisse la première, car elle a du goût pour vous, et je vous conseille de contenter au plus tôt ses désirs. Ainsi donc, mettez-vous à votre aise dans ce fauteuil, devant cette table, débouchez ce ballon et respirez-en doucement le contenu. Bientôt vous verrez tout ce que je vous ai annoncé se réaliser de point en point. Je vous quitte. Adieu.

Et il disparut à sa manière, qui était étrangement soudaine. Je demeurai seul, devant ce ballon de verre, hésitant à le déboucher, de peur qu'il ne s'en échappât quelque exhalaison stupéfiante. Je songeais que, peut-être, M. d'Astarac y avait introduit, selon l'art, des vapeurs qui endorment ceux qui les respirent en leur donnant des rêves de Salamandres. Je n'étais pas encore assez philosophe pour me soucier d'être heureux de cette façon. Peut-être, me disais-je, ces vapeurs disposent à la folie. Enfin, j'avais assez de défiance pour songer un moment à aller dans la bibliothèque demander conseil à M. l'abbé Coignard, mon bon maître. Mais je reconnus tout de suite que ce serait prendre un soin inutile. Dès qu'il m'entendra parler, me dis-je, de poudre solaire et de Génies de l'air, il me répondra : « Jacques Tourne-broche, souvenez-vous, mon fils, de ne jamais ajouter foi à des absurdités, mais de vous en rapporter à votre raison en toutes choses, hors aux choses de notre sainte religion. Laissez-moi ces ballons et cette poudre, avec toutes les autres folies de la cabale et de l'art spagyrique. »

Je croyais l'entendre lui-même faire ce petit discours entre deux prises de tabac, et je ne savais que répondre à un langage si chrétien. D'autre part, je considérais par avance dans quel embarras je me trouverais devant M. d'Astarac, quand il me demanderait des nouvelles de la Salamandre. Que lui répondre ? Comment lui avouer ma réserve et mon abstention, sans trahir en même temps ma défiance et ma peur ? Et puis, j'étais, à mon insu,

curieux de tenter l'aventure. Je ne suis pas crédule, j'ai
au contraire une propension merveilleuse au doute, et ce
penchant me porte à me défier du sens commun et même
de l'évidence comme du reste. A tout ce qu'on me
rapporte d'étrange, je me dis : « Pourquoi pas ? » Ce
« pourquoi pas » faisait tort, devant le ballon, à mon
intelligence naturelle. Ce « pourquoi pas » m'inclinait à
la crédulité, et il est intéressant de remarquer à cette
occasion que : ne rien croire, c'est tout croire, et qu'il ne
faut pas se tenir l'esprit trop libre et trop vacant, de peur
qu'il ne s'y emmagasine d'aventure des denrées d'une
forme et d'un poids extravagants, qui ne sauraient
trouver place dans des esprits raisonnablement et médiocrement meublés de croyances. Tandis que, la main sur
le cachet de cire, je me rappelais ce que ma mère m'avait
conté des carafes magiques, mon « pourquoi pas » me
soufflait que peut-être après tout voit-on, à la poussière
du soleil, les fées aériennes. Mais, dès que cette idée,
après avoir mis le pied dans mon esprit, faisait mine de
s'y loger et d'y prendre des aises, je la trouvais baroque,
absurde et grotesque. Les idées, quand elles s'imposent,
deviennent vite impertinentes. Il en est peu qui puissent
faire autre chose que d'agréables passantes ; et décidé-
ment celle-là avait un air de folie. Pendant que je me
demandais : Ouvrirai-je, n'ouvrirai-je pas ? le cachet, que
je ne cessais de presser entre mes doigts, se brisa
soudainement dans ma main, et le flacon se trouva
débouché.

J'attendis, j'observai. Je ne vis rien, je ne sentis rien.
J'en fus déçu, tant l'espoir de sortir de la nature est habile
et prompt à se glisser dans nos âmes ! Rien ! pas même
une vague et confuse illusion, une incertaine image ! Il
arrivait ce que j'avais prévu : quelle déception ! J'en
ressentis une sorte de dépit. Renversé dans mon fauteuil,
je me jurai, devant ces Égyptiens aux longs yeux noirs
qui m'entouraient, de mieux fermer à l'avenir mon âme

aux mensonges des cabbalistes. Je reconnus une fois de plus la sagesse de mon bon maître, et je résolus, à son exemple, de me conduire par la raison dans toutes les affaires qui n'intéressent pas la foi chrétienne et catholique. Attendre la visite d'une dame salamandre, quelle simplicité ! Est-il possible qu'il soit des Salamandres ? Mais qu'en sait-on, et « pourquoi pas » ?

Le temps, déjà lourd depuis midi, devenait accablant. Engourdi par de longs jours tranquilles et reclus, je sentais un poids sur mon front et sur mes paupières. L'approche de l'orage acheva de m'appesantir. Je laissai tomber mes bras et, la tête renversée, les yeux clos, je glissai dans un demi-sommeil plein d'Égyptiens d'or et d'ombres lascives. Cet état incertain, pendant lequel le sens de l'amour vivait seul en moi comme un feu dans la nuit, durait depuis un temps que je ne puis dire, quand je fus réveillé par un bruit léger de pas et d'étoffes froissées. J'ouvris les yeux et poussai un grand cri.

Une merveilleuse créature était debout devant moi, en robe de satin noir, coiffée de dentelle, brune avec des yeux bleus, les traits fermes dans une chair jeune et pure, les joues rondes et la bouche animée par un invisible baiser. Sa robe courte laissait voir des pieds petits, hardis, gais et spirituels. Elle se tenait droite, ronde, un peu ramassée dans sa perfection voluptueuse. On voyait, sous le ruban de velours passé à son cou, un carré de gorge brune et pourtant éclatante. Elle me regardait avec un air de curiosité.

J'ai dit que mon sommeil m'avait excité à l'amour. Je me levai, je m'élançai.

— Excusez-moi, me dit-elle, je cherchais monsieur d'Astarac.

Je lui dis :

— Madame, il n'y a pas de monsieur d'Astarac. Il y a vous et moi. Je vous attendais. Vous êtes ma Salamandre.

J'ai ouvert le flacon de cristal. Vous êtes venue, vous êtes à moi.

Je la pris dans mes bras et couvris de baisers tout ce que mes lèvres purent trouver de chair au bord des habits.

Elle se dégagea et me dit :

— Vous êtes fou.

— C'est bien naturel, lui répondis-je. Qui ne le serait à ma place ?

Elle baissa les yeux, rougit et sourit. Je me jetai à ses pieds.

— Puisque monsieur d'Astarac n'est pas ici, dit-elle, je n'ai qu'à me retirer.

— Restez, m'écriai-je, en poussant le verrou.

Elle me demanda :

— Savez-vous s'il reviendra bientôt ?

— Non ! madame, il ne reviendra point de longtemps. Il m'a laissé seul avec les Salamandres. Je n'en veux qu'une, et c'est vous.

Je la pris dans mes bras, je la portai sur le sopha, j'y tombai avec elle, je la couvris de baisers. Je ne me connaissais plus. Elle criait, je ne l'entendais point. Ses paumes ouvertes me repoussaient, ses ongles me griffaient, et ces vaines défenses irritaient mes désirs. Je la pressais, je l'enveloppais, renversée et défaite. Son corps amolli céda, elle ferma les yeux ; je sentis bientôt, dans mon triomphe, ses beaux bras réconciliés me serrer contre elle.

Puis déliés, hélas ! de cette étreinte délicieuse, nous nous regardâmes tous deux avec surprise. Occupée à renaître avec décence, elle arrangeait ses jupes et se taisait.

— Je vous aime, lui dis-je. Comment vous appelez-vous ?

Je ne pensais pas qu'elle fût une Salamandre et, à vrai dire, je ne l'avais pas cru véritablement.

— Je me nomme Jahel, me dit-elle.

— Quoi ! vous êtes la nièce de Mosaïde ?

— Oui, mais taisez-vous. S'il savait...

— Que ferait-il ?

— Oh ! à moi, rien du tout. Mais à vous beaucoup de mal. Il n'aime pas les chrétiens.

— Et vous ?

— Oh ! moi, je n'aime pas les juifs.

— Jahel, m'aimez-vous un peu ?

— Mais il me semble, monsieur, qu'après ce que nous venons de nous dire, votre question est une offense.

— Il est vrai, mademoiselle, mais je tâche de me faire pardonner une vivacité, une ardeur, qui n'avaient pas pris soin de consulter vos sentiments.

— Oh ! monsieur, ne vous faites pas plus coupable que vous n'êtes. Toute votre violence et toutes vos ardeurs ne vous auraient servi de rien si vous ne m'aviez pas plu. Tout à l'heure, en vous voyant endormi dans ce fauteuil, je vous ai trouvé du mérite, j'ai attendu votre réveil, et vous savez le reste.

Je lui répondis par un baiser. Elle me le rendit. Quel baiser ! Je crus sentir des fraises des bois se fondre dans ma bouche. Mes désirs se ranimèrent et je la pressai ardemment sur mon cœur.

— Cette fois, me dit-elle, soyez moins emporté, et ne pensez pas qu'à vous. Il ne faut pas être égoïste en amour. C'est ce que les jeunes gens ne savent pas assez. Mais on les forme.

Nous nous plongeâmes dans l'abîme des délices. Après quoi, la divine Jahel me dit :

— Avez-vous un peigne ? Je suis faite comme une sorcière.

— Jahel, lui répondis-je, je n'ai point de peigne ; j'attendais une Salamandre. Je vous adore.

— Adorez-moi, mon ami, mais soyez discret. Vous ne connaissez pas Mosaïde.

— Quoi ! Jahel ! est-il donc si terrible à cent trente ans, dont il passa soixante-quinze dans une pyramide ?

— Je vois, mon ami, qu'on vous a fait des contes sur mon oncle, et que vous avez eu la simplicité de les croire. On ne sait pas son âge ; moi-même je l'ignore, je l'ai toujours connu vieux. Je sais seulement qu'il est robuste et d'une force peu commune. Il faisait la banque à Lisbonne, où il lui arriva de tuer un chrétien, qu'il avait surpris avec ma tante Myriam. Il s'enfuit et m'emmena avec lui. Depuis lors, il m'aime avec la tendresse d'une mère. Il me dit des choses qu'on ne dit qu'aux petits enfants, et il pleure en me regardant dormir.

— Vous habitez avec lui ?

— Oui, dans le pavillon du garde, à l'autre bout du parc.

— Je sais, on y va par le sentier des Mandragores. Comment ne vous ai-je pas rencontrée plus tôt ? Par quel sort funeste, demeurant si près de vous, ai-je vécu sans vous voir ? Mais, que dis-je, vivre ? Est-ce vivre que ne vous point connaître ? Vous êtes donc renfermée dans ce pavillon ?

— Il est vrai que je suis très recluse et que je ne puis aller comme je le voudrais dans les promenades, dans les magasins et à la comédie. La tendresse de Mosaïde ne me laisse point de liberté. Il me garde en jaloux et, avec six petites tasses d'or qu'il a emportées de Lisbonne, il n'aime que moi au monde. Comme il a beaucoup plus d'attachement pour moi qu'il n'en eut pour ma tante Myriam, il vous tuerait, mon ami, de meilleur cœur qu'il n'a tué le Portugais. Je vous en avertis pour vous rendre discret et parce que ce n'est pas une considération qui puisse arrêter un homme de cœur. Êtes-vous de qualité et fils de famille, mon ami ?

— Hélas ! non, répondis-je, mon père est adonné à quelque art mécanique et à une sorte de négoce.

— Est-il seulement dans les partis, a-t-il une charge de

finance ? Non ? C'est dommage. Il faut donc vous aimer pour vous-même. Mais dites-moi la vérité : monsieur d'Astarac ne viendra-t-il pas bientôt ?

A ce nom, à cette demande, un doute horrible traversa mon esprit. Je soupçonnai cette ravissante Jahel de m'avoir été envoyée par le cabbaliste pour jouer avec moi le rôle de Salamandre. Je l'accusai même intérieurement d'être la nymphe de ce vieux fou. Pour en être tout de suite éclairé, je lui demandai rudement si elle avait coutume de faire la Salamandre dans ce château.

— Je ne vous entends point, me répondit-elle, en me regardant avec des yeux pleins d'une innocente surprise. Vous parlez comme monsieur d'Astarac lui-même, et je vous croirais atteint de sa manie, si je n'avais pas éprouvé que vous ne partagez pas l'aversion que les femmes lui donnent. Il ne peut en souffrir une, et c'est pour moi une véritable gêne de le voir et de lui parler. Pourtant, je le cherchais tout à l'heure quand je vous ai trouvé.

Dans ma joie d'être rassuré, je la couvris de baisers. Elle s'arrangea pour me faire voir qu'elle avait des bas noirs, attachés au-dessus du genou par des jarretières à boucle de diamants, et cette vue ramena mes esprits aux idées qui lui plaisaient. Au surplus, elle me sollicita sur ce sujet avec beaucoup d'adresse et d'ardeur, et je m'aperçus qu'elle commençait à s'animer au jeu dans le moment même où j'allais en être fatigué. Pourtant, je fis de mon mieux et fus assez heureux cette fois encore pour épargner à cette belle personne l'affront qu'elle méritait le moins. Il me sembla qu'elle n'était pas mécontente de moi. Elle se leva, l'air tranquille, et me dit :

— Ne savez-vous pas vraiment si monsieur d'Astarac ne reviendra pas bientôt ? Je vous avouerai que je venais lui demander sur la pension qu'il doit à mon oncle une petite somme d'argent qui, pour l'heure, me fait grandement défaut.

Je tirai de ma bourse, en m'excusant, trois écus qui s'y

trouvaient et qu'elle me fit la grâce d'accepter. C'était tout ce qui me restait des libéralités trop rares du cabbaliste qui, faisant profession de mépriser l'argent, oubliait malheureusement de me payer mes gages.

Je demandai à mademoiselle Jahel si je n'aurais pas l'heur de la revoir.

— Vous l'aurez, me dit-elle.

Et nous convînmes qu'elle monterait la nuit dans ma chambre toutes les fois qu'elle pourrait s'échapper du pavillon où elle était gardée.

— Faites attention seulement, lui dis-je, que ma porte est la quatrième à droite, dans le corridor, et que la cinquième est celle de l'abbé Coignard, mon bon maître. Quant aux autres, ajoutai-je, elles ne donnent accès que dans des greniers où logent deux ou trois marmitons et plusieurs centaines de rats.

Elle m'assura qu'elle n'aurait garde de s'y tromper, et qu'elle gratterait à ma porte, non pas à quelque autre.

— Au reste, me dit-elle encore, votre abbé Coignard me semble un assez bon homme. Je crois que nous n'avons rien à craindre de lui. Je l'ai vu, par un judas, le jour où il rendait visite avec vous à mon oncle. Il me parut aimable, quoique je n'entendisse guère ce qu'il disait. Son nez surtout me sembla tout à fait ingénieux et capable. Celui qui le porte doit être homme de ressources et je désire faire sa connaissance. On a toujours à gagner à la fréquentation des gens d'esprit. Je suis fâchée seulement qu'il ait déplu à mon oncle par la liberté de ses paroles et par son humeur railleuse. Mosaïde le hait, et il a pour la haine une capacité dont un chrétien ne peut se faire idée.

— Mademoiselle, lui répondis-je, monsieur l'abbé Jérôme Coignard est un très savant homme et il a, de plus, de la philosophie et de la bienveillance. Il connaît le monde, et vous avez raison de le croire de bon conseil. Je me gouverne entièrement sur ses avis. Mais, répondez-

moi, ne me vîtes-vous pas aussi, ce jour-là, dans le
pavillon, à travers ce judas que vous dites ?

— Je vous vis, me dit-elle, et je ne vous cacherai pas
que je vous distinguai. Mais il faut que je retourne chez
mon oncle. Adieu.

M. d'Astarac ne manqua pas de me demander, le soir,
après le souper, des nouvelles de la Salamandre. Sa
curiosité m'embarrassait un peu. Je répondis que la
rencontre avait passé mes espérances, mais qu'au surplus
je croyais devoir me renfermer dans la discrétion convenable à ces sortes d'aventures.

— Cette discrétion, mon fils, me dit-il, n'est point
aussi utile en votre affaire que vous vous le figurez. Les
Salamandres ne demandent point le secret sur des
amours dont elles n'ont point de honte. Une de ces
Nymphes, qui m'aime, n'a point de passe-temps plus
doux, en mon absence, que de graver mon chiffre enlacé
au sien dans l'écorce des arbres, comme vous pourrez
vous en assurer en examinant le tronc de cinq ou six pins
dont vous voyez d'ici les têtes élégantes. Mais n'avez-
vous point remarqué, mon fils, que ces sortes d'amours,
vraiment sublimes, loin de laisser quelque fatigue,
communiquent au cœur une vigueur nouvelle ? Je suis
sûr qu'après ce qui s'est passé, vous occuperez votre nuit
à traduire pour le moins soixante pages de Zozime le
Panopolitain.

Je lui avouai que je ressentais au contraire une grande
envie de dormir, qu'il expliqua par l'étonnement d'une
première rencontre. Ainsi ce grand homme demeura
persuadé que j'avais eu commerce avec une Salamandre.
J'avais scrupule à le tromper, mais j'y étais obligé et il se
trompait si bien lui-même qu'on ne pouvait ajouter
grand-chose à ses illusions. J'allai donc me coucher en
paix ; et, m'étant mis au lit, je soufflai ma chandelle sur le
plus beau de mes jours.

Jahel tint parole. Dès le surlendemain elle vint gratter à ma porte. Nous fûmes bien plus à notre aise dans ma chambre, que nous ne l'avions été dans le cabinet de M. d'Astarac, et ce qui s'était passé lors de notre première connaissance n'était que jeux d'enfants au prix de ce que l'amour nous inspira en cette seconde rencontre. Elle s'arracha de mes bras au petit jour, avec mille serments de me rejoindre bientôt, m'appelant son âme, sa vie, et son greluchon.

Je me levai fort tard ce jour-là. Quand je descendis dans la bibliothèque, mon maître y était établi sur le papyrus de Zozime, sa plume dans une main, sa loupe dans l'autre, et digne de l'admiration de quiconque sait estimer les bonnes lettres.

— Jacques Tournebroche, me dit-il, la principale difficulté de cette lecture consiste en ce que diverses lettres peuvent être aisément confondues avec d'autres, et il importe au succès du déchiffrement de dresser un tableau des caractères qui prêtent à de semblables méprises, car, faute de prendre ce soin, nous risquerions d'adopter de mauvaises leçons, à notre honte éternelle et juste vitupère. J'ai fait aujourd'hui même de risibles bévues. Il fallait que j'eusse, dès matines, l'esprit troublé par ce que j'ai vu cette nuit et dont je vais vous faire le récit.

» M'étant réveillé au petit jour, il me prit l'envie d'aller boire un coup de ce petit vin blanc, dont il vous souvient que je fis hier compliment à monsieur d'Astarac. Car il existe, mon fils, entre le vin blanc et le chant du coq, une sympathie qui date assurément du temps de Noé, et je suis certain que si saint Pierre, dans la sacrée nuit qu'il passa dans la cour du grand sacrificateur, avait bu un doigt de vin clairet de la Moselle, ou seulement d'Orléans, il n'aurait pas renié Jésus avant que le coq eût chanté pour la seconde fois. Mais nous ne devons en aucune manière, mon fils, regretter cette mauvaise action, car il importait que les prophéties fussent accomplies ; et si ce Pierre ou Céphas n'avait pas fait, cette nuit-là, la dernière des infamies, il ne serait pas aujourd'hui le plus grand saint du Paradis et la pierre angulaire de notre sainte Église, pour la confusion des honnêtes gens selon le monde qui voient les clefs de leur félicité éternelle tenues par un lâche coquin. O salutaire exemple qui, tirant l'homme hors des fallacieuses inspirations de l'honneur humain, le conduit dans les voies du salut ! O savante économie de la religion ! O sagesse divine, qui exalte les humbles et les misérables pour abaisser les superbes ! O merveille ! O mystère ! A la honte éternelle des pharisiens et des gens de justice, un grossier marinier du lac de Tibériade, devenu par sa lâcheté épaisse la risée des filles de cuisine qui se chauffaient avec lui, dans la cour du grand prêtre, un rustre et un couard qui renonça son maître et sa foi devant des maritornes bien moins jolies, sans doute, que la femme de chambre de madame la baillive de Séez, porte au front la triple couronne, au doigt l'anneau pontifical, est établi au-dessus des princes-évêques, des rois et de l'empereur, est investi du droit de lier et de délier ; le plus respectable homme, la plus honnête dame n'entreront au ciel que s'il leur en donne l'accès. Mais dites-moi, s'il vous plaît, Tournebroche, mon fils, à quel endroit de mon récit j'en étais quand j'en embrouillai le fil à ce grand saint Pierre, le prince des apôtres. Je crois pourtant que je vous parlais d'un verre de vin blanc que je bus à l'aube. Je descendis en chemise à l'office et tirai d'une certaine armoire, dont la veille je m'étais prudemment assuré la clef, une bouteille que je vidai avec plaisir. Après quoi, remontant l'escalier, je rencontrai entre les deuxième et troisième étages une petite demoiselle en pierrot [104], qui descendait les degrés. Elle parut très effrayée et s'enfuit au fond du corridor. Je la poursuivis, je la rejoignis, je la saisis dans mes bras et je l'embrassai par soudaine et irrésistible sympathie. Ne m'en blâmez point, mon fils ; vous en eussiez fait tout autant à ma place, et peut-être davantage. C'est une jolie fille, elle ressemble à la chambrière de la baillive, avec plus de vivacité dans le regard. Elle n'osait crier. Elle me soufflait à l'oreille : « Laissez-moi, laissez-moi, vous êtes fou ! » Voyez, Tournebroche, je porte encore au poignet les marques de ses ongles. Que n'ai-je gardé aussi vive sur mes lèvres l'impression du baiser qu'elle me donna !

— Quoi, monsieur l'abbé, m'écriai-je, elle vous donna un baiser ?

— Soyez assuré, mon fils, me répondit mon bon maître, qu'à ma place vous en eussiez reçu un tout semblable, à la condition toutefois que vous eussiez saisi, comme j'ai fait, l'occasion. Je crois vous avoir dit que je tenais cette demoiselle étroitement embrassée. Elle essayait de fuir, elle étouffait ses cris, elle murmurait des plaintes.

— Lâchez-moi, de grâce ! Voici le jour, un moment de plus et je suis perdue.

» Ses craintes, sa frayeur, son péril, quel barbare n'en n'aurait point été touché ? Je ne suis point inhumain. Je mis sa liberté au prix d'un baiser qu'elle me donna tout de suite. Croyez-m'en sur ma parole ; je n'en reçus jamais de plus délicieux.

A cet endroit de son récit, mon bon maître, levant le nez pour humer une prise de tabac, vit mon trouble et ma douleur qu'il prit pour de la surprise.

— Jacques Tournebroche, reprit-il, tout ce qui me reste à dire vous surprendra bien davantage. Je laissai donc aller à regret cette jolie demoiselle ; mais ma curiosité m'invita à la suivre. Je descendis l'escalier derrière elle, je la vis traverser le vestibule, sortir par la petite porte qui donne sur les champs, du côté où le parc est le plus étendu, et courir dans l'allée. J'y courus sur ses pas. Je pensais bien qu'elle n'irait pas loin en pierrot et en bonnet de nuit. Elle prit le chemin des Mandragores. Ma curiosité en redoubla et je la suivis jusqu'au pavillon de Mosaïde. Dans ce moment, ce vilain juif parut à sa fenêtre avec sa robe et son grand bonnet, comme ces figures qu'on voit se montrer à midi dans ces vieilles horloges plus gothiques et plus ridicules que les églises où elles sont conservées [105], pour la joie des rustres et le profit du bedeau.

» Il me découvrit sous la feuillée, au moment même où cette jolie fille, prompte comme Galatée, se coulait dans le pavillon ; en sorte que j'avais l'air de la poursuivre à la manière, façon et usage de ces satyres dont nous parlâmes un jour, en conférant les beaux endroits d'Ovide. Et mon habit ajoutait à la ressemblance, car je crois que je vous ai dit, mon fils, que j'étais en chemise. A ma vue, les yeux de Mosaïde étincelèrent. Il tira de sa sale houppelande jaune un stylet assez coquet et l'agita par la fenêtre d'un bras qui ne semblait point appesanti par la vieillesse. Cependant, il me jetait des injures bilingues. Oui, Tournebroche, mes connaissances grammaticales m'autorisent à dire qu'elles étaient bilingues et que l'espagnol ou plutôt le portugais s'y mêlait avec l'hébreu. J'enrageais de n'en point saisir le sens exact, car je n'entends

point ces langues, encore que je les reconnaisse à certains
sons qui y reviennent fréquemment. Mais il est vraisem-
blable qu'il m'accusait de vouloir suborner cette fille, que
je crois être sa nièce Jahel, que monsieur d'Astarac, s'il
vous en souvient, nous a plusieurs fois nommée ; en quoi
ses invectives contenaient une part de flatterie, car tel
que je suis devenu, mon fils, par les progrès de l'âge et les
fatigues d'une vie agitée, je ne puis plus prétendre à
l'amour des jeunes pucelles. Hélas ! à moins de devenir
évêque, c'est un plat dont je ne goûterai plus jamais. J'y
ai regret. Mais il ne faut pas s'attacher trop obstinément
aux biens périssables de ce monde, et nous devons quitter
ce qui nous quitte. Donc, Mosaïde, maniant son stylet,
tirait de sa gorge des sons rauques qui alternaient avec
des glapissements aigus, de sorte que j'étais injurié et
vitupéré en manière de chant ou de cantilène. Et sans me
flatter, mon fils, je puis dire que je fus traité de paillard et
de suborneur sur un ton solennel et cérémonieux. Quand
ce Mosaïde fut au bout de ses imprécations, je m'étudiai à
lui faire une riposte bilingue, comme l'attaque. Je lui
répondis en latin et en français qu'il était homicide et
sacrilège, ayant égorgé des petits enfants et poignardé des
hosties consacrées [106]. Le vent frais du matin, en glissant
sur mes jambes, me rappelait que j'étais en chemise. J'en
éprouvai quelque embarras, car il est évident, mon fils,
qu'un homme qui n'a point de culotte est en mauvais état
pour faire paraître les sacrées vérités, confondre l'erreur
et poursuivre le crime. Toutefois, je lui fis des tableaux
effroyables de ses attentats et le menaçai de la justice
divine et de la justice humaine.

— Quoi ! mon bon maître, m'écriai-je, ce Mosaïde,
qui a une si jolie nièce, égorgea des nouveau-nés et
poignarda des hosties ?

— Je n'en sais rien, me répondit M. Jérôme Coignard,
et n'en puis rien savoir. Mais ces crimes lui appartiennent, étant ceux de sa race, et je puis les lui donner sans

injure. Je poursuivais sur ce mécréant une longue suite d'aïeux scélérats. Car vous n'ignorez point ce qu'on dit des juifs et de leurs rites abominables. Il y a dans la vieille chronique de Nuremberg une figure représentant des juifs mutilant un enfant, et ils y sont reconnaissables à la roue ou rouelle de drap[107] qu'ils portent sur leurs vêtements, en signe d'infamie. Je ne crois pas pourtant que ce soit chez eux un usage domestique et quotidien. Je doute aussi que tous ces israélites soient si portés à outrager les saintes espèces. Les en accuser, c'est les croire pénétrés aussi profondément que nous de la divinité de Notre-Seigneur Jésus-Christ. Car on ne conçoit pas le sacrilège sans la foi, et le juif qui poignarda la sainte hostie rendit par cela même un sincère hommage à la vérité de la transsubstantiation. Ce sont là, mon fils, des fables qu'il faut laisser aux ignorants, et, si je les jetai à la face de cet horrible Mosaïde, ce fut moins par les conseils d'une saine critique que par les impérieuses suggestions du ressentiment et de la colère.

— Ah! monsieur, lui dis-je, vous pouviez vous contenter de lui reprocher le Portugais qu'il a tué par jalousie, car c'est là un meurtre véritable.

— Quoi! s'écria mon bon maître, Mosaïde a tué un chrétien. Nous avons en lui, Tournebroche, un voisin dangereux. Mais vous tirerez de cette aventure les conclusions que j'en tire moi-même. Il est certain que sa nièce est la bonne amie de monsieur d'Astarac, dont elle quittait assurément la chambre quand je la rencontrai dans l'escalier.

» J'ai trop de religion pour ne pas regretter qu'une si aimable personne sorte de la race qui a crucifié Jésus-Christ. Hélas! n'en doutez pas, mon fils, ce vilain Mardochée est l'oncle d'une Esther qui n'a point besoin de macérer six mois dans la myrrhe pour être digne du lit d'un roi. Le vieux corbeau spagyrique n'est point ce qui convient à une telle beauté, et je me sens enclin à m'intéresser à elle.

» Il faut que Mosaïde la cache bien secrètement, car, si elle se montrait un jour au cours ou à la comédie, elle aurait le lendemain tout le monde à ses pieds. Ne souhaitez-vous point la voir, Tournebroche ?

Je répondis que je le souhaitais vivement, et nous nous renfonçâmes tous deux dans notre grec.

Ce soir-là, nous trouvant, mon bon maître et moi, dans la rue du Bac, comme il faisait chaud, M. Jérôme Coignard me dit :

— Jacques Tournebroche, mon fils, ne vous plairait-il point tirer à gauche, dans la rue de Grenelle, à la recherche d'un cabaret ? Encore nous faut-il chercher un hôte qui vende du vin à deux sous le pot. Car je suis démuni d'argent et je pense, mon fils, que vous n'êtes pas mieux pourvu que moi, par l'injure de monsieur d'Astarac, qui fait peut-être de l'or, mais qui n'en donne point à ses secrétaires et domestiques, ainsi qu'il apparaît par votre exemple et le mien. L'état où il nous laisse est lamentable. Je n'ai pas un sou vaillant dans ma poche, et je vois qu'il faudra que je remédie par industrie et ruse à ce grand mal. Il est beau de supporter la pauvreté d'une âme égale, comme Épictète, qui y acquit une gloire impérissable. Mais c'est un exercice dont je suis las, et qui m'est devenu fastidieux par l'accoutumance. Je sens qu'il est temps que je change de vertu et que je m'instruise à posséder des richesses sans qu'elles me possèdent, ce qui est l'état le plus noble où se puisse hausser l'âme d'un philosophe. Je veux bientôt faire quelque gain, afin de montrer que ma sagesse ne se dément pas même dans la prospérité. J'en cherche les moyens, et tu m'y vois songer, Tournebroche.

Tandis que mon bon maître parlait de la sorte avec une noble élégance, nous approchions du joli hôtel où M. de la Guéritaude avait logé main'selle Catherine. « Vous le reconnaîtrez, m'avait-elle dit, aux rosiers du balcon. » Il ne faisait pas assez jour pour que je visse les roses, mais je croyais les sentir. Après avoir fait quelques pas, je la reconnus à la fenêtre, un pot à eau à la main, arrosant ses fleurs. En me reconnaissant de même dans la rue, elle rit et m'envoya un baiser. Sur quoi, une main, passant par la croisée, lui donna sur la joue un soufflet dont elle fut si étonnée qu'elle lâcha le pot à eau, qui tomba, peu s'en faut, sur la tête de mon bon maître. Puis la belle souffletée disparut et le souffleteur, paraissant à sa place à la fenêtre, se pencha sur la grille, et me cria :

— Dieu soit loué, monsieur, vous n'êtes point le capucin ! Je ne puis souffrir que ma maîtresse envoie des baisers à cette bête puante qui rôde sans cesse sous cette fenêtre. Cette fois du moins je n'ai point à rougir de son choix. Vous me semblez honnête homme, et je crois vous avoir déjà vu. Faites-moi l'honneur de monter. Il y a céans un souper préparé. Vous m'obligerez d'y prendre part avec monsieur l'abbé qui vient de recevoir une potée d'eau sur la tête et qui se secoue comme un chien mouillé. Après souper nous jouerons aux cartes, et, quand il fera jour, nous irons nous couper la gorge. Mais ce sera civilité pure et seulement pour vous faire honneur, monsieur, car à la vérité cette fille ne vaut pas un coup d'épée. C'est une coquine que je ne veux revoir de ma vie.

Je reconnus en celui qui parlait de la sorte ce M. d'Anquetil, que j'avais vu naguère exciter si vivement ses gens à piquer le frère Ange au derrière. Il parlait poliment et me traitait en gentilhomme. Je sentis toute la faveur qu'il me faisait en consentant à me couper la gorge. Mon bon

maître n'était pas moins sensible à tant d'urbanité.
S'étant suffisamment secoué :

— Jacques Tournebroche, mon fils, me dit-il, nous ne
pouvons pas refuser une si gracieuse invitation.

Déjà deux laquais étaient descendus avec des flambeaux. Ils nous conduisirent dans une salle où un
ambigu [108] était préparé sur une table éclairée par deux
candélabres d'argent. M. d'Anquetil nous pria d'y prendre place et mon bon maître noua sa serviette à son cou.
Il avait déjà piqué une grive à sa fourchette quand un
bruit de sanglots déchira nos oreilles.

— Ne prenez point garde à ces cris, dit M. d'Anquetil, c'est Catherine qui gémit dans la chambre où je l'ai
enfermée.

— Ah ! monsieur, il faut lui pardonner, répondit mon
bon maître qui regardait tristement le petit oiseau au
bout de sa fourchette. Les mets les plus agréables
semblent amers, assaisonnés de larmes et de gémissements. Auriez-vous le cœur de laisser pleurer une
femme ? Faites grâce à celle-ci, je vous prie ! Est-elle
donc si coupable d'avoir envoyé un baiser à mon jeune
disciple, qui fut son voisin et son compagnon au temps de
leur médiocrité commune, alors que les charmes de cette
jolie fille n'étaient encore célèbres que sous la treille du
Petit Bacchus ? Il n'y a rien là que d'innocent, si tant est
qu'une action humaine et particulièrement l'action d'une
femme puisse être jamais innocente et tout à fait nette de
la tache originelle. Souffrez encore, monsieur, que je
vous dise que la jalousie est un sentiment gothique, un
triste reste des mœurs barbares qui ne doit point
subsister dans une âme élégante et bien née.

— Monsieur l'abbé, répondit M. d'Anquetil, sur quoi
jugez-vous que je suis jaloux ? Je ne le suis pas. Mais je ne
souffre pas qu'une femme se moque de moi.

— Nous sommes le jouet des vents, dit mon bon
maître avec un soupir. Tout se rit de nous, le ciel, les

astres, la pluie, les zéphires, l'ombre, la lumière et la
femme. Souffrez, monsieur, que Catherine soupe avec
nous. Elle est jolie, elle égayera votre table. Tout ce
qu'elle a pu faire, ce baiser et le reste, ne la rend pas
moins agréable à voir. Les infidélités des femmes ne
gâtent point leur visage. La nature, qui se plaît à les
orner, est indifférente à leurs fautes. Imitez-la, monsieur,
et pardonnez à Catherine.

Je joignis mes prières à celles de mon bon maître, et
M. d'Anquetil consentit à délivrer la prisonnière. Il
s'approcha de la porte d'où partaient les cris, l'ouvrit et
appela Catherine qui ne répondit que par le redouble-
ment de ses plaintes.

— Messieurs, nous dit son amant, elle est là, couchée
à plat ventre sur le lit, la tête dans l'oreiller et soulevant à
chaque sanglot une croupe ridicule. Regardez cela. Voilà
donc pourquoi nous nous donnons tant de peine et
faisons tant de sottises !... Catherine, venez souper.

Mais Catherine ne bougeait point et pleurait encore. Il
l'alla tirer par le bras, par la taille. Elle résistait. Il fut
pressant :

— Allons ! viens, mignonne.

Elle s'entêtait à ne point changer de place, tenant
embrassés le lit et les matelas.

Son amant perdit patience, et cria d'une voix rude avec
mille jurements :

— Lève-toi, garce !

Aussitôt elle se leva et, souriant dans les larmes, lui
prit le bras et entra dans la salle à manger, avec un air de
victime heureuse.

Elle s'assit entre M. d'Anquetil et moi, la tête renversée sur l'épaule de son amant et cherchant du pied mon
pied sous la table.

— Messieurs, dit notre hôte, pardonnez à ma vivacité
un mouvement que je ne saurais regretter, puisqu'il me
donne l'honneur de vous traiter ici. Je ne puis en vérité

souffrir tous les caprices de cette jolie fille, et je suis devenu très ombrageux depuis que je l'ai surprise avec son capucin.

— Mon ami, lui dit Catherine en pressant mon pied sous le sien, votre jalousie s'égare. Sachez que je n'ai de goût que pour monsieur Jacques.

— Elle raille, dit M. d'Anquetil.

— N'en doutez point, répondis-je. On voit qu'elle n'aime que vous.

— Sans me flatter, répliqua-t-il, je lui ai inspiré quelque attachement. Mais elle est coquette.

— A boire ! dit M. l'abbé Coignard.

M. d'Anquetil passa la dame-jeanne à mon bon maître et s'écria :

— Pardi, l'abbé, vous qui êtes d'église, vous nous direz pourquoi les femmes aiment les capucins.

M. Coignard s'essuya les lèvres et dit :

— La raison en est que les capucins aiment avec humilité et ne se refusent à rien. La raison en est encore que ni la réflexion ni la politesse n'affaiblit leurs instincts naturels. Monsieur, votre vin est généreux.

— Vous me faites trop d'honneur, répondit M. d'Anquetil. C'est le vin de monsieur de la Guéritaude. Je lui ai pris sa maîtresse. Je puis bien lui prendre ses bouteilles.

— Rien n'est plus juste, répliqua mon bon maître. Je vois, monsieur, que vous vous élevez au-dessus des préjugés.

— Ne m'en louez pas plus qu'il ne convient, l'abbé, répondit M. d'Anquetil. Ma naissance me rend aisé ce qui serait difficile au vulgaire. Un homme du commun est forcé de mettre de la retenue dans toutes ses actions. Il est assujetti à une exacte probité ; mais un gentilhomme a l'honneur de se battre pour le Roi et pour le plaisir. Cela le dispense de s'embarrasser dans des niaiseries. J'ai servi sous monsieur de Villars, j'ai fait la guerre de succession [109] et j'ai risqué d'être tué sans raison à la bataille de Parme. C'est bien le moins qu'en retour je puisse rosser mes gens, frustrer mes créanciers et prendre à mes amis, s'il me plaît, leur femme ou même leur maîtresse.

— Vous parlez noblement, dit mon bon maître, et vous montrez jaloux de maintenir les prérogatives de la noblesse.

— Je n'ai point, reprit M. d'Anquetil, de ces scrupules qui intimident la foule des hommes et que je tiens bons seulement pour arrêter les timides et contenir les malheureux.

— A la bonne heure ! dit mon bon maître.

— Je ne crois pas à la vertu, dit l'autre.

— Vous avez raison, dit encore mon maître. De la façon qu'est fait l'animal humain, il ne saurait être vertueux sans quelque déformation. Voyez, par exemple, cette jolie fille qui soupe avec nous : sa petite tête, sa belle gorge, son ventre d'une merveilleuse rondeur, et le reste. En quel endroit de sa personne pourrait-elle loger un grain de vertu ? Il n'y a point la place, tant tout cela est ferme, plein de suc, solide et rebondi. La vertu, comme le corbeau, niche dans les ruines. Elle habite les creux et les rides des corps. Moi-même, monsieur, qui méditai dès mon enfance les maximes austères de la religion et de la philosophie, je n'ai pu insinuer en moi quelque vertu qu'à travers les brèches faites par la souffrance et par l'âge à ma constitution. Encore me suis-je, à chaque fois, insufflé moins de vertu que d'orgueil. Aussi ai-je coutume de faire au divin Créateur du monde cette prière : « Mon Dieu, gardez-moi de la vertu, si elle m'éloigne de la sainteté. » Ah ! la sainteté, voilà ce qu'il est possible et nécessaire d'atteindre ! Voilà notre convenable fin ! Puissions-nous y parvenir un jour ! En attendant, donnez-moi à boire.

— Je vous confierai, dit M. d'Anquetil, que je ne crois pas en Dieu.

— Pour le coup, dit l'abbé, je vous blâme, monsieur. Il faut croire en Dieu et dans toutes les vérités de notre sainte religion.

M. d'Anquetil se récria :

— Vous vous moquez, l'abbé, et nous prenez pour plus niais que nous ne sommes. Je ne crois, vous dis-je, ni à Dieu, ni au diable, et ne vais jamais à la messe, si ce n'est à la messe du Roi. Les sermons des prêtres ne sont que des contes de bonne femme, supportables tout au plus pour les temps où ma grand-mère vit l'abbé de Choisy rendre, habillé en femme, le pain bénit à Saint-Jacques-du-Haut-Pas [110]. Il y avait peut-être de la religion en ce temps-là. Il n'y en a plus, Dieu merci !

— Par tous les saints et par tous les diables, mon ami, ne parlez pas ainsi, s'écria Catherine. Dieu existe, aussi vrai que ce pâté est sur la table, et la preuve en est que, me trouvant un certain jour de l'an passé en grande détresse et dénuement, j'allai, sur le conseil de frère Ange, brûler un cierge dans l'église des Capucins, et que le lendemain, je rencontrai à la promenade monsieur de la Guéritaude, qui me donna cet hôtel avec tous les meubles, et le cellier plein de ce vin que nous buvons aujourd'hui, et assez d'argent pour vivre honnêtement.

— Fi, fi ! dit M. d'Anquetil, la sotte qui met Dieu dans de sales affaires, ce qui est si choquant qu'on en est blessé, même athée.

— Monsieur, dit mon bon maître, il vaut infiniment mieux compromettre Dieu dans de sales affaires, comme fait cette simple fille, que de le chasser, à votre exemple, du monde qu'il a créé. S'il n'a pas spécialement envoyé ce gros traitant à Catherine, sa créature, il a du moins permis qu'elle le rencontrât. Nous ignorons ses voies, et ce que dit cette innocente contient plus de vérité, encore qu'il s'y trouve quelque mélange et alliage de blasphème, que toutes les vaines paroles que l'impie tire glorieusement du vide de son cœur. Il n'est rien de plus détestable que ce libertinage d'esprit que la jeunesse étale aujourd'hui. Vos paroles font frémir. Y répondrai-je par des preuves tirées des livres saints et des écrits des Pères ? Vous ferai-je entendre Dieu parlant aux patriarches et aux prophètes : *Si locutus est Abraham et semini ejus in sæcula ?* Déroulerai-je à vos yeux la tradition de l'Église ? Invoquerai-je contre vous l'autorité des deux Testaments ? Vous confondrai-je avec les miracles du Christ et sa parole aussi miraculeuse que ses actes ? Non ! je ne prendrai point ces saintes armes ; je craindrais trop de les profaner dans ce combat, qui n'est point solennel. L'Église nous avertit, dans sa prudence, qu'il ne faut point s'exposer à ce que l'édification se tourne en scandale. C'est pourquoi je me tairai, monsieur, sur les vérités dans lesquelles je fus nourri au pied des sanctuaires. Mais, sans faire violence à la chaste modestie de mon âme et sans exposer aux profanations les sacrés mystères, je vous montrerai Dieu s'imposant à la raison des hommes ; je vous le montrerai dans la philosophie des païens et jusque dans les propos des impies. Oui, monsieur, je vous ferai connaître que vous le confessez vous-même malgré vous, alors que vous prétendez qu'il n'existe pas. Car vous m'accorderez bien que, s'il y a dans le monde un ordre, cet ordre est divin et coule de la source et fontaine de tout ordre.

— Je vous l'accorde, répondit M. d'Anquetil renversé dans son fauteuil et caressant son mollet, qu'il avait beau.

— Prenez-y donc garde, reprit mon bon maître. Quand vous dites que Dieu n'existe pas, que faites-vous qu'enchaîner des pensées, ordonner des raisons et manifester en vous-même le principe de toute pensée, et de toute raison, qui est Dieu ? Et peut-on seulement tenter d'établir qu'il n'est pas, sans faire briller par le plus méchant raisonnement, qui est encore un raisonnement, quelque reste de l'harmonie qu'il a établie dans l'univers ?

— L'abbé, répondit M. d'Anquetil, vous êtes un plaisant sophiste. On sait aujourd'hui que le monde est l'ouvrage du seul hasard, et il ne faut plus parler de providence depuis que les physiciens ont vu dans la lune, au bout de leur lunette, des grenouilles ailées [111].

— Eh bien, monsieur, répliqua mon bon maître, je ne suis pas fâché qu'il y ait dans la lune des grenouilles ailées ; ces oiseaux marécageux sont les très dignes habitants d'un monde qui n'a pas été sanctifié par le sang de Notre-Seigneur Jésus-Christ. Nous ne connaissons, j'en conviens, qu'une petite partie de l'univers, et il se peut, comme le dit monsieur d'Astarac, qui d'ailleurs est fou, que ce monde ne soit qu'une goutte de boue dans l'infinité des mondes. Il se peut que l'astrologue Copernic n'ait pas tout à fait rêvé en enseignant que la terre n'est point mathématiquement le centre de la création. J'ai lu qu'un Italien du nom de Galilée, qui mourut misérablement, pensa comme ce Copernic ; et nous voyons aujourd'hui le petit monsieur de Fontenelle [112] entrer dans ces raisons. Mais ce n'est là qu'une vaine imagerie, propre seulement à troubler les esprits faibles. Qu'importe que le monde physique soit plus grand ou plus petit, et d'une forme ou d'une autre ? Il suffit qu'il ne puisse être considéré que sous les caractères de l'intelligence et de la raison, pour que Dieu y soit manifeste.

» Si les méditations d'un sage peuvent vous être de quelque profit, monsieur, je vous apprendrai comment cette preuve de l'existence de Dieu, meilleure que la preuve de saint Anselme [113] et tout à fait indépendante de celles qui résultent de la Révélation, m'apparut soudainement dans toute sa clarté. C'était à Séez, il y a vingt-cinq ans. J'étais bibliothécaire de monsieur l'évêque, et les fenêtres de la galerie donnaient sur une cour où je voyais tous les matins une fille de cuisine récurer les casseroles de Monseigneur. Elle était jeune, grande et robuste. Un léger duvet qui faisait une ombre sur ses lèvres donnait à son visage une grâce irritante et fière. Ses cheveux emmêlés, sa maigre poitrine, ses longs bras nus étaient dignes d'Adonis autant que de Diane, et c'était une beauté garçonnière. Je l'aimais pour cela ; j'aimais ses mains fortes et rouges. Cette fille enfin m'inspirait une convoitise rude et brutale comme elle-même. Vous n'ignorez pas combien de tels sentiments sont impérieux. Je lui fis connaître les miens de ma fenêtre, par un petit nombre de gestes et de paroles. Elle me fit connaître plus brièvement encore qu'elle correspondait à mes senti-ments, et me donna rendez-vous, pour la nuit prochaine, dans le grenier où elle couchait sur le foin, par l'effet des bontés de Monseigneur, dont elle lavait les écuelles. J'attendis la nuit avec impatience. Quand elle vint enfin couvrir la terre, je pris une échelle et montai dans le grenier où cette fille m'attendait. Ma première pensée fut de l'embrasser ; la seconde, d'admirer cet enchaînement qui m'avait conduit dans ses bras. Car enfin, monsieur, un jeune ecclésiastique, une fille de cuisine, une échelle, une botte de foin ! quelle suite, quelle ordonnance ! quel concours d'harmonies préétablies, quel enchaînement d'effets et de causes ! quelle preuve de l'existence de Dieu ! C'est ce dont je fus étrangement frappé, et je me réjouis de pouvoir ajouter cette démonstration profane aux raisons que fournit la théologie et qui sont, d'ailleurs, amplement suffisantes.

— L'abbé, dit Catherine, ce qu'il y a de mauvais dans votre affaire, c'est que cette fille n'avait pas de poitrine. Une femme sans poitrine, c'est un lit sans oreillers. Mais ne savez-vous pas, d'Anquetil, ce qu'il convient de faire ?

— Oui, dit-il, c'est de jouer à l'hombre, qui se joue à trois.

— Si vous voulez, reprit-elle. Mais je vous prie, mon ami, de faire apporter des pipes. Rien n'est plus agréable que de fumer une pipe de tabac en buvant du vin.

Un laquais apporta des cartes et les pipes que nous allumâmes. La chambre fut bientôt remplie d'une épaisse fumée au milieu de laquelle notre hôte et M. l'abbé Coignard jouaient gravement au piquet.

La chance favorisa mon bon maître, jusqu'au moment où M. d'Anquetil, croyant le voir pour la troisième fois marquer cinquante-cinq lorsqu'il n'avait que quarante, l'appela grec, vilain pipeur, chevalier de Transylvanie et lui jeta à la tête une bouteille qui se brisa sur la table qu'elle inonda de vin.

— Il faudra donc, monsieur, dit l'abbé, que vous preniez la peine de faire déboucher une autre bouteille, car nous avons grand'soif.

— Volontiers, dit M. d'Anquetil, mais sachez, l'abbé, qu'un galant homme ne marque pas les points qu'il n'a pas et ne fait sauter la carte qu'au jeu du Roi, où se trouvent toutes sortes de personnes à qui l'on ne doit rien. Partout ailleurs, c'est une vilenie. L'abbé, voulez-vous donc qu'on vous prenne pour un aventurier ?

— Il est remarquable, dit mon bon maître, qu'on blâme au jeu de cartes ou de dés une pratique recommandée dans les arts de la guerre, de la politique et du négoce, où l'on s'honore de corriger les injures de la fortune. Ce n'est pas que je ne me pique de probité aux cartes. J'y suis, Dieu merci, fort exact, et vous rêviez, monsieur, quand vous avez cru voir que je marquais des points que je n'avais pas. S'il en était autrement, j'invoquerais l'exemple du bienheureux évêque de Genève, qui ne se faisait pas scrupule de tricher au jeu [114]. Mais je ne puis me défendre de faire réflexion que les hommes sont plus délicats au jeu que dans les affaires sérieuses et qu'ils mettent la probité dans le trictrac où elle les gêne médiocrement, et ne la mettent pas dans une bataille ou dans un traité de paix, où elle serait importune. Élien [115], monsieur, a écrit en grec un livre des stratagèmes, qui montre à quel excès la ruse est portée chez les grands capitaines.

— L'abbé, dit M. d'Anquetil, je n'ai pas lu votre Élien, et ne le lirai de ma vie. Mais j'ai fait la guerre comme tout bon gentilhomme. J'ai servi le Roi pendant dix-huit mois. C'est l'emploi le plus noble. Je vais vous dire en quoi il consiste exactement. C'est un secret que je puis bien vous confier, puisqu'il n'y a pour l'entendre ici que vous, des bouteilles, monsieur, que je vais tuer tout à l'heure, et cette fille qui se déshabille.

— Oui, dit Catherine, je me mets en chemise, parce que j'ai trop chaud.

— Eh bien ! reprit M. d'Anquetil, quoi que disent les gazettes, la guerre consiste uniquement à voler des poules et des cochons aux vilains. Les soldats en campagne ne sont occupés que de ce soin.

— Vous avez bien raison, dit mon bon maître, et l'on disait jadis en Gaule que la bonne amie du soldat était madame la Picorée [116]. Mais je vous prie de ne pas tuer Jacques Tournebroche, mon élève.

— L'abbé, répondit M. d'Anquetil, l'honneur m'y oblige.

— Ouf ! dit Catherine, en arrangeant sur sa gorge la dentelle de sa chemise, je suis mieux comme cela.

— Monsieur, poursuivit mon bon maître, Jacques Tournebroche m'est fort utile pour une traduction de Zozime le Panopolitain que j'ai entreprise. Je vous serai infiniment obligé de ne vous battre avec lui qu'après que ce grand ouvrage sera parachevé.

— Je me fiche de votre Zozime, répondit M. d'Anquetil. Je m'en fiche, vous m'entendez, l'abbé. Je m'en fiche comme le Roi de sa première maîtresse.

Et il chanta [117] :

> Pour dresser un jeune courrier
> Et l'affermir sur l'étrier

> Il lui fallait une routière,
> Laire lan laire.

— Qu'est-ce que c'est que ce Zozime ?

— Zozime, monsieur, répondit l'abbé, Zozime de Panopolis, était un savant grec qui florissait à Alexandrie au IIIe siècle de l'ère chrétienne et qui composa des traités sur l'art spagyrique.

— Que voulez-vous que cela me fasse ? répondit M. d'Anquetil, et pourquoi le traduisez-vous ?

> Battons le fer quand il est chaud,
> Dit-elle, en faisant sonner haut
> Le nom de sultane première,
> Laire lan laire.

— Monsieur, dit mon bon maître, je conviens qu'il n'y a point à cela d'utilité sensible, et que le train du monde n'en sera point changé. Mais en illustrant de notes et commentaires le traité que ce Grec a composé pour sa sœur Théosébie...

Catherine interrompit le discours de mon bon maître en chantant d'une voix aiguë :

> Je veux en dépit des jaloux
> Qu'on fasse duc mon époux,
> Lasse de le voir secrétaire.
> Laire lan laire.

— ... Je contribue, poursuivit mon bon maître, au trésor de connaissances amassé par de doctes hommes, et j'apporte ma pierre au monument de la véritable histoire qui est celle des maximes et des opinions, plutôt que des guerres et des traités. Car, monsieur, la noblesse de l'homme...

Catherine reprit :

> Je sais bien qu'on murmurera,
> Que Paris nous chansonnera ;

Mais tant pis pour le sot vulgaire !
Laire lan laire.

Et mon bon maître disait cependant :

— ... Est la pensée. Et à cet égard il n'est pas
indifférent de savoir quelle idée cet Égyptien se faisait de
la nature des métaux et des qualités de la matière.

M. l'abbé Jérôme Coignard but un grand coup de vin
pendant que Catherine chantait encore :

Par l'épée ou par le fourreau
Devenir duc est toujours beau,
Il importe la manière.
n'Laire lan laire.

— L'abbé, dit M. d'Anquetil, vous ne buvez pas, et
de plus vous déraisonnez. J'étais, en Italie, dans la guerre
de succession, sous les ordres d'un brigadier qui tradui-
sait Polybe. Mais c'était un imbécile. Pourquoi traduire
Zozime ?

— Si vous voulez tout savoir, dit mon bon maître, j'y
trouve quelque sensualité.

— A la bonne heure ! dit M. d'Anquetil, mais en quoi
monsieur Tournebroche, qui en ce moment caresse ma
maîtresse, peut-il vous aider ?

— Par la connaissance du grec, dit mon bon maître,
que je lui ai donnée.

M. d'Anquetil se tournant vers moi :

— Quoi, monsieur, dit-il, vous savez le grec ! Vous
n'êtes donc pas gentilhomme ?

— Monsieur, répondis-je, mon père est porte-bannière de la confrérie des rôtisseurs parisiens.

— Il m'est donc impossible de vous tuer, me répondit-
il. Veuillez m'en excuser. Mais, l'abbé, vous ne buvez
pas. Vous me trompiez. Je vous croyais un bon biberon,
et j'avais envie de vous prendre pour mon aumônier
quand j'aurai une maison.

Cependant, M. l'abbé Coignard buvait à même la bouteille, et Catherine, penchée à mon oreille, me disait :

— Jacques, je sens que je n'aimerai jamais que vous.

Ces paroles, venant d'une belle personne en chemise, me jetèrent dans un trouble extrême. Catherine acheva de me griser en me faisant boire dans son verre, ce qui ne fut pas remarqué dans la confusion d'un souper qui avait beaucoup échauffé toutes les têtes.

M. d'Anquetil, cassant contre la table le goulot d'un flacon, nous versa de nouvelles rasades, et, à partir de ce moment, je ne me rendis pas un compte exact de ce qui se disait et faisait autour de moi. Je vis toutefois que Catherine ayant traîtreusement versé un verre de vin dans le cou de son amant, entre la nuque et le col de l'habit, M. d'Anquetil riposta en répandant deux ou trois bouteilles sur la demoiselle en chemise, qu'il changea de la sorte en une espèce de figure mythologique, du genre humide des nymphes et des naïades. Elle en pleurait de rage et se tordait dans des convulsions.

A ce même moment nous entendîmes des coups frappés avec le marteau de la porte dans le silence de la nuit. Nous en demeurâmes soudain immobiles et muets comme des convives enchantés.

Les coups redoublèrent bientôt de force et de fréquence. Et M. d'Anquetil rompit le premier le silence en se demandant tout haut, avec d'affreux jurements, quel pouvait bien être ce fâcheux. Mon bon maître, à qui les circonstances les plus communes inspiraient souvent d'admirables maximes, se leva et dit avec onction et gravité :

— Qu'importe la main qui heurte si rudement l'huis pour un motif vulgaire et peut-être ridicule ! Ne cherchons pas à la connaître, et tenons ces coups pour frappés à la porte de nos âmes endurcies et corrompues. Disonsnous, à chaque coup qui retentit : Celui-ci est pour nous avertir de nous amender et de songer à notre salut, que nous négligeons dans les plaisirs ; celui-ci est pour que nous méprisions les biens de ce monde ; celui-ci est pour songer à l'éternité. De la sorte, nous aurons tiré tout profit possible d'un événement d'ailleurs mince et frivole.

— Vous êtes plaisant, l'abbé, dit M. d'Anquetil ; de la vigueur dont ils cognent, ils vont défoncer la porte.

Et, dans le fait, le marteau faisait des roulements de tonnerre.

— Ce sont des brigands, s'écria la fille mouillée. Jésus ! nous allons être massacrés ; c'est notre punition pour avoir renvoyé le petit frère. Je vous l'ai dit maintes fois, Anquetil, il arrive malheur aux maisons dont on chasse un capucin.

— La bête ! répliqua d'Anquetil. Ce damné frocard lui fait croire toutes les sottises qu'il veut. Des voleurs seraient plus polis, ou tout au moins plus discrets. C'est plutôt le guet.

— Le guet ! Mais c'est bien pis encore, dit Catherine.

— Bah ! dit M. d'Anquetil, nous le rosserons.

Mon bon maître mit une bouteille dans l'une de ses poches par précaution et une autre bouteille dans l'autre poche, pour l'équilibre, comme dit le conte. Toute la maison tremblait sous les coups du frappeur furieux. M. d'Anquetil, en qui cet assaut réveillait les vertus militaires, s'écria :

— Je vais reconnaître l'ennemi.

Il courut en trébuchant à la fenêtre où il avait naguère souffleté largement sa maîtresse, et puis revint dans la salle à manger en éclatant de rire.

— Ah ! ah ! ah ! s'écria-t-il, savez-vous qui frappe ? C'est monsieur de la Guéritaude en perruque à marteau [118], avec deux grands laquais portant des torches ardentes.

— Ce n'est pas possible, dit Catherine, il est en ce moment couché avec sa vieille femme.

— C'est donc, dit M. d'Anquetil, son fantôme très ressemblant. Encore faut-il croire que ce fantôme a pris la perruque du partisan. Un spectre même ne la saurait si bien imiter, tant elle est ridicule.

— Dites-vous bien et ne vous moquez-vous pas ? demanda Catherine. Est-ce vraiment monsieur de la Guéritaude ?

— C'est lui-même, Catherine, si j'en crois mes yeux.

— Je suis perdue, s'écria la pauvre fille. Les femmes sont bien malheureuses ! On ne les laisse jamais tranquilles. Que vais-je devenir ? Ne voudriez-vous pas, messieurs, vous cacher dans diverses armoires ?

— Cela se pourrait faire, dit M. l'abbé Coignard ; mais comment y renfermer avec nous ces bouteilles vides et pour la plupart éventrées ou tout au moins éguelées, les débris de la dame-jeanne que monsieur m'a jetée à la tête, cette nappe, ce pâté, ces assiettes, ces flambeaux et la chemise de mademoiselle qui, par l'effet du vin dont elle est trempée, ne forme plus qu'un voile transparent et rose autour de sa beauté ?

— Il est vrai que cet imbécile a mouillé ma chemise, dit Catherine, et que je m'enrhume. Mais il suffirait peut-être de cacher monsieur d'Anquetil dans la chambre haute. Je ferai passer l'abbé pour mon oncle et monsieur Jacques pour mon frère.

— Non pas, dit M. d'Anquetil. Je vais moi-même prier monsieur de la Guéritaude de venir souper avec nous.

Nous le pressâmes, mon bon maître, Catherine et moi, de n'en rien faire, nous l'en suppliâmes, nous nous suspendîmes à son cou. Ce fut en vain. Il saisit un flambeau et descendit les degrés. Nous le suivîmes en tremblant. Il ouvrit la porte. M. de la Guéritaude s'y trouvait, tel qu'il nous l'avait décrit, avec sa perruque, entre deux laquais armés de torches. M. d'Anquetil le salua avec cérémonie et lui dit :

— Faites-nous la faveur de monter céans, monsieur.
Vous y trouverez des personnes aimables et singulières :
un Tournebroche à qui mam'selle Catherine envoie des
baisers par la fenêtre et un abbé qui croit en Dieu.

Et il s'inclina profondément.

M. de la Guéritaude était une espèce de grand homme
sec, peu enclin à goûter la plaisanterie. Celle de M. d'Anquetil l'irrita fort, et sa colère s'échauffa par la vue de
mon bon maître, déboutonné, une bouteille à la main et
deux autres dans ses poches, et par l'aspect de Catherine,
en chemise humide et collante.

— Jeune homme, dit-il, avec une froide colère, à
M. d'Anquetil, j'ai l'honneur de connaître monsieur
votre père, avec qui je m'entretiendrai demain de la ville
où le Roi vous enverra méditer la honte de vos déporte-
ments et de votre impertinence. Ce digne gentilhomme, à
qui j'ai prêté de l'argent que je ne lui réclame pas, n'a
rien à me refuser. Et notre bien-aimé Prince, qui se
trouve précisément dans le même cas que monsieur votre
père, a des bontés pour moi. C'est donc une affaire faite.
J'en ai conclu, Dieu merci ! de plus difficiles. Quant à
cette fille, puisqu'on désespère de la ramener au bien,
j'en dirai, avant midi, deux mots à monsieur le lieutenant
de police, que je sais tout disposé à l'envoyer à l'hôpital.
Je n'ai pas autre chose à vous dire. Cette maison est à
moi, je l'ai payée, et je prétends y entrer.

Puis, se tournant vers ses laquais, et désignant du bout
de sa canne mon bon maître et moi :

— Jetez, dit-il, ces deux ivrognes dehors.

M. Jérôme Coignard était communément d'une man-
suétude exemplaire, et il avait coutume de dire qu'il
devait cette douceur aux vicissitudes de la vie, la fortune
l'ayant traité à la façon des cailloux que la mer polit en les
roulant dans son flux et dans son reflux. Il supportait
aisément les injures, tant par esprit chrétien que par
philosophie. Mais ce qui l'y aidait le plus, c'était un

grand mépris des hommes, dont il ne s'exceptait pas. Pourtant, cette fois, il perdit toute mesure et oublia toute prudence.

— Tais-toi, vil publicain, s'écria-t-il, en agitant sa bouteille comme une massue. Si ces coquins osent m'approcher, je leur casse la tête, pour leur apprendre à respecter mon habit, qui témoigne assez de mon sacré caractère.

A la lueur des flambeaux, luisant de sueur, rubicond, les yeux hors de la tête, l'habit ouvert et son gros ventre à demi hors de sa culotte, mon bon maître semblait un compagnon dont on ne vient pas à bout facilement. Les coquins hésitaient.

— Tirez, leur criait M. de la Guéritaude, tirez, tirez ce sac à vin! Voyez-vous pas qu'il n'y a qu'à le pousser au ruisseau, où il restera jusqu'à ce que les balayeurs le viennent jeter dans le tombereau aux ordures? Je le tirerais moi-même sans la crainte de souiller mes habits.

Mon bon maître ressentit vivement ces injures.

— Odieux traitant, dit-il d'une voix digne de retentir dans les églises, infâme partisan, barbare maltôtier, tu prétends que cette maison est tienne? Pour qu'on te croie, pour qu'on sache qu'elle est à toi, inscris donc sur la porte ce mot de l'Évangile : *Aceldama*, qui veut dire : *Prix du sang*. Alors, nous inclinant, nous laisserons entrer le maître en son logis. Larron, bandit, homicide, écris avec le charbon que je te jetterai au nez, écris de ta sale main, sur ce seuil, ton titre de propriété, écris : Prix du sang de la veuve et de l'orphelin, prix du sang du juste, *Aceldama*. Sinon, reste dehors et laisse-nous céans, homme de quantité.

M. de la Guéritaude qui n'avait, de sa vie, entendu rien de semblable, pensa qu'il avait affaire à un fou, comme on pouvait le croire, et, plutôt pour se défendre que pour attaquer, il leva sa grande canne. Mon bon maître, hors de lui, lança sa bouteille à la tête de monsieur le traitant, qui tomba de son long sur le pavé en criant : « Il m'a tué ! » Et, comme il nageait dans le vin de la bouteille, il y avait apparence qu'il fût assassiné. Ses deux laquais se voulurent jeter sur le meurtrier, et l'un d'eux, qui était robuste, croyait déjà le saisir, quand M. l'abbé Coignard lui donna de la tête un si grand coup dans l'estomac que le drôle alla rouler dans le ruisseau tout contre le financier. Il se releva pour son malheur et, s'armant d'une torche encore ardente, se jeta dans l'allée. Mon bon maître n'y était plus : il avait enfilé la venelle. M. d'Anquetil y était encore avec Catherine, et ce fut lui qui reçut la torche sur le front. Cette offense lui parut insupportable ; il tira son épée et l'enfonça dans le ventre du malencontreux coquin, qui apprit ainsi, à ses dépens, qu'il ne faut pas s'en prendre à un gentilhomme. Cependant mon bon maître n'avait point fait vingt pas dans la rue, quand le second laquais, grand diable aux jambes de faucheux, se mit à courir après lui en criant à la garde et en hurlant : « Arrêtez-le ! » Il le gagna de vitesse et nous vîmes qu'à l'angle de la rue Saint-Guillaume, il étendait déjà le bras pour le saisir par le collet. Mais mon bon maître, qui savait plus d'un tour, vira brusquement et, passant à côté de son homme, l'envoya, d'un croc-en-jambe, contre une borne où il se fendit la tête. Cela se fit tandis que nous accourions, M. d'Anquetil et moi, au secours de M. l'abbé Coignard, qu'il convenait de ne point abandonner en ce danger pressant.

— L'abbé, dit M. d'Anquetil, donnez-moi la main : vous êtes un brave homme.

— Je crois, en effet, dit mon bon maître, que j'ai été quelque peu homicide. Mais je ne suis pas assez dénaturé pour en tirer gloire. Il me suffit qu'on ne m'en fasse pas un trop véhément reproche. Ces violences ne sont point dans mes usages, et, tel que vous me voyez, monsieur, j'étais mieux fait pour enseigner les belles-lettres dans la chaire d'un collège, que pour me battre avec des laquais, au coin d'une borne.

— Oh ! reprit M. d'Anquetil, ce n'est pas le pire de votre affaire. Mais je crois que vous avez assommé un fermier général.

— Est-il bien vrai ? demanda l'abbé.

— Aussi vrai que j'ai poussé mon épée dans quelque tripe de cette canaille.

— En ces conjonctures, dit l'abbé, il conviendrait premièrement de demander pardon à Dieu, envers qui seul nous sommes comptables du sang répandu, secondement de hâter le pas jusqu'à la prochaine fontaine où nous nous laverons. Car il me semble que je saigne du nez.

— Vous avez raison, l'abbé, dit M. d'Anquetil, car le drôle qui maintenant crève entr'ouvert dans le ruisseau m'a fendu le front. Quelle impertinence !

— Pardonnez-lui, dit l'abbé, pour qu'il vous soit pardonné.

A l'endroit où la rue du Bac se perd dans les champs, nous trouvâmes à propos, le long d'un mur d'hôpital, un petit Triton de bronze qui lançait un jet d'eau dans une cuve de pierre. Nous nous y arrêtâmes pour nous y laver et pour boire. Car nous avions la gorge sèche.

— Qu'avons-nous fait, dit mon maître, et comment suis-je sorti de mon naturel, qui est pacifique ? Il est bien vrai qu'il ne faut pas juger les hommes sur leurs actes, qui dépendent des circonstances, mais plutôt, à l'exemple de Dieu, notre père, sur leurs pensées secrètes et profondes intentions.

— Et Catherine, demandai-je, qu'est-elle devenue dans cette horrible aventure ?

— Je l'ai laissée, me répondit M. d'Anquetil, soufflant dans la bouche de son financier pour le ranimer. Mais elle aura beau souffler, je connais la Guéritaude. Il est sans pitié. Il l'enverra à l'hôpital et peut-être à l'Amérique.

J'en suis fâché pour elle. C'était une jolie fille. Je ne
l'aimais pas ; mais elle était folle de moi. Et, chose
extraordinaire, me voilà sans maîtresse.

— Ne vous en inquiétez pas, dit mon bon maître.
Vous en trouverez une autre qui ne sera point différente
de celle-là, ou du moins ne le sera pas essentiellement. Et
il me semble bien que ce que vous cherchez dans une
femme est commun à toutes.

— Il est clair, dit M. d'Anquetil, que nous sommes en
danger, moi d'être mis à la Bastille, et vous, l'abbé, d'être
pendu avec Tournebroche, votre élève, qui pourtant n'a
tué personne.

— Il n'est que trop vrai, répondit mon bon maître. Il
faut songer à notre sûreté. Peut-être sera-t-il nécessaire
de quitter Paris où l'on ne manquera pas de nous
rechercher, et même de fuir en Hollande. Hélas ! je
prévois que j'y écrirai des libelles pour les filles de
théâtre, de cette même main qui illustrait de notes très
amples les traités alchimiques de Zozime le Panopolitain.

— Écoutez-moi, l'abbé, dit M. d'Anquetil, j'ai un ami
qui nous cachera dans sa terre tout le temps qu'il faudra.
Il habite, à quatre lieues de Lyon, une campagne horrible
et sauvage, où l'on ne voit que des peupliers, de l'herbe et
des bois. C'est là qu'il faut aller. Nous y attendrons que
l'orage passe. Nous chasserons. Mais il faut trouver au
plus vite une chaise de poste, ou, pour mieux dire, une
berline.

— Pour cela, monsieur, dit l'abbé, j'ai votre affaire.
L'hôtel du *Cheval-Rouge,* au rond-point des Bergères,
vous fournira de bons chevaux et toutes sortes de
voitures. J'en ai connu l'hôte au temps où j'étais secrétaire de madame de Saint-Ernest. Il était enclin à obliger
les gens de qualité ; je crois bien qu'il est mort, mais il
doit avoir un fils tout semblable à lui. Avez-vous de
l'argent ?

— J'en ai sur moi une assez grosse somme, dit

M. d'Anquetil. C'est ce dont je me réjouis ; car je ne puis songer à rentrer chez moi, où les exempts ne manqueront pas de me chercher pour me conduire au Châtelet. J'ai oublié mes gens dans la maison de Catherine, et Dieu sait ce qu'ils y sont devenus ; mais je m'en soucie peu. Je les battais et ne les payais pas, et pourtant je ne suis pas sûr de leur fidélité. A quoi se fier ? Allons tout de suite au rond-point des Bergères.

— Monsieur, dit l'abbé, je vais vous faire une proposition, souhaitant qu'elle vous soit agréable. Nous logeons, Tournebroche et moi, à la Croix-des-Sablons, dans un alchimique et délabré château, où il vous sera facile de passer une douzaine d'heures sans être vu. Nous allons vous y conduire et nous y attendrons que notre voiture soit prête. Il y a cela de bon que les Sablons sont peu distants du rond-point des Bergères.

M. d'Anquetil ne trouva rien à dire à ces arrangements et nous résolûmes, devant le petit Triton, qui soufflait de l'eau dans ses grosses joues, d'aller d'abord à la Croix-des-Sablons et de prendre ensuite, à l'hôtel du *Cheval-Rouge*, une berline pour nous conduire à Lyon.

— Je vous confierai, messieurs, dit mon bon maître, que des trois bouteilles que je pris soin d'emporter, l'une se brisa malheureusement sur la tête de monsieur de la Guéritaude, l'autre se cassa dans ma poche pendant ma fuite. Elles sont toutes deux regrettables. La troisième fut préservée contre toute espérance ; la voici !

Et la tirant de dessous son habit, il la posa sur la marge de la fontaine.

— Voilà qui va bien, dit M. d'Anquetil. Vous avez du vin ; j'ai des dés et des cartes dans ma poche. Nous pouvons jouer.

— Il est vrai, dit mon bon maître, que c'est un grand divertissement. Un jeu de cartes, monsieur, est un livre d'aventures de l'espèce qu'on nomme romans, et il a sur les autres livres de ce genre cet avantage singulier qu'on le fait en même temps qu'on le lit, et qu'il n'est pas besoin d'avoir de l'esprit pour le faire ni de savoir ses lettres pour le lire. C'est un ouvrage merveilleux encore en ce qu'il offre un sens régulier et nouveau chaque fois qu'on en a brouillé les pages. Il est d'un tel artifice qu'on ne saurait assez l'admirer, car, de principes mathématiques, il tire mille et mille combinaisons curieuses et tant de rapports singuliers, qu'on a pu croire, faussement à la vérité, qu'on y découvrait les secrets des cœurs, le mystère des destinées et les arcanes de l'avenir. Ce que j'en dis s'applique surtout au tarot des Bohémiens, qui est le plus excellent des jeux, mais peut s'étendre au jeu de piquet. Il faut rapporter l'invention des cartes aux anciens et, pour ma part, bien que, pour tout dire, je ne connaisse aucun texte qui m'y autorise positivement, je les crois d'origine chaldéenne. Mais, sous sa forme présente, le jeu de piquet ne remonte pas au-delà du roi Charles septième, s'il est vrai, comme il est dit dans une savante dissertation, qu'il me souvient d'avoir lue à Séez, que la dame de cœur représente de façon emblématique la belle Agnès Sorel et que la dame de pique n'est autre, sous le nom de Pallas, que cette Jeanne Dulys, aussi nommée Jeanne Darc, qui rétablit par sa vaillance les affaires de la monarchie, et puis fut bouillie à Rouen [119] par les Anglais, dans une chaudière qu'on montre pour deux liards et que j'ai vue en passant par cette ville. Certains historiens prétendent toutefois que cette pucelle fut brûlée vive sur un beau bûcher. On lit, dans Nicole Gilles et dans Pasquier [120], que sainte Catherine et sainte Marguerite lui apparurent. Ce n'est pas Dieu, assurément, qui les lui envoya ; car il n'est point une personne un peu docte et d'une piété solide qui ne sache que cette Marguerite et cette Catherine furent inventées par ces moines byzantins dont les imaginations abondantes et barbares ont tout barbouillé le martyrologe. Il y a une ridicule impiété à prétendre que Dieu fit paraître à cette

Jeanne Dulys des saintes qui n'ont jamais existé. Pourtant, de vieux chroniqueurs n'ont point craint de le donner à entendre. Que n'ont-ils dit que Dieu envoya encore à cette pucelle Yseult la blonde, Mélusine, Berthe au grand-pied et toutes les héroïnes des romans de chevalerie, dont l'existence n'est pas plus fabuleuse que celle de la vierge Catherine et de la vierge Marguerite ? Monsieur de Valois [121], au siècle dernier, s'élevait avec raison contre ces fables grossières qui sont aussi opposées à la religion que l'erreur est contraire à la vérité. Il serait à souhaiter qu'un religieux instruit dans l'histoire fît la distinction des saints véritables, qu'il convient de vénérer, et des saints tels que Marguerite, Luce ou Lucie, Eustache, qui sont imaginaires, et même saint Georges, sur qui j'ai des doutes.

» Si je puis un jour me retirer dans quelque belle abbaye, ornée d'une riche bibliothèque, je consacrerai à cette tâche les restes d'une vie à demi épuisée dans d'effroyables tempêtes et de fréquents naufrages. J'aspire au port et j'ai le désir et le goût du chaste repos qui convient à mon âge et à mon état.

Pendant que M. l'abbé Coignard tenait ces propos mémorables, M. d'Anquetil, sans l'entendre, assis sur le bord de la vasque, battait les cartes, et jurait comme un diable qu'on n'y voyait goutte pour faire une partie de piquet.

— Vous avez raison, monsieur, dit mon bon maître ; on n'y voit pas bien clair, et j'en éprouve quelque déplaisir, moins par la considération des cartes, dont je me passe facilement, que pour l'envie que j'ai de lire quelques pages des *Consolations* de Boèce, dont je porte toujours un exemplaire de petit format dans la poche de mon habit, afin de l'avoir sans cesse sous la main, pour l'ouvrir au moment où je tombe dans l'infortune, comme il m'arrive aujourd'hui. Car c'est une disgrâce cruelle, monsieur, pour un homme de mon état, que d'être homicide et menacé d'être mis dans les prisons ecclésiastiques. Je sens qu'une seule page de ce livre admirable affermirait mon cœur qui s'abîme à la seule idée de l'official.

En prononçant ces mots, il se laissa choir sur l'autre bord de la vasque et si profondément, qu'il trempait dans l'eau par tout le beau milieu de son corps. Mais il n'en prenait aucun souci et ne semblait point même s'en apercevoir ; tirant de sa poche son Boèce, qui y était réellement, et chaussant ses lunettes, dont il ne restait plus qu'un verre, lequel était fendu en trois endroits, il se mit à chercher dans le petit livre la page la mieux appropriée à sa situation. Il l'eût trouvée sans doute, et il y eût puisé des forces nouvelles, si le mauvais état de ses besicles, les larmes qui lui montaient aux yeux et la faible clarté qui tombait du ciel lui eussent permis de la chercher. Mais il dut bientôt confesser qu'il n'y voyait goutte, et il s'en prit à la lune qui lui montrait sa corne aiguë au bord d'un nuage. Il l'interpella vivement et l'accabla d'invectives :

— Astre obscène, polisson et libidineux, lui dit-il, tu n'es jamais las d'éclairer les turpitudes des hommes, et tu envies un rayon de ta lumière à qui cherche des maximes vertueuses !

— Aussi bien, l'abbé, dit M. d'Anquetil, puisque cette catin de lune nous donne assez de clarté pour nous conduire par les rues, et non pas pour faire un cent de piquet, allons tout de suite à ce château que vous m'avez dit et où il faut que j'entre sans être vu.

Le conseil était bon et, après avoir bu à même le goulot tout le vin de la bouteille, nous prîmes tous trois le chemin de la Croix-des-Sablons. Je marchais en avant avec M. d'Anquetil. Mon bon maître, ralenti par toute l'eau que sa culotte avait bue, nous suivait pleurant, gémissant et dégouttant.

Le petit jour piquait déjà nos yeux fatigués, quand nous arrivâmes à la porte verte du parc des Sablons. Il ne nous fut point nécessaire de soulever le heurtoir. Depuis quelque temps, le maître du logis nous avait remis les clefs de son domaine. Il fut convenu que mon bon maître s'avancerait prudemment avec d'Anquetil dans l'ombre de l'allée et que je resterais un peu en arrière pour observer, s'il en était besoin, le fidèle Criton et les galopins de cuisine, qui pouvaient voir l'intrus. Cet arrangement, qui n'avait rien que de raisonnable, me devait coûter de longs ennuis. Car, au moment où les deux compagnons avaient déjà monté l'escalier et gagné, sans être vus, ma propre chambre, dans laquelle nous avions décidé de cacher M. d'Anquetil jusqu'au moment de fuir en poste, je gravissais à peine le second étage, où je rencontrai précisément M. d'Astarac en robe de damas rouge et tenant à la main un flambeau d'argent. Il me mit, à son habitude, la main sur l'épaule.

— Eh bien ! mon fils, me dit-il, n'êtes-vous pas bien heureux d'avoir rompu tout commerce avec les femmes et, de la sorte, échappé à tous les dangers des mauvaises compagnies ? Vous n'avez pas à craindre, parmi les filles augustes de l'air, ces querelles, ces rixes, ces scènes injurieuses et violentes, qui éclatent communément chez

les créatures de mauvaise vie. Dans votre solitude, que
charment les fées, vous goûtez une paix délicieuse.

Je crus d'abord qu'il se moquait. Mais je reconnus
bientôt, à son air, qu'il n'y songeait point.

— Je vous rencontre à propos, mon fils, ajouta-t-il, et
je vous serai reconnaissant d'entrer un moment avec moi
dans mon atelier.

Je l'y suivis. Il ouvrit avec une clef longue pour le
moins d'une aune la porte de cette maudite chambre d'où
j'avais vu, naguère, sortir des lueurs infernales. Et quand
nous fûmes entrés l'un et l'autre dans le laboratoire, il me
pria de nourrir le feu qui languissait. Je jetai quelques
morceaux de bois dans le fourneau, où cuisait je ne sais
quoi, qui répandait une odeur suffocante. Pendant que,
remuant coupelles et matras, il faisait sa noire cuisine, je
demeurais sur un banc où je m'étais laissé choir, et je
fermais malgré moi les yeux. Il me força à les rouvrir
pour admirer un vaisseau de terre verte, coiffé d'un
chapiteau de verre, qu'il tenait à la main.

— Mon fils, me dit-il, il faut que vous sachiez que cet
appareil sublimatoire a nom aludel[122]. Il renferme une
liqueur, qu'il convient de regarder avec attention, car je
vous révèle que cette liqueur n'est autre que le mercure
des philosophes. Ne croyez pas qu'elle doive garder
toujours cette teinte sombre. Avant qu'il soit peu de
temps, elle deviendra blanche et, dans cet état, elle
changera les métaux en argent. Puis, par mon art et
industrie, elle tournera au rouge et acquerra la vertu de
transmuer l'argent en or. Il serait sans doute avantageux
pour vous qu'enfermé dans cet atelier, vous n'en bougiez
point avant que ces sublimes opérations ne soient de
point en point accomplies, ce qui ne peut tarder plus de
deux ou trois mois. Mais ce serait peut-être imposer une
trop pénible contrainte à votre jeunesse. Contentez-vous,
pour cette fois, d'observer les préludes de l'œuvre, en
mettant, s'il vous plaît, force bois dans le fourneau.

Ayant ainsi parlé, il s'abîma de nouveau dans ses fioles et dans ses cornues. Cependant je songeais à la triste position où m'avaient mis ma mauvaise fortune et mon imprudence.

— Hélas ! me disais-je en jetant des bûches au four, à ce moment même, les sergents nous recherchent, mon bon maître et moi ; il nous faudra peut-être aller en prison et sûrement quitter ce château, où j'avais, à défaut d'argent, la table et un état honorable. Je n'oserai jamais plus reparaître devant monsieur d'Astarac, qui croit que j'ai passé la nuit dans les silencieuses voluptés de la magie, comme il eût mieux valu que je fisse. Hélas ! je ne reverrai plus la nièce de Mosaïde, mademoiselle Jahel, qui me réveillait si agréablement la nuit dans ma chambre. Et, sans doute, elle m'oubliera. Elle en aimera, peut-être, un autre à qui elle fera les mêmes caresses qu'à moi. La seule idée de cette infidélité m'est intolérable. Mais, du train dont va le monde, je vois qu'il faut s'attendre à tout.

— Mon fils, me dit M. d'Astarac, vous ne donnez point assez de nourriture à l'athanor. Je vois que vous n'êtes pas encore suffisamment pénétré de l'excellence du feu, dont la vertu est capable de mûrir ce mercure et d'en faire le fruit merveilleux qu'il me sera bientôt donné de cueillir. Encore du bois ! Le feu, mon fils, est l'élément supérieur ; je vous l'ai assez dit, et je vais vous en faire paraître un exemple. Par un jour très froid de l'hiver dernier, étant allé visiter Mosaïde en son pavillon, je le trouvai assis, les pieds sur une chaufferette, et j'observai que les parcelles subtiles du feu qui s'échappaient du réchaud étaient assez puissantes pour gonfler et soulever la houppelande de ce sage ; d'où je conclus que, si ce feu avait été plus ardent, Mosaïde se serait élevé sans faute dans les airs, comme il est digne, en effet, d'y monter, et que, s'il était possible d'enfermer dans quelque vaisseau une assez grande quantité de ces parcelles de feu, nous pourrions, par ce moyen, naviguer sur les nuées aussi facilement que nous le faisons sur la mer, et visiter les Salamandres dans leurs demeures éthérées. C'est à quoi je songerai plus tard à loisir. Et je ne désespère point de fabriquer un de ces vaisseaux de feu. Mais revenons à l'œuvre et mettez du bois dans le fourneau.

Il me tint quelque temps encore dans cette chambre embrasée, d'où je songeais à m'échapper au plus vite pour tâcher de rejoindre Jahel, à qui j'avais hâte d'apprendre mes malheurs. Enfin, il sortit de l'atelier et je pensai être libre. Mais il trompa encore cette espérance.

— Le temps, me dit-il, est ce matin assez doux, encore qu'un peu couvert. Ne vous plairait-il point de faire avec moi une promenade dans le parc, avant de reprendre cette version de Zozime le Panopolitain, qui vous fera grand honneur, à vous et à votre maître, si vous l'achevez tous deux comme vous l'avez commencée ?

Je le suivis à regret dans le parc où il me parla en ces termes :

— Je ne suis pas fâché, mon fils, de me trouver seul avec vous, pour vous prémunir, tandis qu'il en est temps encore, contre un grand danger qui pourrait vous menacer un jour ; et je me reproche même de n'avoir pas songé à vous en avertir plus tôt, car ce que j'ai à vous communiquer est d'une extrême conséquence.

En parlant de la sorte, il me conduisit dans la grande allée qui descend aux marais de la Seine et d'où l'on voit Rueil et le Mont-Valérien avec son calvaire. C'était son chemin coutumier. Aussi bien cette allée était-elle praticable, malgré quelques troncs d'arbres couchés en travers.

— Il importe, poursuivit-il, de vous faire entendre à quoi vous vous exposeriez en trahissant votre Salamandre. Je ne vous interroge point sur votre commerce avec cette personne surhumaine que j'ai été assez heureux pour vous faire connaître. Vous éprouvez vous-même, autant qu'il m'a paru, une certaine répugnance à en disserter. Et, peut-être, êtes-vous louable en cela. Si les Salamandres n'ont point sur la discrétion de leurs amants les mêmes idées que les femmes de la cour et de la ville, il n'en est pas moins vrai que le propre des belles amours est d'être ineffables et que c'est profaner un grand sentiment que de le répandre au-dehors.

» Mais votre Salamandre (dont il me serait facile de savoir le nom, si j'en avais l'indiscrète curiosité) ne vous a peut-être point renseigné sur une de ses passions les plus vives, qui est la jalousie. Ce caractère est commun à toutes ses pareilles. Sachez-le bien, mon fils : les Salamandres ne se laissent pas trahir impunément. Elles tirent du parjure une vengeance terrible. Le divin Paracelse en rapporte un exemple qui suffira sans doute à vous inspirer une crainte salutaire. C'est pourquoi je veux vous le faire connaître.

» Il y avait [123] dans la ville allemande de Staufen un philosophe spagyrique qui avait, comme vous, commerce avec une Salamandre. Il fut assez dépravé pour la tromper ignominieusement avec une femme, jolie à la vérité, mais non plus belle qu'une femme peut l'être. Un soir, comme il soupait avec sa nouvelle maîtresse et quelques amis, les convives virent briller au-dessus de leur tête une cuisse d'une forme merveilleuse. La Salamandre la montrait pour qu'on sentît bien qu'elle ne méritait pas le tort que lui faisait son amant. Après quoi la céleste indignée frappa l'infidèle d'apoplexie. Le vulgaire, qui est fait pour être abusé, crut cette mort naturelle ; mais les initiés surent de quelle main le coup était parti. Je vous devais, mon fils, cet avis et cet exemple.

Ils m'étaient moins utiles que M. d'Astarac ne le pensait. En les entendant, je nourrissais d'autres sujets d'alarmes. Sans doute, mon visage trahissait mon inquiétude, car le grand cabbaliste, ayant tourné sa vue sur

moi, me demanda si je ne craignais point qu'un engage-
ment, gardé sous des peines si sévères, ne fût importun à
ma jeunesse.

— Je puis vous rassurer à cet égard, ajouta-t-il. La
jalousie des Salamandres n'est excitée que si on les met en
rivalité avec des femmes, et c'est, à vrai dire, du
ressentiment, de l'indignation, du dégoût, plus de la
jalousie véritable. Les Salamandres ont l'âme trop noble
et l'intelligence trop subtile pour être envieuses l'une de
l'autre et céder à un sentiment qui tient de la barbarie où
l'humanité est encore à demi plongée. Au contraire, elles
se font une joie de partager avec leurs compagnes les
délices qu'elles goûtent au côté d'un sage, et se plaisent à
amener à leur amant leurs sœurs les plus belles. Vous
éprouverez bientôt qu'effectivement elles poussent la
politesse au point que je dis, et il ne se passera pas un an,
ni même six mois avant que votre chambre soit le rendez-
vous de cinq ou six filles du jour, qui délieront devant
vous à l'envi leurs ceintures étincelantes [124]. Ne craignez
pas, mon fils, de répondre à leurs caresses. Votre amie
n'en prendra point d'ombrage. Et comment s'en offense-
rait-elle, puisqu'elle est sage ? A votre tour, ne vous
irritez pas mal à propos si votre Salamandre vous quitte
un moment pour visiter un autre philosophe. Considérez
que cette fière jalousie, que les hommes apportent dans
l'union des sexes, est un sentiment sauvage, fondé sur
l'illusion la plus ridicule. Il repose sur l'idée qu'on a une
femme à soi quand elle s'est donnée, ce qui est un pur jeu
de mots.

En me tenant ce discours, M. d'Astarac s'était engagé
dans le sentier des Mandragores où déjà nous apercevions
entre les feuilles le pavillon de Mosaïde, quand une voix
épouvantable nous déchira les oreilles et me fit battre le
cœur. Elle roulait des sons rauques accompagnés de
grincements aigus et l'on s'apercevait en approchant que
ces sons étaient modulés et que chaque phrase se

terminait par une sorte de mélopée très faible, qu'on ne pouvait ouïr sans frissonner.

Après avoir fait quelques pas, nous pûmes, en tendant l'oreille, saisir le sens de ces paroles étranges. La voix disait :

— Entends la malédiction dont Élisée [125] maudit les enfants insolents et joyeux. Écoute l'anathème dont Barack frappa Méros [126].

» Je te condamne au nom d'Archithariel, qui est aussi nommé le seigneur des batailles, et qui tient l'épée lumineuse. Je te voue à ta perte, au nom de Sardaliphon [127], qui présente à son maître les fleurs agréables et les guirlandes méritoires, offertes par les enfants d'Israël.

» Sois maudit, chien ! et sois anathème, pourceau !

En regardant d'où venait la voix, nous vîmes Mosaïde au seuil de sa maison, debout, les bras levés, les mains en forme de griffes avec des ongles crochus que la lumière du soleil faisait paraître tout enflammés. Coiffé de sa tiare sordide, enveloppé de sa robe éclatante qui laissait voir en s'ouvrant de maigres cuisses arquées dans une culotte en lambeaux, il semblait quelque mage mendiant, éternel et très vieux. Ses yeux luisaient. Il disait :

— Sois maudit, au nom des Globes ; sois maudit, au nom des Roues ; soit maudit, au nom des Bêtes mystérieuses qu'Ezéchiel a vues [128].

Et il étendit devant lui ses longs bras armés de griffes en répétant :

— Au nom des Globes, au nom des Roues, au nom des Bêtes mystérieuses, descends parmi ceux qui ne sont plus.

Nous fîmes quelques pas dans la futaie pour voir l'objet sur lequel Mosaïde étendait ses bras et sa colère, et ma surprise fut grande de découvrir M. Jérôme Coignard, accroché par un pan de son habit à un buisson d'épine. Le désordre de la nuit paraissait sur toute sa personne ; son collet et ses chausses déchirés, ses bas souillés de boue, sa chemise ouverte, rappelaient pitoyablement nos communes mésaventures, et, qui pis est, l'enflure de son nez gâtait cet air noble et riant qui jamais ne quittait son visage.

Je courus à lui et le tirai si heureusement des épines, qu'il n'y laissa qu'un morceau de sa culotte. Et Mosaïde, n'ayant plus rien à maudire, rentra dans sa maison. Comme il n'était chaussé que de savates, je remarquai alors qu'il avait la jambe plantée au milieu du pied en sorte que le talon était presque aussi saillant par-derrière que le cou-de-pied par-devant. Cette disposition rendait très disgracieuse sa démarche, qui eût été noble sans cela.

— Jacques Tournebroche, mon fils, me dit mon bon maître en soupirant, il faut que ce juif soit Isaac Laquedem en personne, pour blasphémer ainsi dans toutes les langues. Il m'a voué à une mort prochaine et violente avec une grande abondance d'images et il m'a appelé cochon dans quatorze idiomes distincts, si j'ai bien compté. Je le croirais l'Antéchrist, s'il ne lui manquait plusieurs des signes auxquels cet ennemi de Dieu se doit reconnaître. Dans tous les cas, c'est un vilain juif, et jamais la roue ne s'appliqua en signe d'infamie sur l'habit d'un si enragé mécréant. Pour sa part, il mérite non point seulement la roue qu'on attachait jadis à la casaque des juifs, mais celle où l'on attache les scélérats.

Et mon bon maître, fort irrité à son tour, montrait le poing à Mosaïde disparu et l'accusait de crucifier les enfants et de dévorer la chair des nouveau-nés.

M. d'Astarac s'approcha de lui et lui toucha la poitrine avec le rubis qu'il portait au doigt.

— Il est utile, dit ce grand cabbaliste, de connaître les propriétés des pierres. Le rubis apaise les ressentiments et vous verrez bientôt monsieur l'abbé Coignard rentrer dans sa douceur naturelle.

Mon bon maître souriait déjà, moins par la vertu de la pierre, que par l'effet d'une philosophie qui élevait cet homme admirable au-dessus des passions humaines. Car, je dois le dire au moment même où mon récit s'obscurcit et s'attriste, M. Jérôme Coignard m'a donné des exemples de sagesse dans les circonstances où il est le plus rare d'en rencontrer.

Nous lui demandâmes le sujet de cette querelle. Mais je compris au vague de ses réponses embarrassées qu'il n'avait pas envie de satisfaire notre curiosité. Je soupçonnai tout d'abord que Jahel y était mêlée de quelque manière, sur cet indice que nous entendions le grincement de la voix de Mosaïde mêlé à celui des serrures et tous les éclats d'une dispute, dans le pavillon, entre l'oncle et la nièce. M'étant efforcé une fois encore de tirer de mon bon maître quelque éclaircissement :

— La haine des chrétiens, nous dit-il, est enracinée au cœur des juifs, et ce Mosaïde en est un exécrable exemple. J'ai cru discerner dans ses glapissements horribles quelques parties des imprécations que la synagogue vomit au siècle dernier sur un petit juif de Hollande nommé Baruch ou Bénédict, et plus connu sous le nom de Spinoza [129], pour avoir formé une philosophie qui a été parfaitement réfutée, presque à sa naissance, par d'excellents théologiens. Mais ce vieux Mardochée y a ajouté, ce me semble, beaucoup d'imprécations plus horribles encore, et je confesse en avoir ressenti quelque trouble. Je méditais d'échapper par la fuite à ce torrent d'injures quand, pour mon malheur, je m'embarrassai dans ces épines et y fus si bien pris par divers endroits de mon vêtement et de ma peau, que je pensai y laisser l'un et l'autre et que j'y serais encore, en de cuisantes douleurs, si Tournebroche, mon élève, ne m'en avait tiré.

— Les épines ne sont rien, dit M. d'Astarac. Mais je crains, monsieur l'abbé, que vous n'ayez marché sur la mandragore.

— Pour cela, dit l'abbé, c'est bien le moindre de mes soucis.

— Vous avez tort, reprit M. d'Astarac avec vivacité. Il suffit de poser le pied sur une mandragore pour être enveloppé dans un crime et y périr misérablement.

— Ah ! monsieur, dit mon bon maître, voilà bien des périls, et je vois qu'il fallait vivre étroitement enfermé dans les murailles éloquentes de l'Astaracienne, qui est la reine des bibliothèques. Pour l'avoir quittée un moment, j'ai reçu à la tête les Bêtes d'Ézéchiel, sans compter le reste.

— Ne me donnerez-vous point des nouvelles de Zozime le Panopolitain ? demanda M. d'Astarac.

— Il va, répondit mon bon maître, il va son train, encore qu'un peu languissant pour l'heure !

— Songez, monsieur l'abbé, dit le cabbaliste, que la possession des plus grands secrets est attachée à la connaissance de ces textes anciens.

— J'y songe, monsieur, avec sollicitude, dit l'abbé.

Et M. d'Astarac, sur cette assurance, nous laissant au pied du Faune qui jouait de la flûte sans souci de sa tête tombée dans l'herbe, s'élança sous les arbres à l'appel des Salamandres.

Mon bon maître me prit le bras de l'air de quelqu'un qui enfin peut parler librement :

— Jacques Tournebroche, mon fils, me dit-il, je ne dois pas vous celer qu'une rencontre assez étrange eut lieu ce matin dans les combles du château, tandis que vous étiez retenu au premier étage par cet enragé souffleur. Car j'ai bien entendu qu'il vous pria d'assister un moment à sa cuisine, qui est moins bien odorante et chrétienne que celle de maître Léonard, votre père. Hélas ! quand reverrai-je la rôtisserie de la *Reine Pédauque* et la librairie de monsieur Blaizot, à l'*Image Sainte-Catherine*, où j'avais tant de plaisir à feuilleter les livres nouvellement arrivés d'Amsterdam et de La Haye !

— Hélas ! m'écriai-je, les larmes aux yeux, quand les reverrai-je moi-même ? Quand reverrai-je la rue Saint-

Jacques, où je suis né, et mes chers parents, à qui la nouvelle de nos malheurs causera de cuisants chagrins ? Mais daignez vous expliquer, mon bon maître, sur cette rencontre assez étrange, que vous dites qui eut lieu ce matin, et sur les événements de la présente journée.

M. Jérôme Coignard consentit à me donner tous les éclaircissements que je souhaitais. Il le fit en ces termes :

— Sachez donc, mon fils, que j'atteignis sans encombre le plus haut étage du château avec ce monsieur d'Anquetil, que j'aime assez, encore que rude et sans lettres. Il n'a dans l'esprit ni belles connaissances ni profondes curiosités. Mais la vivacité de la jeunesse brille agréablement en lui et l'ardeur de son sang se répand en amusantes saillies. Il connaît le monde comme il connaît les femmes, parce qu'il est dessus, et sans aucune philosophie. C'est une grande ingénuité à lui de se dire athée. Son impiété est sans malice, et vous verrez qu'elle disparaîtra d'elle-même quand tombera l'ardeur de ses sens. Dieu n'a dans cette âme d'autre ennemi que les chevaux, les cartes et les femmes. Dans l'esprit d'un vrai libertin, d'un monsieur Bayle [130], par exemple, la vérité rencontre des adversaires plus redoutables et plus malins. Mais, je vois, mon fils, que je vous fais un portrait ou caractère, et que c'est un simple récit que vous attendez de moi.

» Je vais vous satisfaire. Ayant donc atteint le plus haut étage du château avec monsieur d'Anquetil, je fis entrer ce jeune gentilhomme dans votre chambre et je le priai, selon la promesse que nous lui fîmes, vous et moi, devant la fontaine au Triton, d'user de cette chambre comme si elle était sienne. Il le fit volontiers, se déshabilla et, ne gardant que ses bottes, se mit dans votre lit, dont il ferma les rideaux pour n'être pas importuné par la pointe aigre du jour, et ne tarda pas à s'y endormir.

» Pour moi, mon fils, rentré dans ma chambre, bien qu'accablé de fatigue, je ne voulus goûter aucun repos

avant d'avoir cherché dans le livre de Boèce un endroit
approprié à mon état. Je n'en trouvai aucun qui s'y
ajustât parfaitement. Et ce grand Boèce, en effet, n'eut
pas lieu de méditer sur la disgrâce d'avoir cassé la tête
d'un fermier général avec une bouteille de sa propre cave.
Mais je recueillis çà et là, dans son admirable traité, des
maximes qui ne laissaient pas de s'appliquer aux conjonctures présentes. En suite de quoi, enfonçant mon bonnet
sur mes yeux et recommandant mon âme à Dieu, je
m'endormis assez tranquillement. Après un temps qui
me sembla bref, sans que j'eusse les moyens de le
mesurer, car nos actions, mon fils, sont la seule mesure
du temps, qui est, pour ainsi dire, suspendu pour nous
dans le sommeil, je me sentis tiré par le bras et j'entendis
une voix qui me criait aux oreilles : « Eh ! l'abbé, eh !
l'abbé, réveillez-vous donc ! » Je crus que c'était l'exempt
qui venait me prendre pour me conduire à l'official et je
délibérai en moi-même s'il était expédient de lui casser la
tête avec mon chandelier. Il est malheureusement trop
vrai, mon fils, qu'une fois sorti du chemin de douceur et
d'équité où le sage marche d'un pied ferme et prudent,
l'on se voit contraint de soutenir la violence par la
violence et la cruauté par la cruauté, en sorte que la
conséquence d'une première faute est d'en produire de
nouvelles. C'est ce qu'il faut avoir présent à l'esprit pour
entendre la vie des empereurs romains, que monsieur
Crevier [131] a rapportée avec exactitude. Ces princes
n'étaient pas nés plus mauvais que les autres hommes.
Caïus, surnommé Caligula, ne manquait ni d'esprit
naturel, ni de jugement, et il était capable d'amitié.
Néron avait un goût inné pour la vertu, et son tempérament le portait vers tout ce qui est grand et sublime. Une
première faute les jeta l'un et l'autre dans la voie scélérate
qu'ils ont suivie jusqu'à leur fin misérable. C'est ce qui
apparaît dans le livre de monsieur Crevier. J'ai connu cet
habile homme alors qu'il enseignait les belles-lettres au

collège de Beauvais, comme je les enseignerais aujour-
d'hui, si ma vie n'avait pas été traversée par mille
obstacles et si la facilité naturelle de mon âme ne m'avait
pas induit en diverses embûches où je tombai. Monsieur
Crevier, mon fils, était de mœurs pures ; il professait une
morale sévère, et je l'ouïs dire un jour qu'une femme qui
a trahi la foi conjugale est capable des plus grands crimes,
tels que le meurtre et l'incendie. Je vous rapporte cette
maxime pour vous donner l'idée de la sainte austérité de
ce prêtre. Mais je vois que je m'égare et j'ai hâte de
reprendre mon récit au point où je l'ai laissé. Je croyais
donc que l'exempt levait la main sur moi et je me voyais
déjà dans les prisons de l'archevêque, quand je reconnus
le visage et la voix de monsieur d'Anquetil. « L'abbé, me
dit ce jeune gentilhomme, il vient de m'arriver, dans la
chambre du Tournebroche, une aventure singulière. Une
femme est entrée dans cette chambre pendant mon
sommeil, s'est coulée dans mon lit et m'a réveillé sous
une pluie de caresses, de noms tendres, de suaves
murmures et d'ardents baisers. J'écartai les rideaux pour
distinguer la figure de ma fortune. Je vis qu'elle était
brune, l'œil ardent, et la plus belle du monde. Mais tout
aussitôt elle poussa un grand cri et s'enfuit, irritée, non
pas toutefois si vite que je n'aie pu la rejoindre et la
ressaisir dans le corridor où je la tins étroitement
embrassée. Elle commença par se débattre et par me
griffer le visage ; quand je fus griffé suffisamment pour la
satisfaction de son honneur, nous commençâmes à nous
expliquer. Elle apprit avec plaisir que j'étais gentilhomme et non des plus pauvres. Je cessai bientôt de lui
être odieux, et elle commençait de me vouloir du bien,
quand un marmiton qui traversait le corridor la fit fuir
sans retour.

» Autant que je puis croire, ajouta M. d'Anquetil,
cette adorable fille venait pour un autre que pour moi ;
elle s'est trompée de porte, et sa surprise a causé son

effroi. Mais je l'ai bien rassurée et, sans ce marmiton, je la gagnais tout à fait à mon amitié. — Je le confirmai dans cette supposition. Nous cherchâmes pour qui cette belle personne pouvait bien venir et nous tombâmes d'accord que c'était, comme je vous l'ai déjà dit, Tournebroche, pour ce vieux fou d'Astarac, qui l'accointe dans une chambre voisine de la vôtre et, peut-être, à votre insu, dans votre propre chambre. Ne le pensez-vous point ?

— Rien n'est plus probable, répondis-je.

— Il n'en faut point douter, reprit mon bon maître. Ce sorcier se moque de nous avec ses Salamandres. Et la vérité est qu'il caresse cette jolie fille. C'est un imposteur.

Je priai mon bon maître de poursuivre son récit. Il le fit volontiers.

— J'abrège, mon fils, dit-il, le discours que me tint monsieur d'Anquetil. Il est d'un esprit vulgaire et bas de réciter amplement les petites circonstances. Nous devons, au contraire, nous efforcer de les renfermer en peu de mots, tendre à la concision et garder pour les instructions et exhortations morales l'abondance entraînante des paroles, qu'il convient alors de précipiter comme la neige qui descend des montagnes. Je vous aurai donc instruit suffisamment des propos de monsieur d'Anquetil quand je vous aurai dit qu'il m'assura trouver à cette jeune fille une beauté, un charme, un agrément extraordinaires. Il termina son discours en me demandant si je savais son nom et qui elle était. « Au portrait que vous m'en faites, répondis-je, je la reconnais pour la nièce du rabbin Mosaïde, Jahel, de son nom, qu'il m'arriva d'embrasser une nuit dans ce même escalier, avec cette différence que c'était entre le deuxième étage et le premier. — J'espère, répliqua M. d'Anquetil, qu'il y a d'autres différences, car, pour ma part, je la serrai de près. Je suis fâché aussi de ce que vous me dites qu'elle est juive. Et, sans croire en Dieu, il y a en moi un certain sentiment qui la préférerait chrétienne. Mais connaît-on

jamais sa naissance ? Qui sait si ce n'est pas un enfant
volé ? Les juifs et les bohémiens en dérobent tous les
jours. Et puis on ne se dit pas assez que la sainte Vierge
était juive. Juive ou non, elle me plaît, je la veux et je
l'aurai. » Ainsi parla ce jeune insensé. Mais souffrez,
mon fils, que je m'asseye sur ce banc moussu, car les
travaux de cette nuit, mes combats, ma fuite, m'ont
rompu les jambes.

Il s'assit et tira de sa poche sa tabatière vide, qu'il
contempla tristement.

Je m'assis près de lui, dans un état où il y avait de
l'agitation et de l'abattement. Ce récit me donnait un vif
chagrin. Je maudissais le sort qui avait mis un brutal à ma
place, dans le moment même où ma chère maîtresse
venait m'y trouver avec tous les signes de la plus ardente
tendresse, sans savoir que cependant je fourrais des
bûches dans le poêle de l'alchimiste. L'inconstance trop
probable de Jahel me déchirait le cœur, et j'eusse
souhaité que du moins mon bon maître eût observé plus
de discrétion devant mon rival. J'osai lui reprocher
respectueusement d'avoir livré le nom de Jahel.

— Monsieur, lui dis-je, n'y avait-il pas quelque
imprudence à fournir de tels indices à un seigneur si
luxurieux et si violent ?

Mon bon maître ne parut point m'entendre.

— Ma tabatière, dit-il, s'est malheureusement ouverte
cette nuit, pendant la rixe, et le tabac qu'elle contenait ne
forme plus, mêlé au vin dans ma poche, qu'une pâte
dégoûtante. Je n'ose demander à Criton de m'en râper
quelques feuilles, tant le visage de ce serviteur et juge
paraît sévère et froid. Je souffre d'autant plus de ne
pouvoir priser, que le nez me démange vivement à la
suite du choc que j'y reçus cette nuit, et vous me voyez
tout importuné par cet indiscret solliciteur à qui je n'ai
rien à donner. Il faut supporter cette petite disgrâce
d'une âme égale, en attendant que monsieur d'Anquetil

me donne quelques grains de sa boîte. Et, pour revenir, mon fils, à ce jeune gentilhomme, il me dit expressément : « J'aime cette fille. Sachez, l'abbé, que je l'emmène en poste avec nous. Dussé-je rester ici huit jours, un mois, six mois et plus, je ne pars point sans elle. » Je lui représentai les dangers que le moindre retard apportait. Mais il me répondit que ces dangers le touchaient d'autant moins qu'ils étaient grands pour nous et petits pour lui. « Vous, l'abbé, me dit-il, vous êtes dans le cas d'être pendu avec le Tournebroche ; quant à moi, je risque seulement d'aller à la Bastille, où j'aurai des cartes et des filles, et d'où ma famille me tirera bientôt, car mon père intéressera à mon sort quelque duchesse ou quelque danseuse, et, bien que ma mère soit devenue dévote, elle saura se rappeler, en ma faveur, au souvenir de deux ou trois princes du sang pour lesquels elle eut des bontés. Aussi est-ce une chose assurée : je pars avec Jahel, ou je ne pars pas du tout. Vous êtes libre, l'abbé, de louer une chaise de poste avec le Tournebroche. »

» Le cruel savait assez, mon fils, que nous n'en avions pas les moyens. J'essayai de le faire revenir sur sa détermination. Je fus pressant, onctueux et même parénétique. Ce fut en pure perte, et j'y dépensai vainement une éloquence qui, dans la chaire d'une bonne église paroissiale, m'eût valu de l'honneur et de l'argent. Hélas ! il est dit, mon fils, qu'aucune de mes actions ne portera de fruits savoureux sur cette terre, et c'est pour moi que l'Ecclésiaste a écrit : *Quid habet amplius homo de universo labore suo, quo laborat sub sole*[132] ? Loin de le rendre plus raisonnable, mes discours fortifiaient ce jeune seigneur dans son obstination, et je ne vous cèlerai pas, mon fils, qu'il me marqua qu'il comptait absolument sur moi pour le succès de ses désirs, et qu'il me pressa d'aller trouver Jahel afin de la résoudre à un enlèvement par la promesse d'un trousseau en toile de Hollande, de vaisselle, de bijoux et d'une bonne rente.

— Oh! mon maître, m'écriai-je, ce monsieur d'Anquetil est d'une rare insolence. Que croyez-vous que Jahel réponde à ces propositions, quand elle les connaîtra ?

— Mon fils, me répondit-il, elle les connaît à cette heure, et je crois qu'elle les agréera.

— Dans ce cas, repris-je vivement, il faut avertir Mosaïde.

— Mosaïde, répondit mon bon maître, n'est que trop averti. Vous avez entendu tantôt, proche le pavillon, les derniers éclats de sa colère.

— Quoi ? monsieur, dis-je avec sensibilité, vous avez averti ce juif du déshonneur qui allait atteindre sa famille ! C'est bien à vous ! Souffrez que je vous embrasse. Mais alors, le courroux de Mosaïde, dont nous fûmes témoins, menaçait monsieur d'Anquetil, et non pas vous ?

— Mon fils, reprit l'abbé avec un air de noblesse et d'honnêteté, une naturelle indulgence pour les faiblesses humaines, une obligeante douceur, l'imprudente bonté d'un cœur trop facile, portent souvent les hommes à des démarches inconsidérées et les exposent à la sévérité des vains jugements du monde. Je ne vous cacherai pas, Tournebroche, que, cédant aux instantes prières de ce jeune gentilhomme, je promis obligeamment d'aller trouver Jahel de sa part et de ne rien négliger pour la disposer à un enlèvement.

— Hélas ! m'écriai-je, et vous accomplîtes, monsieur, cette fâcheuse promesse. Je ne puis vous dire à quel point cette action me blesse et m'afflige.

— Tournebroche, me répondit sévèrement mon bon maître, vous parlez comme un pharisien. Un docteur aussi aimable qu'austère [133] a dit : « Tournez les yeux sur vous-même, et gardez-vous de juger les actions d'autrui. En jugeant les autres, on travaille en vain ; souvent on se trompe, et on pèche facilement, au lieu qu'en s'examinant et se jugeant soi-même, on s'occupe toujours avec fruit. » Il est écrit : « Vous ne craindrez point le jugement des hommes [134] », et l'apôtre saint Paul a dit : « Je ne me soucie point d'être jugé au tribunal des hommes [135]. » Et, si je confère ainsi les plus beaux textes de morale, c'est pour vous instruire, Tournebroche, et vous ramener à l'humble et douce modestie qui vous sied, et non point pour me faire innocent, quand la multitude de mes iniquités me pèse et m'accable. Il est difficile de ne point glisser dans le péché et convenable de ne point tomber dans le désespoir à chaque pas qu'on fait sur cette terre où tout participe en même temps de la malédiction originelle et de la rédemption opérée par le sang du fils de Dieu. Je ne veux point colorer mes fautes et je vous avoue que l'ambassade à laquelle je m'employai sur la prière de monsieur d'Anquetil procède de la chute d'Ève et qu'elle en est, pour ainsi dire, une des innombrables conséquences, au rebours du sentiment humble et douloureux que j'en conçois à présent, qui est puisé dans le désir et l'espoir de mon salut éternel. Car il faut vous représenter les hommes balancés entre la damnation et la rédemption, et vous dire que je me tiens précisément à cette heure sur la bascule au bout qui monte, après m'y être trouvé ce matin le cul à terre. Je vous confesse donc qu'ayant parcouru le chemin des Mandragores, d'où l'on découvre le pavillon de Mosaïde, je m'y tins caché derrière un buisson d'épines, attendant que Jahel parût à sa fenêtre. Elle s'y montra bientôt, mon fils. Je me découvris alors et lui fis signe de descendre. Elle vint me joindre derrière le buisson dans le moment où elle crut tromper la vigilance de son vieux gardien. Là, je l'instruisis à voix basse des aventures de la nuit, qu'elle ignorait encore ; je lui fis part des desseins formés sur elle par l'impétueux gentilhomme, je lui représentai qu'il importait à son intérêt autant qu'à mon propre salut et au vôtre, Tournebroche, qu'elle assurât notre fuite par son

départ. Je fis briller à ses yeux les promesses de monsieur
d'Anquetil. « Si vous consentez à le suivre ce soir, lui dis-
je, vous aurez une bonne rente sur l'Hôtel de Ville, un
trousseau plus riche que celui d'une fille d'Opéra ou
d'une abbesse de Panthémont [136] et une belle vaisselle
d'argent. — Il me prend pour une créature, dit-elle, et
c'est un insolent. — Il vous aime, répondis-je. Voudriez-
vous donc être vénérée ? — Il me faut, reprit-elle, le pot à
oille [137], et qu'il soit bien lourd. Vous a-t-il parlé du pot à
oille ? Allez, monsieur l'abbé, et dites-lui... — Que lui
dirai-je ? — Que je suis une honnête fille. — Et quoi
encore ? — Qu'il est bien audacieux ! — Est-ce là tout ?
Jahel, songez à nous sauver ! — Dites-lui encore que je ne
consens à partir que moyennant un billet en bonne forme
qu'il me signera ce soir au départ. — Il vous le signera ;
tenez cela pour fait. — Non, l'abbé, rien n'est fait s'il ne
s'engage à me donner des leçons de monsieur Couperin [138]. Je veux apprendre la musique. »

» Nous en étions à cet article de notre conférence,
quand, par malheur, le vieillard Mosaïde nous surprit,
et, sans entendre nos propos, il en devina l'esprit. Car il
commença de m'appeler suborneur et de me charger
d'invectives. Jahel s'alla cacher dans sa chambre, et je
demeurai seul exposé aux fureurs de ce déicide, dans
l'état où vous me vîtes, et d'où vous me tirâtes, mon fils.
A la vérité, l'affaire était, autant dire, conclue, l'enlèvement consenti, notre fuite assurée. Les Roues et les Bêtes
d'Ézéchiel ne prévaudront pas contre le pot à oille. Je
crains seulement que ce vieux Mardochée n'ait enfermé
sa nièce à triple serrure.

— En effet, répondis-je sans pouvoir déguiser ma
satisfaction, j'entendis un grand bruit de clefs et de
verrous, dans le moment où je vous tirai du milieu des
épines. Mais est-il bien vrai que Jahel ait si vite agréé des
propositions qui n'étaient pas bien honnêtes et qu'il dut

vous coûter de lui transmettre ? J'en suis confondu. Dites-moi encore, mon bon maître, ne vous a-t-elle pas parlé de moi, n'a-t-elle pas prononcé mon nom dans un soupir, ou autrement ?

— Non, mon fils, répondit M. l'abbé Coignard, elle ne l'a pas prononcé, du moins d'une façon perceptible. Je n'ai pas ouï non plus qu'elle ait murmuré celui de monsieur d'Astarac, son amant, qu'elle devait avoir plus présent que le vôtre. Mais ne soyez pas surpris qu'elle oublie son alchimiste. Il ne suffit pas de posséder une femme pour imprimer dans son âme une marque profonde et durable. Les âmes sont presque impénétrables les unes aux autres, et c'est ce qui vous montre le néant cruel de l'amour. Le sage doit se dire : Je ne suis rien dans ce rien qui est la créature. Espérer qu'on laissera un souvenir au cœur d'une femme, c'est vouloir fixer l'empreinte d'un anneau sur la face d'une eau courante. Aussi gardons-nous de vouloir nous établir dans ce qui passe, et attachons-nous à ce qui ne meurt pas.

— Enfin, répondis-je, cette Jahel est sous de bons verrous, et l'on peut se fier à la vigilance de son gardien.

— Mon fils, reprit mon bon maître, c'est ce soir qu'elle doit nous rejoindre au *Cheval-Rouge*. L'ombre est propice aux évasions, rapts, démarches furtives et actions clandestines. Il faut nous en reposer sur la ruse de cette fille. Quant à vous, ayez soin de vous trouver sur le rond-point des Bergères, entre chien et loup. Vous savez que monsieur d'Anquetil n'est pas patient et qu'il serait homme à partir sans vous.

Comme il me donnait cet avis, la cloche sonna le déjeuner.

— N'avez-vous point, me dit-il, une aiguille et du fil ? Mes vêtements sont déchirés en plusieurs endroits et je voudrais, avant de paraître à table, les rétablir, par plusieurs reprises, dans leur ancienne décence. Ma culotte surtout me donne de l'inquiétude. Elle est à ce point ruinée que, si je n'y porte un prompt secours, je sens que c'en est fait d'elle.

Je pris donc, à la table du cabbaliste, ma place accoutumée, avec cette idée affligeante, que je m'y asseyais pour la dernière fois. J'avais l'âme noire de la trahison de Jahel. Hélas! me disais-je, mon vœu le plus ardent était de fuir avec elle. Il n'y avait point d'apparence qu'il fût exaucé; il l'est pourtant, et de la plus cruelle manière. Et j'admirais cette fois encore la sagesse de mon bien-aimé maître qui, un jour que je souhaitais trop vivement le bon succès de quelque affaire, me répondit par cette parole de la Bible : *Et tribuit eis petitionem eorum* [139]. Mes chagrins et mes inquiétudes m'ôtaient tout appétit, et je ne touchais aux mets que du bout des lèvres. Cependant, mon bon maître avait gardé la grâce inaltérable de son âme.

Il abondait en aimables discours, et l'on eût dit un de ces sages que le *Télémaque* nous montre conversant sous les ombrages des Champs-Élysées [140], plutôt qu'un homme poursuivi comme meurtrier et réduit à une vie errante et misérable. M. d'Astarac, s'imaginant que j'avais passé la nuit à la rôtisserie, me demanda avec obligeance des nouvelles de mes bons parents, et, comme il ne pouvait s'abstraire un moment de ses visions, il ajouta :

— Quand je vous parle de ce rôtisseur comme de votre

père, il est bien entendu que je m'exprime selon le monde et non point selon la nature. Car rien ne prouve, mon fils, que vous ne soyez engendré par un Sylphe. C'est même ce que je croirai de préférence, pour peu que votre génie, encore tendre, croisse en force et en beauté.

— Oh ! ne parlez point ainsi, monsieur, répliqua mon bon maître en souriant ; vous l'obligerez à cacher son esprit pour ne pas nuire au bon renom de sa mère. Mais, si vous la connaissiez mieux, vous penseriez comme moi qu'elle n'a point eu de commerce avec un Sylphe ; c'est une bonne chrétienne qui n'a jamais accompli l'œuvre de chair qu'avec son mari et qui porte sa vertu sur son visage, bien différente en cela de cette autre rôtisseuse, madame Quoniam [141], dont on fit grand bruit à Paris et dans les provinces au temps de ma jeunesse. N'ouïtes-vous pas parler d'elle, monsieur ? Elle avait pour galant le sieur Mariette, qui devint plus tard secrétaire de monsieur d'Angervilliers. C'était un gros monsieur qui, chaque fois qu'il voyait sa belle, lui laissait en souvenir quelque joyau, un jour une croix de Lorraine ou un saint-esprit, un autre jour une montre ou une châtelaine, ou bien encore un mouchoir, un éventail, une boîte ; il dévalisait pour elle les bijoutiers et les lingères de la foire Saint-Germain ; tant qu'enfin, voyant sa rôtisseuse parée comme une châsse, le rôtisseur eut soupçon que ce n'était pas là un bien acquis honnêtement. Il l'épia et ne tarda pas à la surprendre avec son galant. Il faut vous dire que ce mari n'était qu'un vilain jaloux. Il se fâcha et n'y gagna rien, bien au contraire. Car le couple amoureux, qu'importunait la criaillerie, jura de se défaire de lui. Le sieur Mariette avait le bras long. Il obtint une lettre de cachet au nom du malheureux Quoniam. Cependant, la perfide rôtisseuse dit à son mari :

» — Menez-moi dîner, je vous prie, ce prochain dimanche à la campagne. Je me promets de cette partie fine un plaisir extrême.

» Elle fut tendre et pressante. Le mari, flatté, lui accorda ce qu'elle demandait. Le dimanche venu, il se mit avec elle dans un mauvais fiacre pour aller aux Porcherons. Mais à peine arrivé au Roule, une troupe de sergents, apostés par Mariette, l'enleva et le conduisit à Bicêtre, d'où il fut expédié à Mississipi, où il est encore On en fit une chanson qui finit ainsi :

> Un mari sage et commode
> N'ouvre les yeux qu'à demi.
> Il vaut mieux être à la mode,
> Que de voir Mississipi.

Et c'est là, sans doute, le plus solide enseignement qu'on puisse tirer de l'exemple du rôtisseur Quoniam.

» Quant à l'aventure elle-même, il ne lui manque que d'être contée par un Pétrone ou par un Apulée, pour égaler la meilleure fable milésienne. Les modernes sont inférieurs aux anciens dans l'épopée et dans la tragédie. Mais si nous ne surpassons pas les Grecs et les Latins dans le conte, ce n'est pas la faute des dames de Paris, qui ne cessent d'enrichir la matière par divers tours ingénieux et gentilles inventions. Vous n'êtes pas sans connaître, monsieur, le recueil de Boccace ; je l'ai assez pratiqué par divertissement, et j'affirme que, si ce Florentin vivait de nos jours en France, il ferait de la disgrâce de Quoniam le sujet d'un de ses plus plaisants récits. Quant à moi, je ne l'ai rappelée à cette table que pour faire reluire, par l'effet de contraste, la vertu de madame Léonard Ménétrier qui est l'honneur de la rôtisserie, dont madame Quoniam fut l'opprobre. Madame Ménétrier, j'ose l'affirmer, n'a jamais manqué aux vertus médiocres et communes dont l'exercice est recommandé dans le mariage, qui est le seul méprisable des sept sacrements.

— Je n'en disconviens pas, reprit M. d'Astarac. Mais cette dame Ménétrier serait plus estimable encore, si elle avait eu commerce avec un Sylphe, à l'exemple de Sémiramis, d'Olympias et de la mère du grand pape Sylvestre II [142].

— Ah! monsieur, dit l'abbé Coignard, vous nous parlez toujours de Sylphes et de Salamandres. De bonne foi, en avez-vous jamais vu?

— Comme je vous vois, répondit M. d'Astarac, et même de plus près, au moins en ce qui regarde les Salamandres.

— Monsieur, ce n'est point encore assez, reprit mon bon maître, pour croire à leur existence, qui est contraire aux enseignements de l'Église. Car on peut être séduit par des illusions. Les yeux et tous nos sens ne sont que des messagers d'erreurs et des courriers de mensonges. Ils nous abusent plus qu'ils ne nous instruisent. Ils ne nous apportent que des images incertaines et fugitives. La vérité leur échappe; participant de son Principe éternel, elle est invisible comme lui.

— Ah! dit M. d'Astarac, je ne vous savais pas si philosophe ni d'un esprit si subtil.

— C'est vrai, répondit mon bon maître. Il est des jours où j'ai l'âme plus pesante et plus attachée au lit et à la table. Mais j'ai, cette nuit, cassé une bouteille sur la tête d'un publicain, et mes esprits en sont extraordinairement exaltés. Je me sens capable de dissiper les fantômes qui vous hantent et de souffler sur toute cette fumée. Car, enfin, monsieur, ces Sylphes ne sont que des vapeurs de votre cerveau.

M. d'Astarac l'arrêta par un geste doux et lui dit:

— Pardon! monsieur l'abbé; croyez-vous aux démons?

— Je vous répondrai sans difficulté, dit mon bon maître, que je crois des démons tout ce qui est rapporté d'eux dans les livres saints, et que je rejette comme abus et superstition la croyance aux sortilèges, amulettes et exorcismes. Saint Augustin [143] enseigne que quand

l'Écriture nous exhorte à résister aux démons, elle entend
que nous devons résister à nos passions et à nos appétits
déréglés. Rien n'est plus détestable que toutes ces
diableries dont les capucins effrayent les bonnes femmes.

— Je vois, dit M. d'Astarac, que vous vous efforcez de
penser en honnête homme. Vous haïssez les superstitions
grossières des moines autant que je les déteste moi-
même. Mais enfin, vous croyez aux démons, et je n'ai pas
eu de peine à vous en tirer l'aveu. Sachez donc qu'ils ne
sont autres que les Sylphes et les Salamandres. L'ignorance et la peur les ont défigurés dans les imaginations
timides. Mais, en réalité, ils sont beaux et vertueux. Je ne
vous mettrai point sur les chemins des Salamandres,
n'étant pas assez assuré de la pureté de vos mœurs ; mais
rien n'empêche que je vous induise, monsieur l'abbé, à la
fréquentation des Sylphes, qui habitent les plaines de
l'air et qui s'approchent volontiers des hommes avec un
esprit bienveillant et si affectueux, qu'on a pu les
nommer des Génies assistants. Loin de nous pousser à
notre perte, comme le croient les théologiens qui en font
des diables, ils protègent et gardent de tout péril leurs
amis terrestres. Je pourrais vous faire connaître des
exemples infinis de l'aide qu'ils leur donnent. Mais,
comme il faut se borner, je m'autoriserai seulement d'un
récit que je tiens de madame la maréchale de Grancey [144]
elle-même. Elle était sur l'âge et veuve déjà depuis
plusieurs années, quand elle reçut, une nuit, dans son lit,
la visite d'un Sylphe qui lui dit : « Madame, faites
fouiller dans la garde-robe de feu votre époux. Il se
trouve dans la poche d'un de ses hauts-de-chausses une
lettre qui, si elle était connue, perdrait monsieur des
Roches, mon bon ami et le vôtre. Faites-vous-la remettre
et ayez soin de la brûler. »

» La maréchale promit de ne point négliger cet avis et
elle demanda des nouvelles du défunt maréchal au
Sylphe, qui disparut sans lui répondre. A son réveil, elle

appela ses femmes et les envoya voir s'il ne restait pas quelques habits du maréchal dans sa garde-robe. Elles répondirent qu'il n'en restait aucun et que les laquais les avaient tous vendus au fripier. Madame de Grancey insista pour qu'elles cherchassent s'il ne se trouvait pas au moins une paire de chausses.

» Ayant fouillé dans tous les coins, elles découvrirent enfin une vieille culotte de taffetas noir à œillets, de mode ancienne, qu'elles apportèrent à la maréchale. Celle-ci mit la main dans une des poches et en tira une lettre qu'elle ouvrit et où elle trouva plus qu'il n'en fallait pour faire mettre monsieur des Roches dans une prison d'État. Elle n'eut rien de si pressé que de jeter cette lettre au feu. Ainsi, ce gentilhomme fut sauvé par ses bons amis, le Sylphe et la maréchale.

» Sont-ce là, je vous prie, monsieur l'abbé, des mœurs de démons ? Mais je vais vous rapporter un trait auquel vous serez plus sensible, et qui, j'en suis sûr, ira au cœur d'un savant homme tel que vous. Vous n'ignorez point que l'Académie de Dijon est fertile en beaux esprits. L'un d'eux, dont le nom ne vous est point inconnu, vivant au siècle dernier, préparait, en de doctes veilles, une édition de Pindare. Une nuit qu'il avait pâli sur cinq vers dont il ne pouvait démêler le sens parce que le texte en était très corrompu, il s'endormit désespéré, au chant du coq. Pendant son sommeil, un Sylphe, qui l'aimait, le transporta en esprit à Stockholm, l'introduisit dans le palais de la reine Christine, le conduisit dans la bibliothèque et tira d'une des tablettes un manuscrit de Pindare, qu'il lui ouvrit à l'endroit difficile. Les cinq vers s'y trouvaient avec deux ou trois bonnes leçons qui les rendaient tout à fait intelligibles.

» Dans la violence de son contentement, notre savant se réveilla, battit le briquet et nota tout aussitôt au crayon les vers tels qu'il les avait retenus. Après quoi il se rendormit profondément. Le lendemain, réfléchissant

sur son aventure nocturne, il résolut d'en être éclairci.
Monsieur Descartes était alors en Suède, auprès de la
reine, qu'il instruisait de sa philosophie. Notre pindariste
le connaissait ; mais il était en commerce plus familier
avec l'ambassadeur du roi de Suède en France, monsieur
Chanut. C'est à lui qu'il s'adressa pour faire tenir à
monsieur Descartes une lettre par laquelle il le priait de
lui dire s'il se trouvait réellement dans la bibliothèque de
la reine, à Stockholm, un manuscrit de Pindare contenant la variante qu'il lui désignait. Monsieur Descartes,
qui était d'une grande civilité, répondit à l'académicien
de Dijon que Sa Majesté possédait en effet ce manuscrit
et qu'il y avait lu, lui-même, les vers avec la variante
contenue dans la lettre.

M. d'Astarac, ayant conté cette histoire en pelant une
pomme, regarda l'abbé Coignard pour jouir du succès de
son discours.

Mon bon maître souriait.

— Ah ! monsieur, dit-il, je vois bien que je me flattais
tout à l'heure d'une vaine espérance, et qu'on ne vous
fera point renoncer à vos chimères. Je confesse de bonne
grâce que vous nous avez fait paraître là un Sylphe
ingénieux et que je voudrais avoir un aussi gentil
secrétaire. Son secours me serait particulièrement utile
en deux ou trois endroits de Zozime le Panopolitain, qui
sont des plus obscurs. Ne pourriez-vous me donner le
moyen d'évoquer au besoin quelque Sylphe de bibliothèque, aussi habile que celui de Dijon ?

M. d'Astarac répondit gravement :

— C'est un secret, monsieur l'abbé, que je vous
livrerai volontiers. Mais je vous avertis que si vous le
communiquez aux profanes votre perte est certaine.

— N'en ayez aucune inquiétude, dit l'abbé. J'ai
grande envie de connaître un si beau secret, bien qu'à ne
vous rien cacher, je n'en attende nul effet, ne croyant
point à vos Sylphes. Instruisez-moi donc, s'il vous plaît.

— Vous l'exigez ? reprit le cabbaliste. Sachez donc
que quand vous voudrez être assisté d'un Sylphe, vous
n'aurez qu'à prononcer ce seul mot *Agla*[145]. Aussitôt les
fils de l'air voleront vers vous ; mais vous entendez bien,
monsieur l'abbé, que ce mot doit être récité du cœur
aussi bien que des lèvres et que la foi lui donne toute sa
vertu. Sans elle, il n'est qu'un vain murmure. Et tel que
je viens de le prononcer, sans y mettre d'âme ni de désir,
il n'a, même dans ma bouche, qu'une faible puissance, et
c'est tout au plus si quelques enfants du jour, en
l'entendant, viennent de glisser dans cette chambre leur
légère ombre de lumière. Je les ai plutôt devinés que vus
sur ce rideau, et ils se sont évanouis à peine formés. Vous
n'avez, ni votre élève ni vous, soupçonné leur présence.
Mais si j'avais prononcé ce mot magique avec un
véritable sentiment, vous les eussiez vus paraître dans
tout leur éclat. Ils sont d'une beauté charmante. Je vous
ai appris là, monsieur l'abbé, un grand et utile secret.
Encore une fois, ne le divulguez pas imprudemment. Et
ne méprisez pas l'exemple de l'abbé de Villars qui, pour
avoir révélé leurs secrets, fut assassiné par les Sylphes,
sur la route de Lyon[146].

— Sur la route de Lyon, dit mon bon maître. Voilà
qui est étrange !

M. d'Astarac nous quitta de façon soudaine.

— Je vais, dit l'abbé, monter une fois encore dans
cette auguste bibliothèque où je goûtai d'austères
voluptés et que je ne reverrai plus. Ne manquez point,
Tournebroche, de vous trouver à la tombée du jour, au
rond-point des Bergères.

Je promis de n'y point manquer ; j'avais dessein de
m'enfermer dans ma chambre pour écrire à M. d'Astarac
et à mes bons parents qu'ils voulussent bien m'excuser si
je ne prenais point congé d'eux, en fuyant, après une
aventure où j'étais plus malheureux que coupable.

Mais j'entendis du palier des ronflements qui sortaient

de ma chambre, et je vis, en entr'ouvrant la porte,
M. d'Anquetil endormi dans mon lit avec son épée à son
chevet et des cartes à jouer répandues sur ma couverture.
J'eus un moment l'envie de le percer de sa propre épée ;
mais cette idée me quitta sitôt venue, et je le laissai
dormir, riant en moi-même, dans mon chagrin, à la
pensée que Jahel, enfermée sous de triples verrous, ne
pourrait le rejoindre.

J'entrai, pour écrire mes lettres, dans la chambre de
mon bon maître où je dérangeai cinq ou six rats qui
rongeaient sur la table de nuit son livre de Boèce.
J'écrivis à M. d'Astarac et à ma mère et je composai pour
Jahel l'épître la plus touchante. Je la relus et la mouillai
de mes larmes. Peut-être, me dis-je, l'infidèle y mêlera
les siennes.

Puis, accablé de fatigue et de mélancolie, je me jetai
sur le matelas de mon bon maître, et ne tardai pas à
tomber dans un demi-sommeil, troublé par des rêves à la
fois érotiques et sombres. J'en fus tiré par le muet Criton,
qui entra dans ma chambre et me tendit sur un plat
d'argent une papillote à l'iris, où je lus quelques mots
tracés au crayon d'une main maladroite. On m'attendait
dehors pour affaire pressante. Le billet était signé : Frère
Ange, capucin indigne. Je courus à la porte verte, et je
trouvai sur la route le petit frère assis au bord du fossé
dans un abattement pitoyable. N'ayant pas la force de se
lever à ma venue, il tendit vers moi le regard de ses
grands yeux de chien, presque humains, et noyés de
larmes. Ses soupirs soulevaient sa barbe et sa poitrine. Il
me dit d'un ton qui faisait peine :

— Hélas ! monsieur Jacques, l'heure de l'épreuve est
venue en Babylone, selon qu'il est dit dans les prophètes.
Sur la plainte faite par monsieur de la Guéritaude à
monsieur le lieutenant de police, mam'selle Catherine a
été conduite à l'hôpital par les exempts, et elle sera
envoyée à l'Amérique par le prochain convoi. J'en tiens la

nouvelle de Jeannette la vielleuse qui, au moment où Catherine entrait en charrette à l'hôpital, en sortait elle-même, après y avoir été retenue pour un mal dont elle est guérie à st'heure par l'art des chirurgiens, du moins Dieu le veuille ! Pour ce qui est de Catherine, elle ira aux îles [147] sans rémission.

Et frère Ange, à cet endroit de son discours, se mit à pleurer abondamment. Après avoir tenté d'arrêter ses pleurs par de bonnes paroles, je lui demandai s'il n'avait rien autre chose à me dire.

— Hélas ! monsieur Jacques, me répondit-il, je vous ai confié l'essentiel, et le reste flotte dans ma tête comme l'esprit de Dieu sur les eaux, sans comparaison. C'est un chaos obscur. Le malheur de Catherine m'a ôté le sentiment. Il fallait toutefois que j'eusse une nouvelle de conséquence à vous faire savoir pour me hasarder jusqu'au seuil de cette maison maudite, où vous habitez avec toutes sortes de diables, et c'est avec épouvante, après avoir récité l'oraison de saint François, que j'ai osé heurter le marteau pour remettre à un valet le billet que je vous adressai. Je ne sais si vous avez pu le lire, tant j'ai peu l'habitude de former des lettres. Et le papier n'en était guère bon pour écrire, mais c'est l'honneur de notre saint ordre de ne point donner dans les vanités du siècle. Ah ! Catherine à l'hôpital ! Catherine à l'Amérique ! N'est-ce pas à fendre le cœur le plus dur ? Jeannette elle-même en pleurait toutes les larmes de ses yeux, bien qu'elle soit jalouse de Catherine, qui l'emporte autant en jeunesse et en beauté sur elle que saint François passe en sainteté tous les autres bienheureux. Ah ! monsieur Jacques ! Catherine à l'Amérique, ce sont les voies extraordinaires de la Providence. Hélas ! notre sainte religion est véritable, et le roi David a raison de dire que nous sommes semblables à l'herbe des champs [148], puisque Catherine est à l'hôpital. Ces pierres où je suis assis sont plus heureuses que moi, bien que je sois revêtu des signes du chrétien et même du religieux. Catherine à l'hôpital !

Il sanglota de nouveau. J'attendis que le torrent de sa douleur se fût écoulé, et je lui demandai s'il n'avait pas de nouvelles de mes chers parents.

— Monsieur Jacques, me répondit-il, c'est eux précisément qui m'envoient à vous, chargé d'une commission pressante. Je vous dirai qu'ils ne sont guère heureux, par la faute de maître Léonard, votre père, qui passe à boire et à jouer tous les jours que Dieu lui fait. Et la fumée odorante des oies et des poulardes ne monte plus, comme jadis, vers la reine Pédauque, dont l'image se balance tristement aux vents humides qui la rongent. Où est le temps où la rôtisserie de votre père parfumait la rue Saint-Jacques, du *Petit Bacchus* aux *Trois Pucelles* ? Mais, depuis que ce sorcier y est entré, tout y dépérit, bêtes et gens, par l'effet du sort qu'il y a jeté. Et la vengeance divine a commencé d'être manifeste en ce lieu, après que ce gros abbé Coignard y a été reçu, tandis qu'au rebours j'en étais chassé. Ce fut le principe du mal, qui vint de ce que monsieur Coignard s'enorgueillit de la profondeur de sa science et de l'élégance de ses mœurs. Et l'orgueil est la source de tous les péchés. Votre sainte mère eut grand tort, monsieur Jacques, de ne point se contenter des leçons que je vous donnais charitablement et qui vous eussent rendu capable, sans faute, de gouverner la cuisine, de manier la lardoire, et de porter la bannière de la confrérie, après la mort chrétienne de votre père, et son service et obsèques, qui ne peuvent tarder longtemps, car toute vie est transitoire, et il boit excessivement.

Ces nouvelles me jetèrent dans une affliction qu'il est facile de comprendre. Je mêlai mes larmes à celles du petit frère. Cependant, je lui demandai des nouvelles de ma bonne mère.

— Dieu, me répondit-il, qui se plut à affliger Rachel dans Rama [149], a envoyé à votre mère, monsieur Jacques, diverses tribulations pour son bien et à l'effet de châtier maître Léonard de son péché quand il chassa méchamment en ma personne Jésus-Christ de la rôtisserie. Il a transporté la plupart des acheteurs de volaille et de pâtés à la fille de madame Quoniam, qui tourne la broche à l'autre bout de la rue Saint-Jacques. Madame votre mère voit avec douleur qu'il a béni cette maison aux dépens de la sienne, qui est maintenant si désertée que la mousse en couvre quasiment la pierre du seuil. Elle est soutenue dans ses épreuves premièrement par sa dévotion à saint François ; secondement par la considération de votre avancement dans le monde, où vous portez l'épée comme un homme de condition.

» Mais cette seconde consolation a été beaucoup diminuée quand les sergents sont venus ce matin vous chercher à la rôtisserie pour vous conduire à Bicêtre y battre le plâtre pendant un an ou deux. C'est Catherine qui vous avait dénoncé à monsieur de la Guéritaude ; mais il ne faut pas l'en blâmer : elle confessa la vérité, comme elle devait le faire, étant chrétienne. Elle vous désigna, avec l'abbé Coignard, comme les complices de monsieur d'Anquetil et fit un rapport fidèle des meurtres et des carnages de cette nuit épouvantable. Hélas ! sa franchise ne lui servit de rien, et elle fut conduite à l'hôpital ! C'est une chose horrible à penser !

À cet endroit de son récit, le petit frère se mit la tête dans ses mains et pleura de nouveau.

La nuit était venue. Je craignais de manquer le rendez-vous. Tirant le petit frère hors du fossé où il était abîmé, je le mis debout et le priai de poursuivre son récit en m'accompagnant sur la route de Saint-Germain, jusqu'au rond-point des Bergères. Il m'obéit volontiers, et marchant tristement à mon côté, il me pria de l'aider à démêler le fil brouillé de ses idées. Je le replaçai au point où les sergents me venaient prendre à la rôtisserie.

— Ne vous trouvant pas, reprit-il, ils voulaient emme-

ner votre père à votre place. Maître Léonard prétendait
ne point savoir où vous étiez caché. Madame votre mère
disait de même, et elle en faisait de grands serments. Que
Dieu lui pardonne, monsieur Jacques ! car elle se parju-
rait évidemment. Les sergents commençaient à se fâcher.
Votre père leur fit entendre raison en les menant boire.
Et ils se quittèrent assez bons amis. Pendant ce temps,
votre mère m'alla quérir aux *Trois Pucelles,* où je quêtais
selon les saintes règles de mon ordre. Elle me dépêcha
vers vous pour vous avertir de fuir sans retard, de peur
que le lieutenant de police ne découvre bientôt la maison
où vous logez.

En écoutant ces tristes nouvelles, je hâtais le pas, et
nous avions déjà passé le pont de Neuilly.

Sur la côte assez rude, qui monte au rond-point dont
nous voyions déjà les ormes, le petit frère continua de
parler d'une voix expirante.

— Madame votre mère, dit-il, m'a expressément
recommandé de vous avertir du péril qui vous menace et
elle m'a remis pour vous un petit sac que j'ai caché sous
ma robe. Je ne l'y retrouve plus, ajouta-t-il après s'être
tâté dans tous les sens. Et comment aussi voulez-vous
que je trouve rien après avoir perdu Catherine ? Elle était
dévote à saint François, et très aumônière. Et pourtant ils
l'ont traitée comme une fille perdue, et ils vont lui raser
la tête, et c'est une chose affreuse à penser qu'elle
deviendra semblable aux poupées des modistes [150] et
qu'elle sera embarquée dans cet état pour l'Amérique, où
elle risquera de mourir de la fièvre et d'être mangée par
les sauvages anthropophages.

Il achevait ce discours en soupirant quand nous
parvînmes au rond-point. A notre gauche, l'auberge du
Cheval-Rouge élevait au-dessus d'une double rangée
d'ormeaux son toit d'ardoises et ses lucarnes armées de
poulies, et l'on apercevait sous le feuillage la porte
charretière, grande ouverte.

Je ralentis le pas, et le petit frère se laissa choir au pied d'un arbre.

— Frère Ange, lui dis-je, vous me parliez d'un sachet que ma bonne mère vous avait prié de me remettre.

— Elle m'en pria, en effet, répondit le petit frère, et j'ai si bien serré ce sac que je ne sais où je l'ai mis ; mais sachez bien, monsieur Jacques, que je ne l'ai pu perdre que par excès de précautions.

Je l'assurai vivement qu'il ne l'avait point perdu et que, s'il ne le retrouvait tout de suite, je l'aiderais moi-même à le chercher.

Le ton de mes paroles lui fut sensible, car il tira, avec de grands soupirs, de dessous son froc, un petit sac d'indienne qu'il me tendit à regret. J'y trouvai un écu de six livres et une médaille de la Vierge noire de Chartres, que je baisai en versant des larmes d'attendrissement et de repentir. Cependant le petit frère faisait sortir de toutes ses poches des paquets d'images coloriées et de prières ornées de vignettes grossières. Il en choisit deux ou trois qu'il m'offrit préférablement aux autres, comme les plus utiles, à son avis, pour les pèlerins et voyageurs, et pour toutes les personnes errantes.

— Elles sont bénites, me dit-il, et efficaces dans le danger de mort ou de maladie, tant par récitation orale que par attouchement et application sur la peau. Je vous les donne, monsieur Jacques, pour l'amour de Dieu. Souvenez-vous de me faire quelque aumône. N'oubliez pas que je mendie au nom du bon saint François. Il vous protégera sans faute, si vous assistez son fils le plus indigne, que je suis précisément.

Tandis qu'il parlait de la sorte, je vis, aux clartés mourantes du jour, une berline à quatre chevaux sortir par la porte charretière du *Cheval-Rouge* et venir se ranger avec force claquements de fouets et piaffements de chevaux sur la chaussée, tout près de l'arbre sous lequel frère Ange était assis. J'observai alors que ce n'était pas

précisément une berline, mais une grande voiture à
quatre places, avec un coupé assez petit sur le devant. Je
la considérais depuis une minute ou deux, quand je vis,
gravissant la côte, M. d'Anquetil accompagné de Jahel,
en cornette, avec des paquets sous son manteau, et suivi
de M. Coignard, chargé de cinq ou six bouquins
enveloppés dans une vieille thèse[151]. A leur venue, les
postillons abaissèrent les deux marchepieds et ma belle
maîtresse, ramassant ses jupes en ballon, se hissa dans le
coupé, poussée d'en bas par M. d'Anquetil.

A ce spectacle, je m'élançai, je m'écriai :

— Arrêtez, Jahel ! Arrêtez, monsieur !

Mais le séducteur n'en poussait que plus fort la
perfide, dont la rondeur charmante disparut bientôt.
Puis, s'apprêtant à la rejoindre, un pied sur le marchepied, il me regarda avec surprise :

— Ah ! monsieur Tournebroche ! vous voulez donc
me prendre toutes mes maîtresses ! Jahel après Catherine. C'est une gageure.

Mais je ne l'entendais pas, et j'appelai encore Jahel,
tandis que frère Ange, s'étant levé de dessous son orme,
et s'allant planter contre la portière, offrait à M. d'Anquetil des images de saint Roch, l'oraison à réciter
pendant qu'on ferre les chevaux, la prière contre le mal
des ardents[152], et demandait la charité d'une voix
lamentable.

Je serais resté là toute la nuit, appelant Jahel, si mon
bon maître ne m'eût tiré à lui, et poussé dans la grande
caisse de la voiture, où il entra après moi.

— Laissons-leur le coupé, me dit-il ; et faisons route
tous deux dans cette caisse spacieuse. Je vous ai,
Tournebroche, longtemps cherché, et, à ne vous rien
déguiser, nous partions sans vous, quand je vous aperçus
sous un arbre avec le capucin. Nous ne pouvions tarder
davantage, car monsieur de la Guéritaude nous fait

rechercher activement. Et il a le bras long ; il prête de l'argent au Roi.

La berline roulait déjà, et frère Ange, attaché à la portière, la main tendue, nous poursuivait en mendiant.

Je m'abîmai dans les coussins.

— Hélas ! monsieur, m'écriai-je, vous m'aviez pourtant dit que Jahel était enfermée sous une triple serrure.

— Mon fils, répondit mon bon maître, il ne fallait pas en avoir une confiance excessive, car les filles se jouent des jaloux et de leurs cadenas. Et, quand la porte est fermée, elles sautent par la fenêtre. Vous n'avez pas l'idée, Tournebroche, mon enfant, de la ruse des femmes. Les anciens en ont rapporté des exemples admirables et vous en trouverez plusieurs au livre d'Apulée, où ils sont semés comme du sel dans le récit de la Métamorphose. Mais, où cette ruse se fait mieux entendre, c'est dans un conte arabe que monsieur Galand [153] a fait nouvellement connaître en Europe et que je vais vous dire :

» Schariar, sultan de Tartarie, et son frère Schahzenan, se promenant un jour au bord de la mer, virent s'élever soudain au-dessus des flots une colonne noire, qui marcha vers le rivage. Ils reconnurent un Génie de l'espèce la plus féroce, en forme de géant d'une hauteur prodigieuse, et portant sur sa tête une caisse de verre, fermée à quatre serrures de fer. Cette vue les remplit d'une telle épouvante, qu'ils s'allèrent cacher dans la fourche d'un arbre qui était proche. Cependant le Génie mit pied sur le rivage avec la caisse qu'il alla porter au pied de l'arbre où étaient les deux princes. Puis, s'y étant lui-même couché, il ne tarda pas à s'endormir. Ses jambes s'étendaient jusqu'à la mer et son souffle agitait la terre et le ciel. Tandis qu'il reposait si effroyablement, le couvercle du coffre se souleva et il en sortit une dame d'une taille majestueuse et d'une beauté parfaite. Elle leva la tête...

A cet endroit, j'interrompis ce récit, que j'entendais à peine.

— Ah! monsieur, m'écriai-je, que pensez-vous que Jahel et monsieur d'Anquetil se disent en ce moment, seuls dans ce coupé ?

— Je ne sais, répondit mon bon maître; c'est leur affaire et non la nôtre. Mais achevons ce conte arabe, qui est plein de sens. Vous m'avez inconsidérément interrompu, Tournebroche, au moment où cette dame, levant la tête, découvrit les deux princes dans l'arbre où ils s'étaient cachés. Elle leur fit signe de venir et, voyant qu'ils hésitaient, partagés entre l'envie de répondre à l'appel d'une si belle personne et la peur d'approcher un géant si terrible, elle leur dit d'un ton de voix bas, mais animé : « Descendez tout de suite, ou j'éveille le Génie! » A son air impérieux et résolu, ils comprirent que ce n'était point là une vaine menace, et que le plus sûr comme le plus agréable était encore de descendre. Ils le firent avec toutes les précautions possibles pour ne pas éveiller le Génie. Lorsqu'ils furent en bas, la dame les prit par la main et, s'étant un peu éloignée avec eux sous les arbres, elle leur fit entendre clairement qu'elle était prête à se donner tout de suite à l'un et à l'autre. Ils se prêtèrent de bonne grâce à cette fantaisie et, comme ils étaient hommes de cœur, la crainte ne gâta pas trop leur plaisir. Après qu'elle eut obtenu d'eux ce qu'elle souhaitait, ayant remarqué qu'ils avaient chacun une bague au doigt, elle la leur demanda. Puis, retournant au coffre où elle logeait, elle en tira un chapelet d'anneaux qu'elle montra aux princes.

» — Savez-vous, leur dit-elle, ce que signifient ces bagues enfilées ? Ce sont celles de tous les hommes pour qui j'ai eu les mêmes bontés que pour vous. Il y en a quatre-vingt-dix-huit bien comptées, que je garde en mémoire d'eux. Je vous ai demandé les vôtres pour la même raison et afin d'avoir la centaine accomplie.

» Voilà donc, continua-t-elle, cent amants que j'ai eus jusqu'à ce jour, malgré la vigilance et les soins de ce vilain Génie, qui ne me quitte pas. Il a beau m'enfermer dans cette caisse de verre et me tenir cachée au fond de la mer, je le trompe autant qu'il me plaît.

» Cet ingénieux apologue, ajouta mon bon maître, vous montre les femmes aussi rusées en Orient, où elles sont recluses, que parmi les Européens, où elles sont libres. Si l'une d'elles a formé un projet, il n'est mari, amant, père, oncle, tuteur, qui en puissent empêcher l'exécution. Vous ne devez donc pas être surpris, mon fils, que tromper les soins de ce vieux Mardochée n'ait été qu'un jeu pour cette Jahel qui mêle, en son génie pervers, l'adresse de nos guillledines à la perfidie orientale. Je la devine, mon fils, aussi ardente au plaisir qu'avide d'or et d'argent, et digne race d'Oolah et d'Oolibah [154].

» Elle est d'une beauté acide et mordante, dont je sens moi-même quelque peu l'atteinte, bien que l'âge, les méditations sublimes et les misères d'une vie agitée aient beaucoup amorti en moi le sentiment des plaisirs charnels. A la peine que vous cause le bon succès de son aventure avec monsieur d'Anquetil, je démêle, mon fils, que vous ressentez bien plus vivement que moi la dent acérée du désir, et que vous êtes déchiré de jalousie. C'est pourquoi vous blâmez une action, irrégulière à la vérité, et contraire aux vulgaires convenances, mais indifférente en soi ou du moins qui n'ajoute rien de considérable au mal universel. Vous me condamnez au-dedans de vous, d'y avoir eu part, et vous croyez prendre l'intérêt des mœurs, quand vous ne suivez que le mouvement de vos passions. C'est ainsi, mon fils, que nous colorons à nos yeux nos pires instincts. La morale humaine n'a pas d'autre origine. Confessez pourtant qu'il eût été dommage de laisser plus longtemps une si belle fille à ce vieux lunatique. Concevez que monsieur d'Anquetil, jeune et

beau, est mieux assorti à une si aimable personne, et
résignez-vous à ce que vous ne pouvez empêcher. Cette
sagesse est difficile. Elle le serait plus encore si on vous
avait pris votre maîtresse. Vous sentiriez alors des dents
de fer vous labourer la chair et votre esprit s'emplirait
d'images odieuses et précises. Cette considération, mon
fils, doit adoucir votre souffrance présente. Au reste, la
vie est pleine de travaux et de douleurs. C'est ce qui nous
fait concevoir une juste espérance de la béatitude éternelle.

Ainsi parlait mon bon maître, tandis que les ormes de
la route royale fuyaient à nos côtés. Je me gardai de lui
répondre qu'il irritait mes chagrins en voulant les adoucir
et qu'il mettait, sans le savoir, le doigt sur la plaie.

Notre premier relais fut à Juvisy où nous arrivâmes le
matin par la pluie. En entrant dans l'auberge de la poste,
je trouvai Jahel au coin de la cheminée, où cinq ou six
poulets tournaient sur trois broches. Elle se chauffait les
pieds et laissait voir un peu de ses bas de soie, qui étaient
pour moi un grand sujet de trouble, par l'idée de la jambe
que je me représentais exactement avec le grain de la
peau, le duvet et toutes sortes de circonstances frap-
pantes. M. d'Anquetil était accoudé au dossier de la
chaise où elle était assise, la joue dans la main. Il
l'appelait son âme et sa vie ; il lui demandait si elle n'avait
pas faim ; et, comme elle répondit qu'oui, il sortit pour
donner des ordres. Demeuré seul avec l'infidèle, je la
regardai dans les yeux, qui reflétaient la flamme du foyer.

— Ah ! Jahel, m'écriai-je ; je suis bien malheureux,
vous m'avez trahi et vous ne m'aimez plus.

— Qui vous dit que je ne vous aime plus ? répondit-
elle en tournant vers moi un regard de velours et de
flamme.

— Hélas ! mademoiselle, il y paraît assez à votre
conduite.

— Eh quoi ! Jacques, pouvez-vous m'envier le trousseau de toile de Hollande et la vaisselle godronnée que ce gentilhomme me doit donner ? Je ne vous demande qu'un peu de discrétion jusqu'à l'effet de ses promesses, et vous verrez que je suis pour vous telle que j'étais à la Croix-des-Sablons.

— Hélas ! Jahel, en attendant, mon rival jouira de vos faveurs.

— Je sens, reprit-elle, que ce sera peu de chose, et que rien n'effacera le souvenir que vous m'avez laissé. Ne vous tourmentez pas de ces bagatelles ; elles n'ont de prix que par l'idée que vous vous en faites.

— Oh ! m'écriai-je, l'idée que je m'en fais est affreuse, et je crains de ne pouvoir survivre à votre trahison.

Elle me regarda avec une sympathie moqueuse et me dit en souriant :

— Croyez-moi, mon ami, nous n'en mourrons ni l'un ni l'autre. Songez, Jacques, qu'il me faut le linge et la vaisselle. Soyez prudent ; ne laissez rien voir des sentiments qui vous agitent, et je vous promets de récompenser plus tard votre discrétion.

Cette espérance adoucit un peu mes chagrins cuisants. L'hôtesse vint mettre sur la table la nappe parfumée de lavande, les assiettes d'étain, les gobelets et les pots. J'avais grand faim, et quand M. d'Anquetil, rentrant dans l'auberge avec l'abbé, nous invita à manger un morceau, je pris volontiers ma place entre Jahel et mon bon maître. Dans la peur d'être poursuivis, nous repartîmes après avoir expédié trois omelettes et deux petits poulets. On convint, dans ce péril pressant, de brûler les étapes jusqu'à Sens, où nous décidâmes de passer la nuit.

Je me faisais de cette nuit une idée horrible pensant qu'elle devait consommer la trahison de Jahel. Et cette appréhension trop légitime me troublait au point que je ne prêtais qu'une oreille distraite aux discours de mon bon maître, à qui les moindres incidents du voyage inspiraient des réflexions admirables.

Mes craintes n'étaient point vaines. Descendus à Sens, dans la méchante hôtellerie de l'*Homme-Armé*, à peine y avions-nous soupé, que M. d'Anquetil emmena Jahel dans sa chambre, qui se trouvait voisine de la mienne, où je ne pus goûter un moment de repos. Je me levai au petit jour et, fuyant cette chambre détestée, je m'allai asseoir tristement sous la porte charretière, parmi les postillons qui buvaient du vin blanc en lutinant les servantes. J'y demeurai deux ou trois heures à méditer mes chagrins. Déjà la voiture était attelée, quand Jahel parut sous la voûte, toute frileuse dans sa mante noire. Ne pouvant soutenir sa vue, je détournai les yeux. Elle s'approcha de moi, s'assit sur la borne où j'étais et me dit avec douceur de ne point m'affliger, que ce dont je me faisais un monstre était en réalité peu de chose, qu'il fallait se faire une raison, que j'étais trop homme d'esprit pour vouloir une femme à moi tout seul, qu'en ce cas on prenait une ménagère sans esprit et sans beauté, et qu'encore c'était une grande chance à courir.

— Il faut que je vous quitte, ajouta-t-elle. J'entends le pas de monsieur d'Anquetil dans l'escalier.

Et elle me donna un baiser sur la bouche, qu'elle appuya et prolongea avec une volupté irritée par la peur, car les bottes de son galant faisaient, près de nous, craquer les montées de bois, et la joueuse y risquait sa toile de Hollande et son pot à oille d'argent godronné.

Le postillon baissa le marchepied du coupé, mais M. d'Anquetil demanda à Jahel s'il ne serait pas plus plaisant de nous tenir tous ensemble dans la grande caisse, et il ne m'échappa point que c'était le premier effet de l'intimité qu'il venait d'avoir avec Jahel, et qu'un plein contentement de tous ses désirs lui rendait la solitude avec elle moins agréable. Mon bon maître avait pris soin d'emprunter à la cave de l'*Homme-Armé* cinq ou six bouteilles de vin blanc qu'il aménagea sous les coussins et que nous bûmes pour tromper les ennuis de la route.

Nous arrivâmes à midi à Joigny, qui est une assez jolie ville. Prévoyant que je viendrais à bout de mes deniers avant la fin du voyage et ne pouvant souffrir l'idée de laisser payer mon écot par M. d'Anquetil sans y être réduit par la plus extrême nécessité, je résolus de vendre une bague et un médaillon que je tenais de ma mère, et je parcourus la ville à la recherche d'un orfèvre. J'en découvris un sur la grand-place, vis-à-vis de l'église, qui tenait boutique de chaînes et de croix, à l'enseigne de *La Bonne Foi*. Quel ne fut pas mon étonnement, d'y trouver mon bon maître qui, devant le comptoir, tirant d'un cornet de papier cinq ou six petits diamants, que je reconnus bien pour ceux que M. d'Astarac nous avait montrés, demanda à l'orfèvre le prix qu'il pensait donner de ces pierres !

L'orfèvre les examina, puis observant l'abbé par-dessus ses besicles :

— Monsieur, lui dit-il, ces pierres seraient d'un grand prix si elles étaient véritables. Mais elles sont fausses ; et il n'est pas besoin de la pierre de touche pour s'en assurer. Ce sont des perles de verre, bonnes seulement pour donner à jouer aux enfants, à moins qu'on ne les applique à la couronne d'une Notre-Dame de village, où elles feront un bel effet.

Sur cette réponse, M. Coignard reprit ses diamants et tourna le dos à l'orfèvre. Dans ce mouvement il m'aperçut et sembla assez confus de la rencontre. Je conclus mon affaire en peu de temps et, retrouvant mon bon maître au seuil de la porte, je lui représentai le tort qu'il risquait de faire à ses compagnons et à lui-même en dérobant des pierres qui, pour son malheur, eussent pu être véritables.

— Mon fils, me répondit-il, Dieu, pour me conserver innocent, a voulu qu'elles ne fussent qu'apparence et faux-semblant. Je vous avoue que j'eus tort de les dérober. Vous m'en voyez au regret, et c'est une page que je voudrais arracher au livre de ma vie, dont quelques feuillets, pour tout dire, ne sont point aussi nets et immaculés qu'il conviendrait. Je sens vivement ce que ma conduite offre, à cet endroit, de répréhensible. Mais l'homme ne doit pas trop s'abattre quand il tombe en quelque faute ; et c'est ici le moment de me dire à moi-même avec un illustre docteur [155] : « Considérez votre grande fragilité, dont vous ne faites que trop souvent l'épreuve dans les moindres rencontres ; et néanmoins c'est pour votre salut que ces choses ou autres semblables vous arrivent. Tout n'est pas perdu pour vous, si vous vous trouvez souvent affligé et tenté rudement, et si même vous succombez à la tentation. Vous êtes homme et non pas Dieu ; vous êtes de chair, et non pas un ange. Comment pourriez-vous toujours demeurer en un même état de vertu, puisque cette fidélité a manqué aux anges dans le Ciel et au premier homme dans le Paradis ? » Voilà, Tournebroche, mon fils, les seuls entretiens spirituels et les vrais soliloques qui conviennent à l'état présent de mon âme. Mais ne serait-il point temps, après cette malheureuse démarche, sur laquelle je n'insiste pas, de retourner à notre auberge, pour y boire, en compagnie des postillons, qui sont gens simples et de commerce facile, une ou deux bouteilles de vin du cru ?

Je me rangeai à cet avis et nous regagnâmes l'hôtellerie de la poste où nous trouvâmes M. d'Anquetil, qui, revenant comme nous de la ville, en rapportait des cartes. Il joua au piquet avec mon bon maître et, quand nous nous remîmes en route, ils continuèrent tous deux de jouer dans la voiture. Cette fureur de jeu, qui emportait mon rival, me rendit quelque liberté auprès de Jahel, qui m'entretenait plus volontiers depuis qu'elle était délaissée. Je trouvais à ces entretiens une amère douceur. Lui reprochant sa perfidie et son infidélité, je soulageais mon chagrin par des plaintes, tantôt faibles, tantôt violentes.

— Hélas ! Jahel ! disais-je, le souvenir et l'image de nos tendresses, qui faisaient naguère mes plus chères délices, me sont devenus un cruel tourment, par l'idée que j'ai que vous êtes aujourd'hui avec un autre ce que vous fûtes avec moi.

Elle répondait :

— Une femme n'est pas la même avec tout le monde.

Et quand je prolongeais excessivement les lamentations et les reproches, elle disait :

— Je conçois que je vous ai fait du chagrin. Mais ce n'est pas une raison pour m'assassiner vingt fois le jour de vos gémissements inutiles.

M. d'Anquetil, quand il perdait, était d'une humeur fâcheuse. Il molestait à tout propos Jahel qui, n'étant point patiente, le menaçait d'écrire à son oncle Mosaïde qu'il vînt la reprendre. Ces querelles me donnaient d'abord quelque lueur de joie et d'espérance ; mais après qu'elles se furent plusieurs fois renouvelées, je les vis naître, au contraire, avec inquiétude, ayant reconnu qu'elles étaient suivies de réconciliations impétueuses, qui éclataient soudainement à mes oreilles en baisers, en susurrements et en soupirs lascifs. M. d'Anquetil ne me souffrait qu'avec peine. Il avait, au contraire, une vive tendresse pour mon bon maître, qui la méritait par son humeur égale et riante et par l'incomparable élégance de son esprit. Ils jouaient et buvaient ensemble avec une sympathie qui croissait chaque jour. Les genoux rapprochés pour soutenir la tablette sur laquelle ils abattaient leurs cartes, ils riaient, plaisantaient, se faisaient des agaceries, et, bien qu'il leur arrivât quelquefois de se jeter les cartes à la tête, en échangeant des injures qui eussent fait rougir les forts du port Saint-Nicolas et les bateliers du Mail [156], bien que M. d'Anquetil jurât Dieu, la Vierge et les Saints qu'il n'avait vu de sa vie, même au bout d'une corde, plus vilain larron que l'abbé Coignard, on sentait qu'il aimait chèrement mon bon maître, et c'était plaisir de l'entendre un moment après s'écrier en riant :

— L'abbé, vous serez mon aumônier et vous serez mon piquet. Il faudra aussi que vous soyez de nos chasses. On cherchera jusqu'au fond du Perche un cheval assez gros pour vous porter et l'on vous fera un équipement de vénerie pareil à celui que j'ai vu à l'évêque d'Uzès. Il est grand temps, au reste, de vous habiller à neuf : car, sans reproche, l'abbé, votre culotte ne vous tient plus au derrière.

Jahel aussi cédait au penchant irrésistible qui inclinait les âmes vers mon bon maître. Elle résolut de réparer, autant qu'il était possible, le désordre de sa toilette. Elle mit une de ses robes en pièces pour raccommoder l'habit et les chausses de notre vénérable ami, et lui fit cadeau d'un mouchoir de dentelle pour en faire un rabat. Mon bon maître recevait ces petits présents avec une dignité pleine de grâce. J'eus lieu plusieurs fois de le remarquer : il se montrait galant homme en parlant aux femmes. Il leur témoignait un intérêt qui n'était jamais indiscret, les louait avec la science d'un connaisseur, leur donnant les conseils d'une longue expérience, répandait sur elles l'indulgence infinie d'un cœur prêt à pardonner toutes les faiblesses, et ne négligeait cependant aucune occasion de leur faire entendre de grandes et utiles vérités.

Parvenus le quatrième jour à Montbard [157], nous nous arrêtâmes sur une hauteur d'où l'on découvrait toute la ville, dans un petit espace, comme si elle était peinte sur toile par un habile ouvrier, soucieux d'en marquer tous les détails.

— Voyez, nous dit mon bon maître, ces murailles, ces tours, ces clochers, ces toits, qui sortent de la verdure. C'est une ville, et, sans même chercher son histoire et son nom, il nous convient d'y réfléchir, comme au plus digne

sujet de méditation qui puisse nous être offert sur la face
du monde. En effet, une ville, quelle qu'elle soit, donne
matière aux spéculations de l'esprit. Les postillons nous
disent que voici Montbard. Ce lieu m'est inconnu.
Néanmoins je ne crains pas d'affirmer, par analogie, que
les gens qui vivent là, nos semblables, sont égoïstes,
lâches, perfides, gourmands, libidineux ; autrement, ils
ne seraient point des hommes et ne descendraient pas de
cet Adam, à la fois misérable et vénérable, en qui tous
nos instincts, jusqu'aux plus ignobles, ont leur source
auguste. Le seul point sur lequel on pourrait hésiter est
de savoir si ces gens-là sont plus portés sur la nourriture
que sur la reproduction. Encore le doute n'est-il guère
permis : un philosophe jugera sainement que la faim est,
pour ces malheureux, un besoin plus pressant que
l'amour. Dans ma verte jeunesse, je croyais que l'animal
humain était surtout enclin à la conjonction des sexes.
J'en jugeais par moi. Mais, à les considérer en masse,
nous voyons que les hommes sont plus intéressés encore à
conserver la vie qu'à la donner. C'est la faim qui les
gouverne ; au reste, comme il est inutile d'en disputer ici,
je dirai, si l'on veut, que la vie des mortels a deux pôles,
la faim et l'amour. Et c'est ici qu'il faut ouvrir l'oreille et
l'âme ! Ces créatures féroces, qui ne sont tendues qu'à
s'entre-dévorer ou à s'entr'embrasser, vivent ensemble,
soumises à des lois qui les gênent dans la satisfaction de
cette double et fondamentale concupiscence. Elles leur
interdisent de prendre le bien d'autrui par force ou par
ruse, ce qui est une contrainte insupportable, et de jouir de
toutes les femmes, en dépit de la naturelle envie qu'ils en
éprouvent, surtout s'ils ne les ont pas encore possédées,
car la curiosité excite le désir plus encore que le souvenir
du plaisir. D'où vient donc que, réunis dans les villes, ils
subissent des lois contraires à leurs instincts ? On ne voit
pas comment de telles lois ont pu s'imposer. On dit que
les hommes primitifs les acceptèrent pour ne pas être

inquiétés dans la possession de leurs femmes et de leurs biens. Mais ils trouvaient sans doute plus d'attrait aux biens et à la femme d'autrui et l'idée de les prendre par violence n'était pas pour les effrayer ; ils avaient du courage, n'ayant pas de réflexion. On n'imagine pas des sauvages édictant des lois justes. C'est pourquoi j'en cherche la source et l'origine non point dans l'homme, mais hors de l'homme, et je crois qu'elles viennent de Dieu, qui a formé de ses mains mystérieuses non seulement la terre et l'eau, la plante et l'animal, mais encore les peuples et les sociétés. Les hommes n'ont fait que les altérer et les gâter. Ne craignons pas de le reconnaître : la cité est d'institution divine. D'où il résulte que tout gouvernement doit être théocratique. Il serait nécessaire de rétablir les lois humaines dans leur pureté primitive.

» Un évêque fameux pour la part qu'il prit dans la déclaration de 1682 [158], monsieur Bossuet, n'avait point tort de vouloir tracer les règles de la politique d'après les maximes de l'Écriture, et, s'il y a échoué misérablement, il n'en faut accuser que la faiblesse de son génie, qui s'attacha platement à des exemples tirés des *Juges* et des *Rois*, sans voir que Dieu, quand il travaille en ce monde, se proportionne au temps et à l'espace et sait faire la différence des Français et des Israélites. La cité, rétablie sous son autorité véritable et seule légitime, ne sera pas la cité de Josué, de Saül et de David, ce sera plutôt la cité de l'Évangile, la cité du pauvre, où l'artisan et la prostituée ne seront plus humiliés par le pharisien [159]. Oh ! messieurs ! qu'il conviendrait de tirer de l'Écriture une politique plus belle et plus sainte que celle qui en fut extraite péniblement par ce rocailleux et stérile monsieur Bossuet ! Quelle cité, plus harmonieuse que celle [160] qu'Amphion éleva aux accords de sa lyre, se construira sur les maximes de Jésus-Christ, le jour où ses prêtres, n'étant plus vendus à l'empereur et aux rois, se manifesteront comme les vrais princes du peuple !

A trois lieues environ de Montbard, un trait ayant cassé et les postillons manquant de corde pour le raccommoder, comme cet endroit de la route est éloigné de toute habitation, nous demeurâmes en détresse. Mon bon maître et M. d'Anquetil tuèrent l'ennui de ce repos forcé en jouant aux cartes avec cette querelleuse sympathie dont ils s'étaient fait une habitude. Pendant que le jeune seigneur s'étonnait que son partenaire retournât le roi plus souvent que ne le veut le calcul des probabilités, Jahel, assez émue, me tira à part, et me demanda si je ne voyais pas une voiture arrêtée derrière nous à un lacet de la route. En regardant vers le point qu'elle m'indiquait, j'aperçus en effet une espèce de calèche gothique, d'une forme ridicule et bizarre.

— Cette voiture, ajouta Jahel, s'est arrêtée en même temps que nous. C'est donc qu'elle nous suivait. Je serais curieuse de distinguer les visages qui voyagent dans cette machine. J'en ai de l'inquiétude. N'est-elle point coiffée d'une capote étroite et haute ? Elle ressemble à la voiture dans laquelle mon oncle m'emmena, toute petite, à Paris, après avoir tué le Portugais. Elle était restée, autant que je crois, dans une remise du château des Sablons. Celle-ci me la rappelle tout à fait, et c'est une horrible image, car j'y vis mon oncle écumant de rage. Vous ne pouvez concevoir, Jacques, à quel point il est violent. J'ai moi-même éprouvé sa fureur le jour de mon départ. Il m'enferma dans ma chambre en vomissant contre monsieur l'abbé Coignard des injures épouvantables. Je frémis en pensant à l'état où il dut être quand il trouva ma chambre vide et mes draps encore attachés à la fenêtre par où je m'échappai pour vous joindre et fuir avec vous.

— Jahel, vous voulez dire avec monsieur d'Anquetil.

— Que vous êtes pointilleux ! Ne partions-nous pas

tous ensemble ? Mais cette calèche me donne de l'inquiétude, tant elle ressemble à celle de mon oncle.

— Soyez assurée, Jahel, que c'est la voiture de quelque bon Bourguignon qui va à ses affaires sans songer à nous.

— Vous n'en savez rien, dit Jahel. J'ai peur.

— Vous ne pouvez craindre pourtant, mademoiselle, que votre oncle, dans l'état de décrépitude où il est réduit, coure les routes à votre poursuite. Il n'est occupé que de cabbale et rêveries hébraïques.

— Vous ne le connaissez pas, me répondit-elle en soupirant. Il n'est occupé que de moi. Il m'aime autant qu'il exècre le reste de l'univers. Il m'aime d'une manière...

— D'une manière ?

— De toutes les manières... Enfin il m'aime.

— Jahel, je frémis de vous entendre. Juste ciel ! ce Mosaïde vous aimerait sans ce désintéressement qui est si beau chez un vieillard et si convenable à un oncle. Dites tout, Jahel !

— Oh ! vous le dites mieux que je ne saurais faire, Jacques.

— J'en demeure stupide. A son âge, cela se peut-il ?

— Mon ami, vous avez la peau blanche et l'âme à l'avenant. Tout vous étonne. C'est cette candeur qui fait votre charme. On vous trompe pour peu qu'on s'en donne la peine. On vous fait croire que Mosaïde est âgé de cent trente ans, quand il n'en a pas beaucoup plus de soixante, qu'il a vécu dans la grande pyramide tandis qu'en réalité il faisait la banque à Lisbonne. Et il ne tenait qu'à moi de passer à vos yeux pour une Salamandre.

— Quoi, Jahel, dites-vous la vérité ? Votre oncle...

— Oui, et c'est le secret de sa jalousie. Il croit que l'abbé Coignard est son rival. Il le détesta d'instinct, à première vue. Mais c'est bien autre chose depuis qu'ayant surpris quelques mots de l'entretien que ce bon abbé eut avec moi dans les épines, il le doit haïr comme la cause de ma fuite et de mon enlèvement. Car, enfin, j'ai été enlevée, mon ami, et cela ne saurait manquer de me donner quelque prix à vos yeux. Oh ! j'ai été bien ingrate en quittant un si bon oncle. Mais je ne pouvais plus endurer l'esclavage où il me retenait. Et puis j'avais une ardente envie de devenir riche, et il est bien naturel, n'est-ce pas ? de désirer de grands biens quand on est jeune et jolie. Nous n'avons qu'une vie, et elle est courte. On ne m'a pas appris, à moi, de beaux mensonges sur l'immortalité de l'âme.

— Hélas ! Jahel, m'écriai-je dans une ardeur d'amour que me donnait sa dureté même, hélas ! il ne me manquait rien près de vous au château des Sablons. Que vous y manquait-il, à vous, pour être heureuse ?

Elle me fit signe que M. d'Anquetil nous écoutait. Le trait était raccommodé et la berline prête à rouler entre les coteaux de vignes.

Nous nous arrêtâmes à Nuits pour le souper et la couchée. Mon bon maître but une demi-douzaine de bouteilles de vin du cru, qui échauffa merveilleusement son éloquence. M. d'Anquetil lui rendit raison, le verre à la main ; mais, quant à lui tenir tête dans la conversation, c'est ce dont ce gentilhomme était bien incapable.

La chère avait été bonne ; le gîte fut mauvais. M. l'abbé Coignard coucha dans la chambre basse, sous l'escalier, en un lit de plume qu'il partagea avec l'aubergiste et sa femme, et où ils pensèrent tous trois étouffer. M. d'Anquetil prit avec Jahel la chambre haute où le lard et les oignons pendaient aux solives. Je montai par une échelle au grenier, et je m'étendis sur la paille. Ayant passé le fort de mon sommeil, la lune, dont la lumière traversait les fentes du toit, glissa un rayon entre mes cils et les écarta à propos pour que je visse Jahel, en bonnet de nuit, qui sortait de la trappe. Au cri que je poussai, elle mit un doigt sur sa bouche.

— Chut ! me dit-elle, Maurice est ivre comme un portefaix et comme un marquis. Il dort ci-dessous du sommeil de Noé.

— Qui est-ce, Maurice ? demandai-je en me frottant les yeux.

— C'est Anquetil. Qui voulez-vous que ce soit ?

— Personne. Mais je ne savais pas qu'il s'appelât Maurice.

— Il n'y a pas longtemps que je le sais moi-même. Mais il n'importe.

— Vous avez raison, Jahel, cela n'importe pas.

Elle était en chemise et cette clarté de la lune s'égouttait comme du lait sur ses épaules nues. Elle se coula à mon côté, m'appela des noms les plus tendres et des noms les plus effroyablement grossiers qui glissaient sur ses lèvres en suaves murmures. Puis elle se tut et commença à me donner ces baisers qu'elle savait et auprès desquels tous les embrassements des autres femmes semblent insipides.

La contrainte et le silence augmentaient la tension furieuse de mes nerfs. La surprise, la joie d'une revanche et, peut-être, une jalousie perverse, attisaient mes désirs. L'élastique fermeté de sa chair et la souple violence des mouvements dont elle m'enveloppait, demandaient, promettaient et méritaient les plus ardentes caresses. Nous connûmes, cette nuit-là, des voluptés qui, par leur excès, confinaient à la douleur.

En descendant, le matin, dans la cour de l'hôtellerie, j'y trouvai M. d'Anquetil qui me parut moins odieux, maintenant que je le trompais. De son côté, il semblait plus attiré vers moi qu'il ne l'avait été depuis le commencement du voyage. Il me parla avec familiarité, sympathie, confiance, me reprochant seulement de montrer à Jahel peu d'égards et d'empressement, et de ne pas lui rendre ces soins qu'un honnête homme doit avoir pour toute femme.

— Elle se plaint, dit-il, de votre incivilité. Prenez-y garde, cher Tournebroche ; je serais fâché qu'il y eût des difficultés entre elle et vous. C'est une jolie fille, et qui m'aime à la folie.

La berline roulait depuis une heure quand Jahel, ayant mis la tête à la portière, me dit :

— La calèche a reparu. Je voudrais bien distinguer le visage des deux hommes qui y sont. Mais je n'y puis parvenir.

Je lui répondis que, si loin, et dans la brume du matin, l'on ne pouvait rien voir.

Elle me répondit que sa vue était si perçante, qu'elle les distinguerait bien, malgré le brouillard et l'espace, si c'était vraiment des visages.

— Mais, ajouta-t-elle, ce ne sont pas des visages.

— Que voulez-vous donc que ce soit ? lui demandai-je, en éclatant de rire.

Elle me demanda à son tour quelle idée saugrenue m'était venue à l'esprit pour rire si sottement, et dit :

— Ce n'est pas des visages, c'est des masques. Ces deux hommes nous poursuivent, et ils sont masqués.

J'avertis M. d'Anquetil qu'il semblait qu'on nous suivît dans une vilaine calèche. Mais il me pria de le laisser tranquille.

— Quand les cent mille diables seraient à nos trousses, s'écria-t-il, je ne m'en inquiéterais pas, ayant assez à faire à surveiller ce gros pendard d'abbé, qui fait sauter la carte de façon subtile et me vole tout mon argent. Même je ne serais pas surpris qu'en me jetant cette vilaine calèche au travers de mon jeu, Tournebroche, vous ne fussiez d'intelligence avec ce vieux fripon. Une voiture ne peut-elle cheminer sur la route sans vous donner d'émoi ?

Jahel me dit tout bas :

— Je vous prédis, Jacques, que de cette calèche il

nous arrivera malheur, J'en ai le pressentiment et mes pressentiments ne m'ont jamais trompée.

— Voulez-vous me faire croire que vous avez le don de prophétie ?

Elle me répondit gravement :

— Je l'ai.

— Quoi, vous êtes prophétesse ! m'écriai-je en souriant. Voilà qui est étrange !

— Vous vous moquez, me dit-elle, et vous doutez parce que vous n'avez jamais vu une prophétesse de si près. Comment vouliez-vous qu'elles fussent faites ?

— Je croyais qu'il fallait qu'elles fussent vierges.

— Ce n'est pas nécessaire, répondit-elle avec assurance.

La calèche ennemie avait disparu au tournant de la route. Mais l'inquiétude de Jahel avait, sans qu'il l'avouât, gagné M. d'Anquetil qui donna l'ordre aux postillons d'allonger le galop, promettant de leur payer de bonnes guides.

Par un excès de soin, il fit passer à chacun d'eux une des bouteilles que l'abbé avait mises en réserve au fond de la voiture.

Les postillons communiquèrent aux chevaux l'ardeur que ce vin leur donnait.

— Vous pouvez vous rassurer, Jahel, dit-il ; du train dont nous allons, cette antique calèche, traînée par les chevaux de l'Apocalypse, ne nous rattrapera pas.

— Nous allons comme chats sur braise, dit l'abbé.

— Pourvu que cela dure ! dit Jahel.

Nous voyions à notre droite fuir les vignes en jouailles [161] sur les coteaux. A gauche, la Saône coulait mollement. Nous passâmes, comme un ouragan, devant le pont de Tournus. La ville s'élevait de l'autre côté du fleuve, sur une colline couronnée par les murs d'une abbaye fière comme une forteresse.

— C'est, dit l'abbé, une de ces innombrables abbayes

bénédictines qui sont semées comme des joyaux sur la robe de la Gaule chrétienne. S'il avait plu à Dieu que ma destinée fût conforme à mon caractère, j'aurais coulé une vie obscure, gaie et douce, dans une de ces maisons. Il n'est point d'ordre que j'estime, pour la doctrine et pour les mœurs, à l'égal des Bénédictins. Ils ont des bibliothèques admirables. Heureux qui porte leur habit et suit leur sainte règle ! Soit par l'incommodité que j'éprouve présentement d'être rudement secoué par cette voiture, qui ne manquera pas de verser bientôt dans une des ornières dont cette route est profondément creusée, soit plutôt par l'effet de mon âge, qui est celui de la retraite et des graves pensées, je désire plus ardemment que jamais m'asseoir devant une table, dans quelque vénérable galerie, où des livres nombreux et choisis soient assemblés en silence. Je préfère leur entretien à celui des hommes, et mon vœu le plus cher est d'attendre, dans le travail de l'esprit, l'heure où Dieu me retirera de cette terre. J'écrirais des histoires, et préférablement celle des Romains au déclin de la République. Car elle est pleine de grandes actions et d'enseignements. Je partagerais mon zèle entre Cicéron, saint Jean Chrysostome et Boèce, et ma vie modeste et fructueuse ressemblerait au jardin du vieillard de Tarente.

» J'ai éprouvé diverses manières de vivre et j'estime que la meilleure est, s'adonnant à l'étude, d'assister en paix aux vicissitudes des hommes, et de prolonger, par le spectacle des siècles et des empires, la brièveté de nos jours. Mais il y faut de la suite et de la continuité. C'est ce qui m'a le plus manqué dans mon existence. Si, comme je l'espère, je parviens à me tirer du mauvais pas où je suis, je m'efforcerai de trouver un asile honorable et sûr dans quelque docte abbaye, où les bonnes lettres soient en honneur et vigueur. Je m'y vois déjà, goûtant la paix illustre de la science. Si je pouvais recevoir ce bon office des Sylphes assistants, dont parle ce vieux fou d'Astarac et qui apparaissent, dit-on, quand on les invoque par le nom cabbalistique d'AGLA...

Au moment où mon bon maître prononçait ce mot, un choc soudain nous abîma tous quatre sous une pluie de verre, dans une telle confusion que je me sentis tout à coup aveuglé et suffoqué sous les jupes de Jahel, tandis que M. Coignard accusait d'une voix étouffée l'épée de M. d'Anquetil de lui avoir cassé le reste de ses dents et que, sur ma tête, Jahel poussait des cris à déchirer tout l'air des vallées bourguignonnes. Cependant M. d'Anquetil promettait, en style de corps de garde, aux postillons de les faire pendre. Quand je parvins à me dégager, il avait déjà sauté à travers une glace brisé. Nous le suivîmes, mon bon maître et moi, par la même voie, puis tous trois, nous tirâmes Jahel de la caisse renversée. Elle n'avait point de mal et son premier soin fut de rajuster sa coiffure.

— Grâce au ciel ! dit mon bon maître, j'en suis quitte pour une dent, encore n'était-elle ni intacte ni blanche. Le temps, en l'offensant, en avait préparé la perte.

M. d'Anquetil, les jambes écartées et les poings sur les hanches, examinait la berline culbutée.

— Les coquins, dit-il, l'ont mise dans un bel état. Si l'on relève les chevaux, elle tombe en cannelle. L'abbé, elle n'est plus bonne qu'à jouer aux jonchets.

Les chevaux, abattus les uns sur les autres, s'entre-frappaient de leurs sabots. Dans un amas confus de croupes, de crinières, de cuisses et de ventres fumants, un des postillons était enseveli, les bottes en l'air. L'autre crachait le sang dans le fossé où il avait été jeté. Et M. d'Anquetil leur criait :

— Drôles ! Je ne sais ce qui me retient de vous passer mon épée à travers le corps !

— Monsieur, dit l'abbé, ne conviendrait-il pas, d'abord, de tirer ce pauvre homme du milieu de ces chevaux où il est enseveli ?

Nous nous mîmes tous à la besogne et, quand les chevaux furent dételés et relevés, nous reconnûmes l'étendue du dommage. Il se trouva un ressort rompu, une roue cassée et un cheval boiteux.

— Faites venir un charron, dit M. d'Anquetil aux postillons, et que tout soit prêt dans une heure !

— Il n'y a pas de charron ici, répondirent les postillons.

— Un maréchal.

— Il n'y a pas de maréchal.

— Un sellier.

— Il n'y pas de sellier.

Nous regardâmes autour de nous. Au couchant, les coteaux de vignes jetaient jusqu'à l'horizon leurs longs plis paisibles. Sur la hauteur, un toit fumait près d'un clocher. De l'autre côté, la Saône, voilée de brumes légères, effaçait lentement le sillage du coche d'eau qui venait de passer. Les ombres des peupliers s'allongeaient sur la berge. Un cri aigu d'oiseau perçait le vaste silence.

— Où sommes-nous ? demanda M. d'Anquetil.

— A deux bonnes lieues de Tournus, répondit, en crachant le sang, le postillon qui était tombé dans le fossé et, pour le moins, à quatre de Mâcon.

Et, levant le bras vers le toit qui fumait sur le coteau :

— Là-haut, ce village doit être Vallars [162]. Il est de peu de ressource.

— Le tonnerre de Dieu vous crève ! dit M. d'Anquetil.

Tandis que les chevaux groupés se mordillaient le cou, nous nous rapprochâmes de la voiture, tristement couchée sur le flanc.

Le petit postillon qui avait été retiré des entrailles des chevaux dit :

— Pour ce qui est du ressort, on y pourra remédier par une forte pièce de bois appliquée à la soupente. La voiture en sera seulement un peu plus rude. Mais il y a la roue cassée ! Et le pis est que mon chapeau est là-dessous.

— Je me fous de ton chapeau, dit M. d'Anquetil.

— Votre Seigneurie ne sait peut-être pas qu'il était tout neuf, dit le petit postillon.

— Et les glaces qui sont brisées ! soupira Jahel, assise sur son porte-manteau, au bord de la route.

— Si ce n'était que des glaces, dit mon bon maître, on y saurait suppléer en baissant les stores, mais les bouteilles doivent être précisément dans le même état que les glaces. C'est ce dont il faut que je m'assure dès que la berline sera debout. Je suis mêmement en peine de mon Boèce, que j'ai laissé sous les coussins avec quelques autres bons ouvrages.

— Il n'importe ! dit M. d'Anquetil. J'ai les cartes dans la poche de ma veste. Mais ne souperons-nous pas ?

— J'y songeais, dit l'abbé. Ce n'est pas en vain que Dieu a donné à l'homme, pour son usage, les animaux qui peuplent la terre, le ciel et l'eau. Je suis très excellent pêcheur à la ligne, le soin d'épier les poissons convient particulièrement à mon esprit méditatif, et l'Orne m'a vu tenant la ligne insidieuse et méditant les vérités éternelles. N'ayez point d'inquiétude sur votre souper. Si mademoiselle Jahel veut bien me donner une des épingles qui soutiennent ses ajustements, j'en aurai bientôt fait un hameçon, pour pêcher dans la rivière, et je me flatte de vous rapporter avant la nuit deux ou trois carpillons que nous ferons griller sur un feu de broussailles.

— Je vois bien, dit Jahel, que nous sommes réduits à l'état sauvage. Mais je ne vous puis donner une épingle, l'abbé, sans que vous me donniez quelque chose en échange ; autrement notre amitié risquerait d'être rompue. Et c'est ce que je ne veux pas.

— Je ferai donc, dit mon bon maître, un marché avantageux. Je vous payerai votre épingle d'un baiser, mademoiselle.

Et, aussitôt, prenant l'épingle, il posa ses lèvres sur les joues de Jahel, avec une politesse, une grâce et une décence inconcevables.

Après avoir perdu beaucoup de temps, on prit le parti le plus raisonnable. On envoya le grand postillon, qui ne crachait plus le sang, à Tournus, avec un cheval, pour ramener un charron, tandis que son camarade allumerait du feu dans un abri ; car le temps devenait frais et le vent s'élevait.

Nous avisâmes sur la route, à cent pas en avant du lieu de notre chute, une montagne de pierre tendre, dont le pied était creusé en plusieurs endroits. C'est dans un de ces creux que nous résolûmes d'attendre, en nous chauffant, le retour du postillon envoyé en courrier à Tournus. Le second postillon attacha les trois chevaux qui nous restaient, dont un boiteux, au tronc d'un arbre, près de notre caverne. L'abbé, qui avait réussi à faire une ligne avec des branches de saule, une ficelle, un bouchon et une épingle, s'en alla pêcher, autant par inclination philosophique et méditative que dans le dessein de nous rapporter du poisson. M. d'Anquetil, demeurant avec Jahel et moi dans la grotte, nous proposa une partie d'hombre, qui se joue à trois, et qui, disait-il, étant espagnole, convenait à d'aussi aventureux personnages que nous étions pour lors. Et il est vrai que, dans cette carrière, à la nuit tombante, sur une route déserte, notre petite troupe n'eût pas paru indigne de figurer dans quelqu'une de ces rencontres de Don Quigeot ou don Quichotte, dont s'amusent les servantes [163]. Nous jouâmes donc à l'hombre. C'est un jeu qui veut de la gravité. J'y fis beaucoup de fautes et mon impatient partenaire commençait à se fâcher, quand le visage noble et riant de mon bon maître nous apparut à la clarté du feu. Dénouant son mouchoir, M. l'abbé Coignard en tira quatre ou cinq petits poissons qu'il ouvrit avec son couteau orné de l'image du feu roi, en empereur romain, sur une colonne triomphale, et qu'il vida aussi facilement que s'il n'avait jamais vécu que parmi les poissardes de la halle, tant il excellait dans ses moindres entreprises, comme dans les plus considérables. En arrangeant ce fretin sur la cendre :

— Je vous confierai, nous dit-il, que, suivant la rivière en aval, à la recherche d'une berge favorable à la pêche, j'ai aperçu la calèche apocalyptique qui effraye mademoiselle Jahel. Elle s'est arrêtée à quelque distance en arrière de notre berline. Vous l'avez dû voir passer ici, tandis que je pêchais dans la rivière, et l'âme de mademoiselle en dut être bien soulagée.

— Nous ne l'avons pas vue, dit Jahel.

— Il faut donc, reprit l'abbé, qu'elle se soit remise en route quand la nuit était déjà noire. Et du moins vous l'avez entendue.

— Nous ne l'avons pas entendue, dit Jahel.

— C'est donc, fit l'abbé, que cette nuit est aveugle et sourde. Car il n'est pas croyable que cette calèche, dont point une roue n'était rompue ni un cheval boiteux, soit restée sur la route. Qu'y ferait-elle ?

— Oui, qu'y ferait-elle ? dit Jahel.

— Ce souper, dit mon bon maître, rappelle en sa simplicité ces repas de la Bible où le pieux voyageur partageait, au bord du fleuve, avec un ange, les poissons du Tigre [164]. Mais nous manquons de pain, de sel et de vin. Je vais tenter de tirer de la berline les provisions qui y sont renfermées et voir si, de fortune, quelque bouteille ne s'y serait point conservée intacte. Car il est telle occasion où le verre ne se brise point sous le choc qui a rompu l'acier. Tournebroche, mon fils, donnez-moi, s'il vous plaît, votre briquet ; et vous, mademoiselle, ne manquez point de retourner les poissons. Je reviendrai tout de suite.

Il partit. Son pas un peu lourd s'amortit peu à peu sur

la terre de la route, et bientôt nous n'entendîmes plus rien.

— Cette nuit, dit M. d'Anquetil, me rappelle celle qui précéda la bataille de Parme. Car vous n'ignorez pas que j'ai servi sous Villars et fait la guerre de succession. J'étais parmi les éclaireurs. Nous ne voyions rien. C'est une des grandes finesses de la guerre. On envoie pour reconnaître l'ennemi des gens qui reviennent sans avoir rien reconnu, ni connu. Mais on en fait des rapports, après la bataille, et c'est là que triomphent les tacticiens. Donc, à neuf heures du soir, je fus envoyé en éclaireur avec douze maistres…

Et il nous conta la guerre de succession et ses amours en Italie ; son récit dura bien un quart d'heure, après quoi il s'écria :

— Ce pendard d'abbé ne revient pas. Je gage qu'il boit là-bas tout le vin qui restait dans le coffre.

Songeant alors que mon bon maître pouvait être embarrassé, je me levai pour aller à son aide. La nuit était sans lune, et, tandis que le ciel resplendissait d'étoiles, la terre restait dans une obscurité que mes yeux, éblouis par l'éclat de la flamme, ne pouvaient percer.

Ayant fait sur la route cinquante pas au plus, j'entendis devant moi un cri terrible, qui ne semblait pas sortir d'une poitrine humaine, un cri autre que les cris déjà entendus, qui me glaça d'horreur. Je courus dans la direction d'où venait cette clameur de mortelle détresse. Mais la peur et l'ombre amollissaient mes pas. Parvenu enfin à l'endroit où la voiture gisait informe et grandie par la nuit, je trouvai mon bon maître assis au bord du fossé, plié en deux. Je ne pouvais distinguer son visage. Je lui demandai en tremblant :

— Qu'avez-vous ? Pourquoi avez-vous crié ?

— Oui, pourquoi ai-je crié ? dit-il d'une voix altérée, d'une voix nouvelle. Je ne savais pas que j'eusse crié. Tournebroche, n'avez-vous pas vu un homme ? Il m'a heurté dans l'ombre assez rudement. Il m'a donné un coup de poing.

— Venez, lui dis-je, levez-vous, mon bon maître.

S'étant soulevé, il retomba lourdement à terre.

Je m'efforçai de le relever, et mes mains se mouillèrent en touchant sa poitrine.

— Vous saignez ?

— Je saigne ? Je suis un homme mort. Il m'a assassiné. J'ai cru d'abord que ce n'était qu'un coup fort rude. Mais c'est une blessure dont je sens que je ne reviendrai pas.

— Qui vous a frappé, mon bon maître ?

— C'est le juif. Je ne l'ai pas vu, mais je sais que c'est lui. Comment puis-je savoir que c'est lui, puisque je ne l'ai pas vu ? Oui, comment cela ? Que de choses étranges ! C'est incroyable, n'est-ce pas, Tournebroche ? J'ai dans la bouche le goût de la mort, qui ne se peut définir... Il le fallait, mon Dieu ! Mais pourquoi ici plutôt que là ? Voilà le mystère ! *Adjutorium nostrum in nomine Domini... Domine, exaudi orationem meam* [165]...

Il pria quelque temps à voix basse, puis :

— Tournebroche ! mon fils, me dit-il, prenez les deux bouteilles que j'ai tirées de la soupente et mises ci-contre. Je n'en puis plus. Tournebroche, où croyez-vous que soit la blessure ? C'est dans le dos que je souffre le plus, et il me semble que la vie me coule le long des mollets. Mes esprits s'en vont.

En murmurant ces mots, il s'évanouit doucement dans mes bras. J'essayai de l'emporter, mais je n'eus que la force de l'étendre sur la route. Sa chemise ouverte, je trouvai la blessure ; elle était à la poitrine, petite et saignant peu. Je déchirai mes manchettes et en appliquai les lambeaux sur la plaie ; j'appelai, je criai à l'aide. Bientôt je crus entendre qu'on venait à mon secours du côté de Tournus, et je reconnus M. d'Astarac. Si inattendue que fût cette rencontre, je n'en eus pas même de surprise, abîmé que j'étais par la douleur de tenir le meilleur des maîtres expirant dans mes bras.

— Qu'est cela, mon fils ? demanda l'alchimiste.

— Venez à mon secours, monsieur, lui répondis-je. L'abbé Coignard se meurt. Mosaïde l'a assassiné.

— Il est vrai, reprit M. d'Astarac, que Mosaïde est venu ici dans une vieille calèche à la poursuite de sa nièce, et que je l'ai accompagné pour vous exhorter, mon fils, à reprendre votre emploi dans ma maison. Depuis hier nous serrions d'assez près votre berline, que nous avons vue tout à l'heure s'abîmer dans une ornière. A ce moment, Mosaïde est descendu de la calèche, et, soit qu'il ait fait un tour de promenade, soit plutôt qu'il lui ait plu de se rendre invisible comme il en a le pouvoir, je ne l'ai point revu. Il est possible qu'il se soit déjà montré à sa nièce pour la maudire ; car tel était son dessein. Mais il n'a pas assassiné l'abbé Coignard. Ce sont les Elfes, mon fils, qui ont tué votre maître, pour le punir d'avoir révélé leurs secrets. Rien n'est plus certain.

— Ah ! monsieur, m'écriai-je, qu'importe que ce soit le juif ou les Elfes ; il faut le secourir.

— Mon fils, il importe beaucoup, au contraire, répliqua M. d'Astarac. Car, s'il avait été frappé d'une main humaine, il me serait facile de le guérir par opération magique, tandis que, s'étant attiré l'inimitié des Elfes, il ne saurait échapper à leur vengeance infaillible.

Comme il achevait ces mots, M. d'Anquetil et Jahel, attirés par mes cris, approchaient avec le postillon qui portait une lanterne.

— Quoi, dit Jahel, monsieur Coignard se trouve mal ?

Et, s'étant agenouillée près de mon bon maître, elle lui souleva la tête et lui fit respirer des sels.

— Mademoiselle, lui dis-je, vous avez causé sa perte. Sa mort est la vengeance de votre enlèvement. C'est Mosaïde qui l'a tué.

Elle leva de dessus mon bon maître son visage pâle d'horreur et brillant de larmes.

— Croyez-vous aussi, me dit-elle, qu'il soit si facile d'être jolie fille sans causer de malheurs ?

— Hélas ! répondis-je, ce que vous dites là n'est que trop vrai. Mais nous avons perdu le meilleur des hommes.

A ce moment, M. l'abbé Coignard poussa un profond soupir, rouvrit des yeux blancs, demanda son livre de Boèce et retomba en défaillance.

Le postillon fut d'avis de porter le blessé au village de Vallars, situé à une demi-lieue sur la côte.

— Je vais, dit-il, chercher le plus doux des trois chevaux qui nous restent. Nous y attacherons solidement ce pauvre homme et nous le mènerons au petit pas. Je le crois bien malade. Il a toute la mine d'un courrier qui fut assassiné à la Saint-Michel, sur cette route, à quatre postes d'ici, proche Senecy, où j'ai ma promise. Ce pauvre diable battait de la paupière et faisait l'œil blanc, comme une gueuse, sauf votre respect, messieurs. Et votre abbé a fait de même, quand mademoiselle lui a chatouillé le nez avec son flacon. C'est mauvais signe pour un blessé ; quant aux filles, elles n'en meurent pas pour tourner de l'œil de cette façon. Vos Seigneuries le savent bien. Et il y a de la distance, Dieu merci ! de la petite mort à la grande. Mais c'est le même tour d'œil... Demeurez, messieurs, je vais quérir le cheval.

— Le rustre est plaisant, dit M. d'Anquetil, avec son œil tourné et sa gueuse pâmée. J'ai vu en Italie des soldats qui mouraient le regard fixe et les yeux hors de la tête. Il n'y a pas de règles pour mourir d'une blessure, même dans l'état militaire, où l'exactitude est poussée à ses dernières limites. Mais veuillez, Tournebroche, à défaut d'une personne mieux qualifiée, me présenter à ce gentilhomme noir qui porte des boutons de diamant à son habit et que je devine être monsieur d'Astarac.

— Ah ! monsieur, répondis-je, tenez la présentation
pour faite. Je n'ai de sentiment que pour assister mon
bon maître.

— Soit ! dit M. d'Anquetil.

Et, s'approchant de M. d'Astarac :

— Monsieur, dit-il, je vous ai pris votre maîtresse ; je
suis prêt à vous en rendre raison.

— Monsieur, répondit M. d'Astarac, je n'ai, grâce au
ciel, de liaison avec aucune femme, et je ne sais ce que
vous voulez dire.

A ce moment, le postillon revint avec un cheval. Mon
bon maître avait un peu repris ses sens. Nous le
soulevâmes tous quatre et nous parvînmes à grand-peine
à le placer sur le cheval où nous l'attachâmes. Puis nous
nous mîmes en marche. Je le soutenais d'un côté ;
M. d'Anquetil le soutenait de l'autre. Le postillon tirait
la bride et portait la lanterne. Jahel suivait en pleurant.
M. d'Astarac avait regagné sa calèche. Nous avancions
doucement. Tout alla bien tant que nous fûmes sur la
route. Mais quand il nous fallut gravir l'étroit sentier des
vignes, mon bon maître, glissant à tous les mouvements
de la bête, perdit le peu de forces qui lui restaient et
s'évanouit de nouveau. Nous jugeâmes expédient de le
descendre de sa monture et de le porter à bras. Le
postillon l'avait empoigné par les aisselles et je tenais les
jambes. La montée fut rude et je pensai m'abattre plus de
quatre fois, avec ma croix vivante, sur les pierres du
chemin. Enfin la pente s'adoucit. Nous nous enfilâmes
sur une petite route bordée de haies, qui cheminait sur le
coteau, et bientôt nous découvrîmes sur notre gauche les
premiers toits de Vallars. A cette vue, nous déposâmes à
terre notre malheureux fardeau et nous nous arrêtâmes
un moment pour souffler. Puis, reprenant notre faix,
nous poussâmes jusqu'au village.

Une lueur rose s'élevait à l'orient au-dessus de l'horizon et l'étoile du matin s'éveillait dans le ciel pâli. Les

oiseaux se mirent à chanter ; mon bon maître poussa un soupir.

Jahel courait devant nous, heurtant aux portes, en quête d'un lit et d'un chirurgien. Chargés de hottes et de paniers, des vignerons s'en allaient aux vendanges. L'un d'eux dit à Jahel que Gaulard, sur la place, logeait à pied et à cheval.

— Quant au chirurgien Coquebert, ajouta-t-il, vous le voyez là-bas, sous le plat à barbe qui lui sert d'enseigne. Il sort de sa maison pour aller à sa vigne.

C'était un petit homme, très poli. Il nous dit qu'ayant depuis peu marié sa fille, il avait un lit dans sa maison pour y mettre le blessé.

Sur son ordre, sa femme, grosse dame coiffée d'un bonnet blanc surmonté d'un chapeau de feutre, mit des draps au lit, dans la chambre basse. Elle nous aida à déshabiller M. l'abbé Coignard et à le coucher. Puis elle s'en alla chercher le curé.

Cependant, M. Coquebert examinait la blessure.

— Vous voyez, lui dis-je, qu'elle est petite et qu'elle saigne peu.

— Cela n'est guère bon, répondit-il, et ne me plaît point, mon jeune monsieur. J'aime une blessure large et qui saigne.

— Je vois, lui dit M. d'Anquetil, que, pour un merlan et un seringueur de village, vous n'avez pas le goût mauvais. Rien n'est pis que ces petites plaies profondes qui n'ont l'air de rien. Parlez-moi d'une belle entaille au visage. Cela fait plaisir à voir et se guérit tout de suite. Mais sachez, bonhomme, que ce blessé est mon chapelain et qu'il fait mon piquet. Êtes-vous homme à me le remettre sur pied, en dépit de votre mine qui est plutôt celle d'un donneur de clystères ?

— A votre service, répondit en s'inclinant le chirurgien-barbier. Mais je reboute aussi les membres rompus et je panse les plaies. Je vais examiner celle-ci.

— Faites vite, monsieur, lui dis-je.

— Patience ! fit-il. Il faut d'abord la laver, et j'attends que l'eau chauffe dans la bouilloire.

Mon bon maître, qui s'était un peu ranimé, dit lentement, d'une voix assez forte :

— La lampe à la main, il visitera les recoins de Jérusalem, et ce qui était caché dans les ténèbres sera mis au jour.

— Que dites-vous, mon bon maître ?

— Laissez, mon fils, répondit-il, je m'entretiens des sentiments propres à mon état.

— L'eau est chaude, me dit le barbier. Tenez ce bassin près du lit. Je vais laver la plaie.

Tandis qu'il passait sur la poitrine de mon bon maître une éponge imbibée d'eau tiède, le curé entra dans la chambre avec madame Coquebert. Il tenait à la main un panier et des ciseaux.

— Voilà donc ce pauvre homme, dit-il. J'allais à mes vignes, mais il faut soigner avant tout celles de Jésus-Christ. Mon fils, ajouta-t-il en s'approchant de lui, offrez votre mal à Notre-Seigneur. Peut-être n'est-il pas si grand qu'on croit. Au demeurant, il faut faire la volonté de Dieu.

Puis, se tournant vers le barbier :

— Monsieur Coquebert, demanda-t-il, cela presse-t-il beaucoup, et puis-je aller à mon clos ? Le blanc peut attendre, il n'est pas mauvais qu'il vienne à pourrir, et même un peu de pluie ne ferait que rendre le vin plus abondant et meilleur. Mais il faut que le rouge soit cueilli tout de suite.

— Vous dites vrai, monsieur le curé, répondit Coquebert ; j'ai dans ma vigne des grappes qui se couvrent de moisissure et qui n'ont échappé au soleil que pour périr à la pluie.

— Hélas ! dit le curé, l'humide et le sec sont les deux ennemis du vigneron.

— Rien n'est plus vrai, dit le barbier, mais je vais explorer la blessure.

Ce disant, il mit de force un doigt dans la plaie.

— Ah ! bourreau ! s'écria le patient.

— Souvenez-vous, dit le curé, que le Seigneur a pardonné à ses bourreaux.

— Ils n'étaient point barbiers, dit l'abbé.

— Voilà un méchant mot, dit le curé.

— Il ne faut pas chicaner un mourant sur ses plaisanteries, dit mon bon maître. Mais je souffre cruellement : cet homme m'a assassiné, et je meurs deux fois. La première fois, c'était de la main d'un juif.

— Que veut-il dire ? demanda le curé.

— Le mieux, monsieur le curé, dit le barbier, est de ne point s'en inquiéter. Il ne faut jamais vouloir entendre les propos des malades. Ce ne sont que rêveries.

— Coquebert, dit le curé, vous ne parlez pas bien. Il faut entendre les malades en confession, et tel chrétien, qui n'avait rien dit de bon dans sa vie, prononce finalement les paroles qui lui ouvrent le paradis.

— Je ne parlais qu'au temporel, dit le barbier.

— Monsieur le curé, dis-je à mon tour, monsieur l'abbé Coignard, mon bon maître, ne déraisonne point, et il n'est que trop vrai qu'il a été assassiné par un juif, nommé Mosaïde.

— En ce cas, répondit le curé, il y doit voir une faveur spéciale de Dieu, qui voulut qu'il pérît par la main d'un neveu [166] de ceux qui crucifièrent son fils. La conduite de la Providence dans le monde est toujours admirable. Monsieur Coquebert, puis-je aller à mon clos ?

— Vous y pouvez aller, monsieur le curé, répondit le barbier. La plaie n'est pas bonne ; mais elle n'est pas non plus telle qu'on en meure tout de suite. C'est, monsieur le curé, une de ces blessures qui jouent avec le malade comme le chat avec les souris, et à ce jeu-là on peut gagner du temps.

— Voilà qui est bien, dit M. le curé. Remercions Dieu, mon fils, de ce qu'il vous laisse la vie ; mais elle est précaire et transitoire. Il faut être toujours prêt à la quitter.

Mon bon maître répondit gravement :

— Être sur la terre comme n'y étant pas ; posséder comme ne possédant pas, car la figure de ce monde passe.

Reprenant ses ciseaux et son panier, M. le curé dit :

— Mieux encore qu'à votre habit et à vos chausses, que je vois étendus sur cet escabeau, à vos propos, mon fils, je connais que vous êtes d'Église et menant une sainte vie. Reçûtes-vous les ordres sacrés ?

— Il est prêtre, dis-je, docteur en théologie et professeur d'éloquence.

— Et de quel diocèse ? demanda le curé.

— De Séez, en Normandie, suffragant de Rouen.

— Insigne province ecclésiastique, dit M. le curé, mais qui le cède de beaucoup en antiquité et illustration au diocèse de Reims, dont je suis prêtre.

Et il sortit. M. Jérôme Coignard passa paisiblement la journée. Jahel voulut rester la nuit auprès du malade. Je quittai, vers onze heures de la soirée, la maison de M. Coquebert et j'allai chercher un gîte à l'auberge du sieur Gaulard. Je trouvai M. d'Astarac sur la place, dont son ombre, au clair de lune, barrait presque toute la surface. Il me mit la main sur l'épaule comme il en avait l'habitude et me dit avec sa gravité coutumière :

— Il est temps que je vous rassure, mon fils ; je n'ai accompagné Mosaïde que pour cela. Je vous vois cruellement tourmenté par les Lutins. Ces petits esprits de la terre vous ont assailli, abusé par toutes sortes de fantasmagories, séduit par mille mensonges, et finalement poussé à fuir ma maison.

— Hélas ! monsieur, répondis-je, il est vrai que j'ai quitté votre toit avec une apparente ingratitude dont je vous demande pardon. Mais j'étais poursuivi par les sergents, non par les Lutins. Et mon bon maître est assassiné. Ce n'est pas une fantasmagorie.

— N'en doutez point, reprit le grand homme, ce malheureux abbé a été frappé mortellement par les Sylphes dont il avait révélé les secrets. Il a dérobé dans une armoire quelques pierres qui sont l'ouvrage de ces Sylphes et que ceux-ci avaient laissées imparfaites, et bien différentes encore du diamant, quant à l'éclat et à la pureté.

» C'est cette avidité et le nom d'*Agla* indiscrètement prononcé qui les a le plus fâchés. Or sachez, mon fils, qu'il est impossible aux philosophes d'arrêter la vengeance de ce peuple irascible. J'ai appris par une voie surnaturelle et aussi par le rapport de Criton, le larcin sacrilège de monsieur Coignard qui se flattait insolemment de surprendre l'art par lequel les Salamandres, les Sylphes et les Gnomes mûrissent la rosée matinale et la changent insensiblement en cristal et en diamant.

— Hélas ! monsieur, je vous assure qu'il n'y songeait point, et que c'est cet horrible Mosaïde qui l'a frappé d'un coup de stylet sur la route.

Ces propos déplurent extrêmement à M. d'Astarac qui m'invita d'une façon pressante à n'en plus tenir de semblables.

— Mosaïde, ajouta-t-il, est assez bon cabbaliste pour atteindre ses ennemis sans se donner la peine de courir après eux. Sachez, mon fils, que, s'il avait voulu tuer monsieur Coignard, il l'eût fait aisément de sa chambre, par opération magique. Je vois que vous ignorez encore les premiers éléments de la science. La vérité est que ce savant homme, instruit par le fidèle Criton de la fuite de sa nièce, prit la poste pour la rejoindre et la ramener au besoin dans sa maison. Ce qu'il eût fait sans faute, pour peu qu'il eût discerné dans l'âme de cette malheureuse quelque lueur de regret et de repentir. Mais, la voyant toute corrompue par la débauche, il préféra l'excommunier et la maudire par les Globes, les Roues et les Bêtes d'Élisée. C'est précisément ce qu'il vient de faire à mes yeux, dans la calèche où il vit retiré, pour ne point partager le lit et la table des chrétiens.

Je me taisais, étonné par de telles rêveries ; mais cet homme extraordinaire me parla avec une éloquence qui ne laissa point de me troubler.

— Pourquoi, disait-il, ne vous laissez-vous pas éclairer des avis d'un philosophe ? Quelle sagesse, mon fils, opposez-vous à la mienne ? Considérez que la vôtre est moindre en quantité, sans différer en essence. A vous ainsi qu'à moi la nature apparaît comme une infinité de figures, qu'il faut reconnaître et ordonner, et qui forment une suite d'hiéroglyphes. Vous distinguez aisément plusieurs de ces signes auxquels vous attachez un sens ; mais vous êtes trop enclin à vous contenter du vulgaire et littéral, et vous ne cherchez pas assez l'idéal et le symbolique. Pourtant le monde n'est concevable que comme symbole, et tout ce qui se voit dans l'univers n'est qu'une écriture imagée, que le vulgaire des hommes épelle sans la comprendre. Craignez, mon fils, d'ânonner et de braire cette langue universelle, à la manière des savants qui remplissent les Académies. Mais plutôt recevez de moi la clef de toute science.

Il s'arrêta un moment et reprit son discours d'un ton plus familier.

— Vous êtes poursuivi, mon cher fils, par des ennemis moins terribles que les Sylphes. Et votre Salamandre n'aura pas de peine à vous débarrasser des Lutins, sitôt que vous lui demanderez de s'y employer. Je vous répète que je ne suis venu ici, avec Mosaïde, que pour vous donner ces bons avis et vous presser de revenir chez moi continuer nos travaux. Je conçois que vous veuilliez assister jusqu'au bout votre malheureux maître. Je vous en donne toute licence. Mais ne manquez pas de revenir ensuite dans ma maison. Adieu ! Je retourne cette nuit même à Paris, avec ce grand Mosaïde, que vous avez si injustement soupçonné.

Je lui promis tout ce qu'il voulut et me traînai jusqu'à mon méchant lit d'auberge, où je tombai, appesanti par la fatigue et la douleur.

Le lendemain, au petit jour, je retournai chez le chirurgien et j'y retrouvai Jahel au chevet de mon bon maître, droite sur sa chaise de paille, la tête enveloppée dans sa mante noire, attentive, grave et docile comme une fille de charité. M. Coignard, très rouge, sommeillait.

— La nuit, me dit-elle à voix basse, n'a pas été bonne. Il a discouru, il a chanté, il m'a appelée sœur Germaine et il m'a fait des propositions. Je n'en suis pas offensée, mais cela prouve son trouble.

— Hélas ! m'écriai-je, si vous ne m'aviez pas trahi, Jahel, pour courir les routes avec ce gentilhomme, mon bon maître ne serait pas dans ce lit, la poitrine transpercée.

— C'est bien le malheur de notre ami, répondit-elle, qui cause mes regrets cuisants. Car pour ce qui est du reste, ce n'est pas la peine d'y penser, et je ne conçois pas, Jacques, que vous y songiez dans un pareil moment.

— J'y songe toujours, lui répondis-je.

— Moi, dit-elle, je n'y pense guère. Vous faites à vous seul, plus qu'aux trois quarts, les frais de votre malheur.

— Qu'entendez-vous par là, Jahel ?

— J'entends, mon ami, que si j'y fournis l'étoffe, vous y mettez la broderie et que votre imagination enrichit

beaucoup trop la simple réalité. Je vous jure qu'à l'heure
qu'il est, je ne me rappelle pas moi-même le quart de ce
qui vous chagrine ; et vous méditez si obstinément sur ce
sujet que votre rival vous est plus présent qu'à moi-
même. N'y pensez plus et laissez-moi donner de la tisane
à l'abbé qui se réveille.

A ce moment, M. Coquebert s'approcha du lit avec sa
trousse, fit un nouveau pansement, dit tout haut que la
blessure était en bonne voie de guérison. Puis, me tirant à
part :

— Je puis vous assurer, monsieur, me dit-il, que ce
bon abbé ne mourra pas du coup qu'il a reçu. Mais à vrai
dire, je crains qu'il ne réchappe pas d'une pleurésie assez
forte, causée par sa blessure. Il est présentement travaillé
d'une grosse fièvre. Mais voici venir monsieur le curé.

Mon bon maître le reconnut fort bien, et lui demanda
poliment comment il se portait.

— Mieux que la vigne, répondit le curé. Car elle est
toute gâtée de fleurebers [167] et de vermines contre
lesquels le clergé de Dijon fit pourtant, cette année, une
belle procession avec croix et bannières. Mais il en faudra
faire une plus belle, l'année qui vient, et brûler plus de
cire. Il sera nécessaire aussi que l'official excommunie à
nouveau les mouches [168] qui détruisent les raisins.

— Monsieur le curé, dit mon bon maître, on dit que
vous lutinez les filles dans vos vignes. Fi ! ce n'est plus de
votre âge. En ma jeunesse, j'étais, comme vous, porté sur
la créature. Mais le temps m'a beaucoup amendé, et j'ai
tantôt laissé passer une nonnain sans lui rien dire. Vous
en usez autrement avec les donzelles et les bouteilles,
monsieur le curé. Mais vous faites plus mal encore de ne
point dire les messes qu'on vous a payées et de trafiquer
des biens de l'Église. Vous êtes bigame et simoniaque.

En entendant ces propos, M. le curé ressentait une
surprise douloureuse ; sa bouche demeurait ouverte et ses

joues tombaient tristement des deux côtés de son large visage :

— Quelles indignes offenses au caractère dont je suis revêtu ! soupira-t-il enfin, les yeux au plancher. Quels propos il tient, si près du tribunal de Dieu ! Oh ! monsieur l'abbé, est-ce à vous de parler de la sorte, vous qui menâtes une sainte vie et étudiâtes dans tant de livres ?

Mon bon maître se souleva sur son coude. La fièvre lui rendait tristement et à contresens cet air jovial que nous aimions à lui voir naguère.

— Il est vrai, dit-il, que j'ai étudié les anciens auteurs. Mais il s'en faut que j'aie autant de lecture que le deuxième vicaire de monsieur l'évêque de Séez. Bien qu'il eût le dehors et le dedans d'un âne, il fut plus grand liseur que moi, car il était bigle et, guignant de l'œil, il lisait deux pages à la fois. Qu'en dis-tu, vilain fripon de curé, vieux galant qui cours la guilledine au clair de lune ? Curé, ta bonne amie est faite comme une sorcière. Elle a de la barbe au menton : c'est la femme du chirurgien-barbier. Il est amplement cocu, et c'est bien fait pour cet homunculus dont toute la science médicale se hausse à donner un clystère.

— Seigneur Dieu ! que dit-il ? s'écria madame Coquebert. Il faut qu'il ait le diable au corps.

— J'ai entendu beaucoup de malades parler dans le délire, dit M. Coquebert, mais aucun ne tenait d'aussi méchants propos.

— Je découvre, dit le curé, que nous aurons plus de peine que je n'avais cru à conduire ce malade vers une bonne fin. Il y a dans sa nature une âcre humeur et des impuretés que je n'y avais pas d'abord remarquées. Il tient des discours malséants à un ecclésiastique et à un malade.

— C'est l'effet de la fièvre, dit le chirurgien-barbier.

— Mais, reprit le curé, cette fièvre, si elle ne s'arrête,

le pourrait conduire en enfer. Il vient de manquer gravement à ce qu'on doit à un prêtre. Je reviendrai toutefois l'exhorter demain, car je lui dois, à l'exemple de Notre-Seigneur, une miséricorde infinie. Mais de ce côté, je conçois de vives inquiétudes. Le malheur veut qu'il y ait une fente à mon pressoir, et tous les ouvriers sont aux vignes. Coquebert, ne manquez point de dire un mot au charpentier, et de m'appeler auprès de ce malade, si son état s'aggrave soudainement. Ce sont bien des soucis, Coquebert!

Le jour suivant fut si bon pour M. Coignard, que nous en conçûmes l'espoir de le conserver. Il prit un consommé et se souleva sur son lit. Il parlait à chacun de nous avec sa grâce et sa douceur coutumières. M. d'Anquetil, qui logeait chez Gaulard, le vint voir et lui demanda assez indiscrètement de lui faire son piquet. Mon bon maître promit en souriant de le faire la semaine prochaine. Mais la fièvre le reprit à la tombée du jour. Pâle, les yeux nageant dans une terreur indicible, frissonnant et claquant des dents:

— Le voilà, cria-t-il, ce vieux youtre! C'est le fils que Judas Iscariote fit à une diablesse en forme de chèvre. Mais il sera pendu au figuier paternel, et ses entrailles se répandront à terre. Arrêtez-le... Il me tue! J'ai froid!

Un moment après, rejetant ses couvertures, il se plaignit d'avoir trop chaud.

— J'ai grand-soif, dit-il. Donnez-moi du vin! Et qu'il soit frais. Madame Coquebert, hâtez-vous de l'aller mettre rafraîchir dans la fontaine, car la journée promet d'être brûlante.

Nous étions à la nuit, et il brouillait les heures dans sa tête.

— Faites vite, dit-il encore à madame Coquebert; mais ne soyez pas aussi simple que le sonneur de la cathédrale de Séez, qui, étant allé tirer du puits les bouteilles qu'il y avait mises, aperçut son ombre dans

l'eau et se mit à crier : « Holà ! messieurs, venez vite
m'aider. Car il y a là-bas des antipodes qui boiront notre
vin, si nous n'y mettons bon ordre. »

— Il est jovial, dit madame Coquebert. Mais tantôt il a
tenu sur moi des propos bien indécents. Si j'eusse trompé
Coquebert, ce n'aurait point été avec monsieur le curé,
eu égard à son état et à son âge.

M. le curé entra dans ce même moment ;

— Eh bien, monsieur l'abbé, demanda-t-il à mon
maître, dans quelles dispositions vous trouvez-vous ?
Quoi de nouveau ?

— Dieu merci, répondit M. Coignard, il n'est rien de
nouveau dans mon esprit. Car, ainsi qu'a dit saint
Chrysostome, évitez les nouveautés. Ne vous engagez
point dans des voies qui n'aient point encore été tentées ;
on s'égare sans fin, quand une fois on a commencé de
s'égarer. J'en ai fait la triste expérience. Et je me suis
perdu pour avoir suivi des chemins non frayés. J'ai
écouté mes propres conseils et ils m'ont conduit à
l'abîme. Monsieur le curé, je suis un pauvre pécheur ; le
nombre de mes iniquités m'opprime.

— Voilà de belles paroles, dit M. le curé. C'est Dieu
lui-même qui vous les dicte. J'y reconnais son style
inimitable. Ne voulez-vous point que nous avancions un
peu le salut de votre âme ?

— Volontiers, dit M. Coignard. Car mes impuretés se
lèvent contre moi. J'en vois se dresser de grandes et de
petites. J'en vois de rouges et de noires. J'en vois
d'infimes qui chevauchent des chiens et des cochons, et
j'en vois d'autres qui sont grasses et toutes nues, avec des
tétons comme des outres, des ventres qui retombent à
grands plis et des fesses énormes.

— Est-il possible, dit M. le curé, que vous en ayez une
vue si distincte ? Mais, si vos fautes sont telles que vous
dites, mon fils, il vaut mieux ne les point décrire et vous
borner à les détester intérieurement.

— Voudriez-vous donc, monsieur le curé, reprit l'abbé, que mes péchés fussent tous faits comme des Adonis ? Mais laissons cela. Et vous, barbier, donnez-moi à boire. Connaissez-vous monsieur de la Musardière ?

— Non pas, que je sache, dit M. Coquebert.

— Apprenez donc, reprit mon bon maître, qu'il était très porté sur les femmes.

— C'est par cet endroit, dit le curé, que le diable prend de grands avantages sur l'homme. Mais où voulez-vous en venir, mon fils ?

— Vous le verrez bientôt, dit mon bon maître. Monsieur de la Musardière donna rendez-vous à une pucelle dans une étable. Elle y alla, et il l'en laissa sortir comme elle y était venue. Savez-vous pourquoi ?

— Je l'ignore, dit le curé, mais laissons cela.

— Non point, reprit M. Coignard. Sachez qu'il se garda de l'accointer, de peur d'engendrer un cheval dont on lui eût fait un procès au criminel.

— Ah ! dit le barbier, il devait plutôt avoir peur d'engendrer un âne.

— Sans doute ! dit le curé. Mais voilà qui ne nous avance point dans le chemin du paradis. Il conviendrait de reprendre la bonne route. Vous nous teniez tout à l'heure des propos si édifiants !

Au lieu de répondre, mon bon maître se mit à chanter d'une voix assez forte [169] :

> Pour mettre en goût le roi Louison
> On a pris quinze mirlitons
>   Landerinette,
> Qui tous le balai ont rôti,
>   Landeriri.

— Si vous voulez chanter, mon fils, dit M. le curé, chantez plutôt quelque beau noël bourguignon. Vous y réjouirez votre âme en la sanctifiant.

— Volontiers, répondit mon bon maître. Il en est de Guy Barozai [170], que je tiens, en leur apparente rusticité, pour plus fins que le diamant et plus précieux que l'or. Celui-ci, par exemple :

> Lor qu'au lai saison qu'ai jaule
> Au monde Jésu-chri vin
> L'âne et le beu l'échaufin
> De le leu sofle dans l'étaule.
> Que d'âne et de beu je sai,
> Dans ce royaume de Gaule,
> Que d'âne et de beu je sai
> Qui n'en arein pas tan fai.

Le chirurgien, sa femme et le curé reprirent ensemble :

> Que d'âne et de beu je sai
> Dans ce royaume de Gaule
> Que d'âne et de beu je sai
> Qui n'en arein pas tan fai.

Et mon bon maître reprit d'une voix plus faible :

> Mais le pu béo de l'histoire
> Ce fut que l'âne et le beu
> Ainsin passire tô deu
> La nuit sans manger ni boire.
> Que d'âne et de beu je sai,
> Couver de pane et de moire,
> Que d'âne et de beu je sai
> Qui n'en arein pas tan fai !

Puis il laissa tomber sa tête sur l'oreiller et ne chanta plus.

— Il y a du bon en ce chrétien, nous dit M. le curé, beaucoup de bon, et tantôt encore il m'édifiait moi-même par de belles sentences. Mais il ne laisse point de m'inquiéter, car tout dépend de la fin, et l'on ne sait ce qui restera au fond du panier. Dieu, dans sa bonté, veut qu'un seul moment nous sauve ; encore faut-il que ce moment soit le dernier, de sorte que tout dépend d'une seule minute, auprès de laquelle le reste de la vie est comme rien. C'est ce qui me fait frémir pour ce malade, que les anges et les diables se disputent furieusement. Mais il ne faut point désespérer de la miséricorde divine.

Deux jours se passèrent en de cruelles alternatives. Après quoi, mon bon maître tomba dans une faiblesse extrême.

— Il n'y a plus d'espoir, me dit tout bas M. Coquebert. Voyez comme sa tête creuse l'oreiller, et remarquez que son nez est aminci.

En effet, le nez de mon bon maître, naguère gros et rouge, n'était plus qu'une lame recourbée, livide comme du plomb.

— Tournebroche, mon fils, me dit-il d'une voix encore pleine et forte, mais dont je n'avais jamais entendu le son, je sens qu'il me reste peu de temps à vivre. Allez me chercher ce bon prêtre, pour qu'il m'entende en confession.

M. le curé était à sa vigne, où je courus.

— La vendange est faite, me dit-il, et plus abondante que je n'espérais ; allons assister ce pauvre homme.

Je le ramenai auprès du lit de mon bon maître, et nous le laissâmes seul avec le mourant.

Il sortit au bout d'une heure et nous dit :

— Je puis vous assurer que monsieur Jérôme Coignard meurt dans des sentiments admirables de piété et d'humilité. Je vais à sa demande, et en considération de sa ferveur, lui donner le saint viatique. Pendant que je revêts l'aube et l'étole, veuillez, madame Coquebert, m'envoyer dans la sacristie l'enfant qui sert chaque matin ma messe basse, et préparer la chambre pour y recevoir le bon Dieu.

Madame Coquebert balaya la chambre, mit une couverture blanche au lit, posa au chevet une petite table qu'elle couvrit d'une nappe ; elle y plaça deux chandeliers dont elle alluma les chandelles, et une jatte de faïence où trempait dans l'eau bénite une branche de buis.

Bientôt nous entendîmes la sonnette agitée dans le chemin par le desservant, et nous vîmes entrer la croix aux mains d'un enfant, et le prêtre vêtu de blanc et portant les saintes espèces. Jahel, M. d'Anquetil, monsieur et madame Coquebert et moi, nous tombâmes à genoux.

— *Pax huic domui*, dit le prêtre.

— *Et omnibus habitantibus in ea*, répondit le desservant.

Puis M. le curé prit de l'eau bénite dont il aspergea le malade et le lit.

Il se recueillit un moment et dit avec solennité :

— Mon fils, n'avez-vous point une déclaration à faire ?

— Oui, monsieur, dit l'abbé Coignard, d'une voix assurée. Je pardonne à mon assassin.

Alors, l'officiant, tirant l'hostie du ciboire :

— *Ecce agnus Dei, qui tollit peccata mundi.*

Mon bon maître répondit en soupirant :

— Parlerai-je à mon Seigneur, moi qui ne suis que poudre et que cendre ? Comment oserai-je venir à vous, moi qui ne sens en moi-même aucun bien qui m'en puisse donner la hardiesse ? Comment vous introduirai-je chez moi, après avoir si souvent blessé vos yeux pleins de bonté ?

Et M. l'abbé Coignard reçut le saint viatique dans un

profond silence, déchiré par nos sanglots et par le grand bruit que madame Coquebert faisait en se mouchant.

Après avoir été administré, mon bon maître me fit signe d'approcher de son lit et me dit d'une voix faible, mais distincte :

— Jacques Tournebroche, mon fils, rejette, avec mon exemple, les maximes que j'ai pu te proposer pendant ma folie, qui dura, hélas ! autant que ma vie. Crains les femmes et les livres pour la mollesse et l'orgueil qu'on y prend. Sois humble de cœur et d'esprit. Dieu accorde aux petits une intelligence plus claire que les doctes n'en peuvent communiquer. C'est lui qui donne toute science. Mon fils, n'écoute point ceux qui, comme moi, subtiliseront sur le bien et sur le mal. Ne te laisse point toucher par la beauté et la finesse de leurs discours. Car le royaume de Dieu ne consiste pas dans les paroles, mais dans la vertu.

Il se tut, épuisé. Je saisis sa main qui reposait sur le drap, je la couvris de baisers et de larmes. Je lui dis qu'il était notre maître, notre ami, notre père, et que je ne saurais vivre sans lui.

Et je demeurai de longues heures abîmé de douleur au pied de son lit.

Il passa une nuit si paisible que j'en conçus comme un espoir désespéré. Cet état se soutint encore dans la journée qui suivit. Mais vers le soir il commença à s'agiter et à prononcer des paroles si indistinctes qu'elles restent tout entières un secret entre Dieu et lui.

A minuit il retomba dans un abattement profond et l'on n'entendait plus que le bruit léger de ses ongles qui grattaient les draps. Il ne nous reconnaissait plus.

Vers deux heures il commença de râler ; le souffle rauque et précipité qui sortait de sa poitrine était assez fort pour qu'on l'entendît au loin, dans la rue du village, et j'en avais les oreilles si pleines que je crus l'ouïr encore pendant les jours qui suivirent ce malheureux jour. A l'aube, il fit de la main un signe que nous ne pûmes comprendre et poussa un grand soupir. Ce fut le dernier. Son visage prit, dans la mort, une majesté digne du génie qui l'avait animé et dont la perte ne sera jamais réparée.

M. le curé de Vallars fit à M. Jérôme Coignard des obsèques solennelles. Il chanta la messe funèbre et donna l'absoute.

Mon bon maître fut porté dans le cimetière attenant à l'église. Et M. d'Anquetil donna à souper chez Gaulard à tous les gens qui avaient assisté à la cérémonie. On y but du vin nouveau et l'on y chanta des chansons bourguignonnes.

Le lendemain j'allai avec M. d'Anquetil remercier M. le curé de ses soins pieux.

— Ah ! dit le saint homme, ce prêtre nous a donné une grande consolation par sa fin édifiante. J'ai vu peu de chrétiens mourir dans de si admirables sentiments, et il conviendrait d'en fixer le souvenir sur sa tombe en une belle inscription. Vous êtes tous deux, messieurs, assez instruits pour y réussir, et je m'engage à faire graver sur une grande pierre blanche l'épitaphe de ce défunt, dans la manière et dans l'ordre que vous l'aurez composée. Mais souvenez-vous, en faisant parler la pierre, de ne lui faire proclamer que les louanges de Dieu.

Je le priai de croire que j'y mettrais tout mon zèle, et M. d'Anquetil promit, pour sa part, de donner à la chose un tour galant et gracieux.

— J'y veux, dit-il, m'essayer au vers français, en me guidant sur ceux de monsieur Chapelle.

— A la bonne heure ! dit M. le curé. Mais n'êtes-vous pas curieux de voir mon pressoir ? Le vin sera bon cette année, et j'en ai récolté en suffisante quantité pour mon usage et pour celui de ma servante. Hélas ! sans les fleurebers, nous en aurions bien davantage.

Après souper, M. d'Anquetil demanda l'écritoire et commença de composer des vers français. Puis, impatienté, il jeta en l'air la plume, l'encre et le papier.

— Tournebroche, me dit-il, je n'ai fait que deux vers, et encore ne suis-je pas assuré qu'ils sont bons : les voici tels que je les ai trouvés.

> Ci-dessous gît monsieur Coignard.
> Il faut bien mourir tôt ou tard.

Je lui répondis qu'ils avaient cela de bon de n'en point vouloir un troisième.

Et je passai la nuit à tourner une épitaphe latine [171] en la manière que voici :

D. O. M.
HIC JACET
IN SPE BEATÆ ÆTERNITATIS
DOMINUS HIERONYMUS COIGNARD
PRESBYTER
QUONDAM IN BELLOVACENSI COLLEGIO
ELOQUENTIÆ MAGISTER ELOQUENTISSIMUS
SAGIENSIS EPISCOPI BIBLIOTHECARIUS SOLERTISSIMUS
ZOZIMI PANOPOLITANI INGENIOSISSIMUS
TRANSLATOR
OPERE TAMEN IMMATURATA MORTE INTERCEPTO
PERIIT ENIM CUM LUGDUNUM PETERET
JUDEA MANU NEFANDISSIMA
ID EST A NEPOTE CHRISTI CARNIFICUM
IN VIA TRUCIDATUS
ANNO ÆT. LII°.

COMITATE FUIT OPTIMA DOCTISSIMO CONVICTU
INGENIO SUBLIMI
FACETIIS JUCUNDUS SENTENTIIS PLENUS
DONORUM DEI LAUDATOR
FIDE DEVOTISSIMA PER MULTAS TEMPESTATES
CONSTANTER MUNITUS
HUMILITATE SANCTISSIMA ORNATUS
SALUTI SUÆ MAGIS INTENTUS
QUAM VANO ET FALLACI HOMINUM JUDICIO
SIC HONORIBUS MUNDANIS
NUNQUAM QUÆSITIS
SIBI GLORIAM SEMPITERNAM
MERUIT

Ce qui revient à dire en français :

ICI REPOSE,
dans l'espoir de la bienheureuse éternité,
MESSIRE JÉROME COIGNARD,
prêtre,
autrefois très éloquent professeur d'éloquence
au Collège de Beauvais,
très zélé bibliothécaire de l'évêque
de Séez,
auteur d'une belle traduction de Zozime
le Panopolitain,
qu'il laissa malheureusement inachevée
quand survint sa mort prématurée.
Il fut frappé sur la route de Lyon,
dans la 52ᵉ année de son âge,
par la main très scélérate d'un juif,
et périt ainsi victime d'un neveu des bourreaux
de Jésus-Christ.

Il était d'un commerce agréable,
d'un docte entretien,
d'un génie élevé,
abondait en riants propos et en belles maximes,
et louait Dieu dans ses œuvres.
Il garda à travers les orages de la vie
une foi inébranlable.
Dans son humilité vraiment chrétienne,
Plus attentif au salut de son âme

qu'à la vaine et trompeuse opinion des hommes,
c'est en vivant sans honneurs
en ce monde,
qu'il s'achemina vers la gloire éternelle.

Trois jours après que mon bon maître eut rendu l'âme, M. d'Anquetil décida de se remettre en route. La voiture était réparée. Il donna l'ordre aux postillons d'être prêts pour le lendemain matin. Sa compagnie ne m'avait jamais été agréable. Dans l'état de tristesse où j'étais elle me devenait odieuse. Je ne pouvais supporter l'idée de le suivre avec Jahel. Je résolus de chercher un emploi à Tournus ou à Mâcon et d'y vivre caché jusqu'à ce que, l'orage étant apaisé, il me fût possible de retourner à Paris, où je savais que mes parents me recevraient les bras ouverts. Je fis part de ce dessein à M. d'Anquetil, et m'excusai de ne le point accompagner plus avant. Il s'efforça d'abord de me retenir, avec une bonne grâce à laquelle il ne m'avait guère préparé, puis il m'accorda volontiers mon congé. Jahel y eut plus de peine ; mais, étant naturellement raisonnable, elle entra dans les raisons que j'avais de la quitter.

La nuit qui précéda mon départ, tandis que M. d'Anquetil buvait et jouait aux cartes avec le chirurgien-barbier, nous allâmes sur la place, Jahel et moi, pour respirer l'air. Il était embaumé d'herbes et plein du chant des grillons.

— La belle nuit ! dis-je à Jahel. L'année n'en aura plus

guère de semblables; et peut-être, de ma vie, n'en reverrai-je point de si douce.

Le cimetière fleuri du village étendait devant nous ses immobiles vagues de gazon, et le clair de la lune blanchissait les tombes éparses sur l'herbe noire. La pensée nous vint, à tous deux en même temps, d'aller dire adieu à notre ami. La place où il reposait était marquée par une croix semée de larmes, dont le pied plongeait dans la terre molle. La pierre qui devait recevoir l'épitaphe n'y avait point encore été posée. Nous nous assîmes tout auprès, dans l'herbe, et là, par un insensible et naturel penchant, nous tombâmes dans les bras l'un de l'autre, sans craindre d'offenser par nos baisers la mémoire d'un ami que sa profonde sagesse rendait indulgent aux faiblesses humaines

Tout à coup Jahel me dit dans l'oreille, où elle avait précisément sa bouche :

— Je vois monsieur d'Anquetil, qui, sur le mur du cimetière, regarde attentivement de notre côté.

— Nous peut-il voir dans cette ombre ? demandai-je.

— Il voit sûrement mes jupons blancs, répondit-elle. C'est assez, je pense, pour lui donner envie d'en voir davantage.

Je songeais déjà à tirer l'épée et j'étais fort décidé à défendre deux existences qui, dans ce moment, étaient encore, peu s'en faut, confondues. Le calme de Jahel m'étonnait; rien, dans ses mouvements ni dans sa voix, ne trahissait la peur.

— Allez, me dit-elle, fuyez, et ne craignez rien pour moi. C'est une surprise que j'ai plutôt désirée. Il commençait à se lasser, et ceci est excellent pour ranimer son goût et assaisonner son amour. Allez et laissez-moi ! Le premier moment sera dur, car il est d'un caractère violent. Il me battra, mais je ne lui en serai ensuite que plus chère. Adieu !

— Hélas ! m'écriai-je, ne me prîtes-vous donc, Jahel, que pour aiguiser les désirs d'un rival ?

— J'admire que vous veuilliez me quereller, vous aussi ! Allez, vous dis-je !

— Eh quoi ! vous quitter de la sorte ?

— Il le faut, adieu ! Qu'il ne vous trouve pas ici. Je veux bien lui donner de la jalousie, mais avec délicatesse. Adieu, adieu !

A peine avais-je fait quelques pas dans le labyrinthe des tombes, que M. d'Anquetil, s'étant approché d'assez près pour reconnaître sa maîtresse, fit des cris et des jurements à réveiller tous ces morts de village. J'étais impatient d'arracher Jahel à sa rage. Je pensais qu'il l'allait tuer. Déjà je me glissais à son secours dans l'ombre des pierres. Mais, après quelques minutes, pendant lesquelles je les observai très attentivement, je vis M. d'Anquetil la pousser hors du cimetière et la ramener à l'auberge de Gaulard avec un reste de fureur qu'elle était bien capable d'apaiser seule et sans secours.

Je rentrai dans ma chambre lorsqu'ils eurent regagné la leur. Je ne dormis point de la nuit, et, les guettant à l'aube, par la fente des rideaux, je les vis traverser la cour de l'auberge dans une grande apparence d'amitié.

Le départ de Jahel augmenta ma tristesse. Je m'étendis à plat ventre au beau milieu de ma chambre et, le visage dans les mains, je pleurai jusqu'au soir.

A cet endroit, ma vie perd l'intérêt qu'elle empruntait des circonstances, et ma destinée, redevenant conforme à mon caractère, n'offre plus rien que de commun. Si j'en prolongeais les mémoires, mon récit paraîtrait bientôt insipide. Je l'achèverai en peu de mots. M. le curé de Vallars me donna une lettre de recommandation pour un marchand de vin de Mâcon, chez qui je fus employé pendant deux mois, au bout desquels mon père m'écrivit qu'il avait arrangé mes affaires et que je pouvais sans danger revenir à Paris.

Aussitôt je pris le coche et fis le voyage avec des recrues. Mon cœur battit à se rompre quand je revis la rue Saint-Jacques, l'horloge de Saint-Benoît-le-Bétourné, l'enseigne des *Trois Pucelles* et la *Sainte-Catherine* de M. Blaizot.

Ma mère pleura à ma vue; je pleurai, nous nous embrassâmes et nous pleurâmes encore. Mon père, accouru en grande hâte du *Petit Bacchus*, me dit avec une dignité attendrie :

— Jacquot, mon fils, je ne te cache pas que je fus fort courroucé contre toi quand je vis les sergents entrer à la *Reine Pédauque* pour te prendre, ou, à ton défaut, m'emmener en ta place. Ils ne voulaient rien entendre, alléguant qu'il me serait loisible de m'expliquer en

prison. Ils te recherchaient sur une plainte de monsieur
de la Guéritaude. Je m'en formai une horrible idée de tes
désordres. Mais, ayant appris, par tes lettres, que ce
n'était que peccadilles, je ne pensai plus qu'à te revoir.
J'ai maintes fois consulté le cabaretier du *Petit Bacchus*
sur les moyens d'étouffer ton affaire. Il me répondit
toujours : « Maître Léonard, allez trouver le juge avec un
gros sac d'écus, et il vous rendra votre gars blanc comme
neige. » Mais les écus sont rares ici, et il n'est poule, oie,
ni cane dans ma maison qui ponde des œufs d'or. C'est
tout au plus si la volaille, à l'heure d'aujourd'hui, me
paye le feu de ma cheminée. Par bonheur, ta sainte et
digne mère eut l'idée d'aller trouver la mère de monsieur
d'Anquetil, que nous savions occupée en faveur de son
fils, recherché en même temps que toi, pour la même
affaire. Car je reconnais, mon Jacquot, que tu as fait le
polisson en compagnie d'un gentilhomme, et j'ai le cœur
trop bien situé pour ne pas sentir l'honneur qui en
rejaillit sur toute la famille. Ta mère demanda donc
audience à madame d'Anquetil, en son hôtel du faubourg
Saint-Antoine. Elle s'était proprement habillée, comme
pour aller à la messe ; et madame d'Anquetil la reçut avec
bonté. Ta mère est une sainte femme, Jacquot, mais elle
n'a pas beaucoup d'usage, et elle parla d'abord sans à-
propos ni convenance. Elle dit : « Madame, à nos âges, il
ne nous reste, après Dieu, que nos enfants. » Ce n'était
pas ce qu'il fallait dire à cette grande dame qui a encore
des galants.

— Taisez-vous, Léonard, s'écria ma mère. La
conduite de madame d'Anquetil ne vous est point connue
et il faut que j'aie assez bien parlé à cette dame,
puisqu'elle m'a répondu : « Soyez tranquille, madame
Ménétrier ; je m'emploierai pour votre fils, comme pour
le mien ; comptez sur mon zèle. » Et vous savez,
Léonard, que nous reçûmes, avant qu'il fût deux mois,

l'assurance que notre Jacquot pouvait rentrer à Paris sans être inquiété.

Nous soupâmes de bon appétit. Mon père me demanda si je comptais rester au service de M. d'Astarac. Je répondis qu'après la mort à jamais déplorable de mon bon maître, je ne souhaitais point de me retrouver, avec le cruel Mosaïde, chez un gentilhomme qui ne payait ses domestiques qu'en beaux discours. Mon père m'invita obligeamment à tourner sa broche comme devant.

— Dans ces derniers temps, Jacquot, me dit-il, j'avais donné cet emploi à frère Ange : mais il s'en acquittait moins bien que Miraut, et même que toi. Ne veux-tu point, mon fils, reprendre ta place sur l'escabeau, au coin de la cheminée ?

Ma mère, qui, toute simple qu'elle était, ne manquait point de jugement, haussa les épaules et me dit :

— Monsieur Blaizot, qui est libraire à l'*Image Sainte-Catherine,* a besoin d'un commis. Cet emploi, mon Jacquot, t'ira comme un gant. Tu es de mœurs douces et tu as de bonnes manières. C'est ce qui convient pour vendre des Bibles.

J'allai tout aussitôt m'offrir à M. Blaizot qui me prit à son service.

Mes malheurs m'avaient rendu sage. Je ne fus pas rebuté par l'humilité de ma tâche et je la remplis avec exactitude, maniant le plumeau et le balai au contentement de mon patron.

Mon devoir était de faire une visite à M. d'Astarac. Je me rendis chez ce grand alchimiste le dernier dimanche de novembre, après le dîner du midi. La distance est longue de la rue Saint-Jacques à la Croix-des-Sablons et l'almanach ne ment point, quand il annonce que les jours sont courts en novembre. Quand j'arrivai au Roule, il faisait nuit, et une brume noire couvrait la route déserte. Je songeais tristement, dans les ténèbres.

— Hélas ! me disais-je, il y aura bientôt un an que

pour la première fois je fis cette même route, dans la neige, en compagnie de mon bon maître, qui repose maintenant dans un village de Bourgogne, sur un coteau de vigne. Il s'endormit dans l'espérance de la vie éternelle. Et c'est là une espérance qu'il convient de partager avec un homme si docte et si sage. Dieu me garde de douter jamais de l'immortalité de l'âme ! Mais il faut bien se l'avouer à soi-même, tout ce qui tient à une existence future et à un autre monde est de ces vérités insensibles auxquelles on croit sans en être touché et qui n'ont ni goût, ni saveur aucune, en sorte qu'on les avale sans s'en apercevoir. Pour ma part, je ne suis pas consolé par la pensée de revoir un jour monsieur l'abbé Coignard dans le paradis. Sûrement il n'y sera plus reconnaissable et ses discours n'auront pas l'agrément qu'ils empruntaient des circonstances.

En faisant ces réflexions, je vis devant moi une grande lueur qui s'étendait à la moitié du ciel ; le brouillard en était roussi jusque sur ma tête, et cette lumière palpitait à son centre. Une lourde fumée se mêlait aux vapeurs de l'air. Je craignis tout de suite que ce ne fût l'incendie du château d'Astarac. Je hâtai le pas, et je reconnus bientôt que mes craintes n'étaient que trop fondées. Je découvris le calvaire des Sablons d'un noir opaque, sur une poudre de flamme, et je vis presque aussitôt le château, dont toutes les fenêtres flambaient comme en une fête sinistre. La petite porte verte était défoncée. Des ombres s'agitaient dans le parc et murmuraient d'horreur. C'étaient des habitants du bourg de Neuilly, accourus en curieux et pour porter secours. Quelques-uns lançaient par une pompe des jets d'eau qui, dans le foyer ardent, se convertissaient en vapeur. Une épaisse colonne de fumée s'élevait au-dessus du château. Une pluie de flammèches et de cendres tombait autour de moi et je m'aperçus bientôt que mes habits et mes mains en étaient noircis. Je songeai avec désespoir que cette poussière qui remplissait l'air était le reste de tant de beaux livres et de manuscrits précieux, qui avaient fait la joie de mon bon maître, le reste, peut-être, de Zozime le Panopolitain, auquel nous avions travaillé ensemble dans les plus nobles heures de ma vie.

J'avais vu mourir M. l'abbé Jérôme Coignard. Cette fois, c'est son âme même, son âme étincelante et douce, que je croyais voir réduite en poudre avec la reine des bibliothèques. Je sentais qu'une part de moi-même était détruite en même temps. Le vent qui s'élevait attisait l'incendie, et les flammes faisaient un bruit de gueules voraces.

Avisant un homme de Neuilly, plus noirci encore que moi, et n'ayant que sa veste, je lui demandai si l'on avait sauvé M. d'Astarac et ses gens.

— Personne, me dit-il, n'est sorti du château, hors un vieux juif qu'on vit s'enfuir avec des paquets, du côté des marécages. Il habitait le pavillon du garde, sur la rivière, et était haï pour son origine et pour les crimes dont on le soupçonnait. Des enfants le poursuivirent. Et en fuyant il tomba dans la Seine. On l'a repêché mort, pressant sur son cœur un grimoire et six tasses d'or. Vous pourrez le voir sur la berge, dans sa robe jaune. Il est affreux, les yeux ouverts.

— Ah! répondis-je, cette fin était due à ses crimes. Mais sa mort ne me rend pas le meilleur des maîtres qu'il a assassiné! Dites-moi encore : n'a-t-on pas vu monsieur d'Astarac?

Au moment où je faisais cette question, j'entendis près de moi une des ombres agitées pousser un cri d'angoisse :

— Le toit va s'effondrer!

Alors je reconnus avec horreur la grande forme noire de M. d'Astarac qui courait dans les gouttières. L'alchimiste cria d'une voix éclatante :

— Je m'élève sur les ailes de la flamme, dans le séjour de la vie divine.

Il dit ; soudain le toit s'abîma avec un fracas horrible, et des flammes hautes comme des montagnes enveloppèrent l'ami des Salamandres.

Il n'est pas d'amour qui résiste à l'absence. Le souvenir de Jahel, d'abord cuisant, s'adoucit peu à peu et il ne m'en resta qu'une irritation vague, dont elle n'était plus même l'unique objet.

M. Blaizot se faisait vieux. Il se retira à Montrouge, dans sa maisonnette des champs, et me vendit son fonds, moyennant une rente viagère. Devenu, en son lieu, libraire juré, à l'*Image Sainte-Catherine*, j'y fis retirer mon père et ma mère, dont la rôtisserie ne flambait plus depuis quelque temps. Je me sentis du goût pour mon humble boutique, et je pris soin de l'orner. Je clouai aux portes de vieilles cartes vénitiennes et des thèses ornées de gravures allégoriques qui y font un ornement ancien et baroque, sans doute, mais plaisant aux amis de bonnes études. Mon savoir, à la condition de le cacher avec soin, ne me fut pas trop nuisible dans mon trafic. Il m'eût été plus contraire, si j'eusse été libraire-éditeur, comme Marc-Michel Rey [172], et obligé, comme lui, de gagner ma vie aux dépens de la sottise publique.

Je tiens, comme on dit, les auteurs classiques, et c'est une denrée qui a cours dans cette docte rue Saint-Jacques dont il me plairait d'écrire un jour les antiquités et illustrations. Le premier imprimeur parisien y établit ses presses vénérables. Les Cramoisy, que Guy Patin nomme

les rois de la rue Saint-Jacques[173], y ont édité le corps de
nos historiens. Avant que s'élevât le Collège de France,
les lecteurs du roi, Pierre Danès, François Vatable,
Ramus[174], y donnèrent leurs leçons dans un hangar d'où
l'on entendait les querelles des crocheteurs et des lavan-
dières. Et comment oublier Jean de Meung[175] qui, dans
une maisonnette de cette rue, composa le *Roman de la
Rose* * ?

J'ai la jouissance de toute la maison, qui est vieille et
date pour le moins du temps des Goths, comme il y paraît
aux poutres de bois qui se croisent sur l'étroite façade,
aux deux étages en encorbellement et à la toiture
penchante, chargée de tuiles moussues. Elle n'a qu'une
fenêtre par étage. Celle du premier est fleurie en toute
saison et garnie de ficelles où grimpent au printemps les
liserons et les capucines. Ma bonne mère les sème et les
arrose.

C'est la fenêtre de sa chambre. On l'y voit de la rue,
lisant ses prières dans un livre imprimé en grosses lettres,
au-dessus de l'image de sainte Catherine. L'âge, la
dévotion et l'orgueil maternel lui ont donné grand air, et,
à voir son visage de cire sous la haute coiffe blanche, on
jurerait une riche bourgeoise.

Mon père, en veillissant, a pris aussi quelque majesté.
Comme il aime l'air et le mouvement, je l'occupe à porter
des livres en ville. J'y avais d'abord employé frère Ange,
mais il demandait l'aumône à mes clients, leur faisait
baiser des reliques, leur volait leur vin, caressait leur
servante, et laissait la moitié de mes livres dans tous les
ruisseaux du quartier. Je lui retirai sa charge au plus vite.
Mais ma bonne mère, à qui il fait croire qu'il a des secrets

---

* Jacques Tournebroche ignorait que François Villon habita dans la
rue Saint-Jacques, au Cloître-Saint-Benoît, la maison dite de la *Porte
verte*. L'élève de M. Jérôme Coignard aurait pris sans doute plaisir à
rappeler le souvenir de ce vieux poète qui, comme lui, connut diverses
espèces de gens.

pour gagner le ciel, lui donne la soupe et le vin. Ce n'est pas un méchant homme, et il a fini par m'inspirer une espèce d'attachement.

Plusieurs savants et quelques beaux esprits fréquentent dans ma boutique. Et c'est un grand avantage de mon état que d'y être en commerce quotidien avec des gens de mérite. Parmi ceux qui viennent le plus souvent feuilleter chez moi les livres nouveaux et converser familièrement entre eux, il est des historiens aussi doctes que Tillemont, des orateurs sacrés qui égalent en éloquence Bossuet et même Bourdaloue, des poètes comiques et tragiques, des théologiens en qui la pureté des mœurs s'unit à la solidité de la doctrine, des auteurs estimés de nouvelles espagnoles, des géomètres et des philosophes, capables, comme M. Descartes, de mesurer et de peser les univers. Je les admire, je goûte leurs moindres paroles. Mais aucun, à mon sens, n'égale en génie le bon maître que j'eus le malheur de perdre sur la route de Lyon ; aucun ne me rappelle cette incomparable élégance de pensée, cette douce sublimité, cette étonnante richesse d'une âme toujours épanchée et ruisselante, comme l'urne de ces fleuves qu'on voit représentés en marbre dans les jardins ; aucun ne me rend cette source inépuisable de science et de morale, où j'eus le bonheur d'abreuver ma jeunesse ; aucun ne me donne seulement l'ombre de cette grâce, de cette sagesse, de cette force de pensée qui brillaient en M. Jérôme Coignard. Je le tiens, celui-là, pour le plus gentil esprit qui ait jamais fleuri sur la terre.

FIN

DOSSIER

CHRONOLOGIE

1805 Naissance à Luigné, près d'Angers, de François-Noël Thibault, qui, orphelin de père très jeune, travaille dans une ferme avant de s'engager en 1826 dans un régiment d'infanterie de la garde royale, licencié en 1830. Il apprend à lire et à écrire, s'instruit alors, devient libraire à Paris chez Techener, puis fonde en 1839 la « librairie France-Thibault », bientôt « librairie France ». Ce nom est en Touraine la forme diminutive courante de François. Cette librairie est spécialisée dans les documents sur la Révolution, mais c'est dans un esprit de réhabilitation des royalistes. En 1844, elle se trouve quai Malaquais ; en 1853, quai Voltaire.

1811 Naissance à Chartres d'Antoinette Gallas, fille naturelle d'Amable Gallas. Celle-ci se marie une première fois en 1812, devient veuve, se remarie en 1815 avec Jean-Pierre Dufour. Jeunesse mélancolique d'Antoinette, premier mariage et veuvage.

1840 Mariage de François-Noël Thibault avec Antoinette Gallas.

1844 16 avril. Naissance de leur fils Anatole, qui, dès son enfance, portera indifféremment le nom de « France » ou celui de « Thibault ». Élève à partir de 1855 au collège Stanislas ; résultats médiocres sauf parfois en français et en latin. Il souffre d'être presque pauvre dans un milieu riche.

1860 Vain amour pour Élisa Rauline, qui entre en religion.

1861 Amoureux de l'actrice Élise Devoyod, il lui dédie secrètement des poèmes, avant de l'aborder et d'être éconduit par elle en 1866. Bachelier seulement en 1864, France collabore à de petites revues et travaille chez des libraires ; il refuse en 1866 de prendre la suite de son père, qui voit d'un mauvais œil ses essais littéraires. Il s'agrège au groupe parnassien en 1867.

1873 *Les Poèmes dorés*, recueil, chez Lemerre.

1874 Passion vaine pour Marie Charavay, qui se marie avec un autre.

1875   Refuse Mallarmé et Verlaine pour *Le Parnasse contemporain*.

1876   *Les Noces corinthiennes*, chez Lemerre. Anatole France devient en août commis-surveillant à la Bibliothèque du Sénat. Collaboration à de nombreux journaux. Préfaces à des classiques, chez Lemerre et chez Charavay.

1877   28 avril. Mariage avec Valérie Guérin de Sauville.

1879   *Jocaste et le Chat maigre*, chez Calmann-Lévy, qui devient son éditeur attitré.

1881   Naissance de sa fille Suzanne. Installation dans un petit hôtel, 5 rue Chalgrin, à Neuilly. Publication du *Crime de Sylvestre Bonnard*.

1882   *Les Désirs de Jean Servien*, roman donné à Lemerre pour se libérer de son premier contrat.

1883   Anatole France, présenté à Ernest Renan par son gendre Jean Psichari, se lie avec lui. Il fréquente également les salons de Mme de Loynes et de Mme Aubernon.

1885   *Le Livre de mon ami*, chez Calmann-Lévy.

1887   Janvier. Anatole France devient le titulaire de la rubrique « La Vie littéraire », dans *Le Temps*, et ainsi l'un des critiques les plus influents à Paris. *La Vie littéraire*, tome I, paraîtra en 1888 ; trois tomes suivront.

1888   Été : liaison avec Mme de Caillavet, née en 1844. Avenue Hoche, elle a un salon littéraire important (Marcel Proust en est un des fidèles à partir de 1889).

1889   *Balthasar*, contes.
      Anatole France quitte la Bibliothèque du Sénat, où il a toujours travaillé distraitement.
      Juillet-septembre : querelle du *Disciple*. Brunetière ayant pris prétexte de ce roman de Paul Bourget pour soutenir que la morale sociale prime la recherche intellectuelle, France proteste violemment. Évolution vers le libéralisme. D'abord très opposé à Zola, France publie en 1890 un article assez élogieux sur *La Bête humaine*, en 1892 un article très élogieux sur *La Débâcle*.
      Réconciliation en 1893 avec Mallarmé.
      Grand éloge de Verlaine à plusieurs reprises, entre 1889 et 1896.

1890   *Thaïs*, roman.

1892   *L'Étui de nacre*, contes.
      Juin : Anatole France quitte le domicile conjugal et adresse à Mme France une lettre de séparation. Il s'installe 13, rue de Sontay.
      2 octobre : mort d'Ernest Renan.
      6 octobre-2 décembre : publication en feuilletons de *La Rôtisserie de la reine Pédauque* dans *L'Écho de Paris*.

1893   Mars : mort de Taine, ancien maître à penser d'Anatole France. Publication en volume de *La Rôtisserie de la reine Pédauque*.

Procès des panamistes.

Mai-juin : voyage en Italie avec Mme de Caillavet, et son fils et sa jeune épouse.

2 août : le divorce est prononcé aux torts d'Anatole France.

Octobre : publication des *Opinions de M. Jérôme Coignard*.

1894 *Le Lys rouge*, roman.

Le Jardin d'Épicure, recueil de pensées et dialogues.

Anatole France s'installe dans un hôtel particulier, 5 villa Saïd.

1895 *Le Puits de sainte Claire*, nouvelles.

1896 23 janvier. France est élu à l'Académie française, au fauteuil de Ferdinand de Lesseps. Réception le 24 décembre.

1897 Janvier, *L'Orme du Mail*, roman.

Septembre, *Le Mannequin d'osier*, roman. Ce sont les deux premiers tomes d'*Histoire contemporaine*, formés d'articles parus depuis 1895 dans *L'Écho de Paris*.

23 novembre : interviewé par *L'Aurore*, France refuse de se prononcer sur la culpabilité de Dreyfus. C'est dire publiquement qu'il souhaite la révision de son procès, violemment refusée par la plus grande partie de l'opinion.

1898 14 janvier. Zola ayant publié la veille « J'accuse » dans *L'Aurore*, France signe en second lieu, juste après Zola, la pétition dite « des intellectuels » demandant la révision du procès.

19 février. France dépose au procès Zola. Campagne d'injures contre lui, lettres et articles.

1899 Février, *L'Anneau d'améthyste* (*Histoire contemporaine*, tome III).

France quitte *L'Écho de Paris*, antidreyfusard, pour collaborer au *Figaro*, dreyfusard.

Juin, *Pierre Nozière*, chez Lemerre.

Novembre, *Clio*, contes, chez Calmann-Lévy.

1900 Anatole France, constatant l'hostilité politique de plusieurs de ses confrères, cesse d'assister aux séances de l'Académie. Il milite auprès de Jaurès et s'inscrit au Parti socialiste (jusqu'en 1914).

1901 Février, *Monsieur Bergeret à Paris* (*Histoire contemporaine*, tome IV).

Décembre, *L'Affaire Crainquebille* illustrée par Steinlen, chez Pelletan.

1902 *Opinions sociales*, articles engagés et discours, chez Pelletan.

1903 *Histoire comique*, roman, chez Calmann-Lévy.

Anatole France milite pour la séparation de l'Église et de l'État. Il écrit la préface à *Une campagne laïque* de Combes.

1905 *Sur la pierre blanche*, roman, paru en feuilletons dans *L'Humanité* dès sa fondation par Jaurès, en avril 1904.

1908 Février et mars, *Vie de Jeanne d'Arc*, deux tomes.

Octobre, *L'Île des Pingouins*, roman.

Les contes de Jacques Tournebroche, contes.

1909   Voyage d'Anatole France en Amérique du Sud. Liaison publique
       avec l'actrice Jeanne Brindeau. En août, après une tentative de
       suicide de Mme de Caillavet, il rentre à Paris et rompt avec
       Jeanne Brindeau.
       Maladie de Mme de Caillavet.
       Les Sept Femmes de la Barbe-Bleue, contes.

1910   12 janvier, mort de Mme de Caillavet. Désespoir d'Anatole
       France, qui écrit jusqu'en 1913 ses remords, son impossibilité
       d'autre attachement vrai, et aussi le travail en lui d'un souvenir
       qui s'estompe, dans des carnets personnels (Édition posthume sous
       le titre *Carnets intimes*).

1911   Liaison avec une Américaine, Mme Gagey, qu'il trouve trop
       exaltée et repousse assez vite. Elle se suicide en décembre.
       Nombreuses autres liaisons.

1912   *Les Dieux ont soif,* roman.

1914   *La Révolte des Anges,* roman.
       Anatole France s'installe à La Béchellerie, près de Tours. Le 22
       septembre, il adresse au journal *La Guerre sociale* un article
       protestant contre le bombardement par les Allemands de la
       cathédrale de Reims et prédisant la victoire française, mais qui se
       termine par la phrase : « Nous proclamerons [alors] que le peuple
       français admet dans son amitié l'ennemi vaincu. » Tollé général,
       lettres d'injures, menaces de mort. Il demande à s'engager, songe
       au suicide, écrit des articles patriotiques.

1916   Janvier, *Sur la voie glorieuse,* recueil de ces articles, publié chez
       Champion, et suivi de *Ce que disent nos morts.*
       France observe ensuite le silence jusqu'à la fin de la guerre.
       En juillet, Anatole France retourne à l'Académie pour la
       première fois depuis 1900.

1919   *Le Petit Pierre.*
       France affirme sa foi dans le socialisme et signe des appels en
       faveur de la Russie. Mais il ne se réinscrit pas au Parti socialiste.

1920   Congrès de Tours, création du Parti communiste. France ne s'y
       inscrit pas. Il demeure sympathisant du socialisme et du commu-
       nisme.
       Mariage le 11 octobre avec Emma Laprévotte, ancienne gouver-
       nante chez Mme de Caillavet, qui vit villa Saïd depuis décembre
       1910.

1921   Il reçoit le prix Nobel de littérature le 10 décembre à Stockholm.

1922   *La Vie en fleur.*
       Novembre : *L'Humanité* publie d'Anatole France un « Salut aux
       Soviets », mais Anatole France a envoyé le 17 mars aux mêmes
       Soviets un télégramme s'élevant contre le premier des « grands
       procès », intenté aux socialistes révolutionnaires. Il demeure

fidèle à la Ligue des droits de l'homme, malgré l'hostilité du Congrès de l'Internationale. Aussi, à partir de décembre 1922, est-il exclu de la collaboration à tous les journaux communistes.

1923 Dernier discours, au Trocadéro, pour le centenaire de Renan.

1924 24 mai, grande fête au Trocadéro pour ses 80 ans.

12 octobre, il meurt à La Béchellerie. Funérailles nationales le 18 octobre.

BIBLIOGRAPHIE

1°) *Œuvres* d'Anatole France. Elles sont en cours de publication par Marie-Claire Bancquart dans la Bibliothèque de La Pléiade. Le tome I a paru en 1984, le tome II en 1987. Celui-ci va de *La Rôtisserie de la reine Pédauque* au *Mannequin d'osier*. Deux autres tomes sont prévus. Les œuvres (romans, contes, œuvres autobiographiques) sont classées par ordre chronologique.
Anatole France et Mme de Caillavet, lettres intimes, éd. Jacques Suffel, Nizet, 1984.

2°) *Sur Anatole France :*

M.-C. Bancquart : *Anatole France polémiste*, Nizet, 1963. *Anatole France, un sceptique passionné*, Calmann-Lévy, 1984.

J. Levaillant : *Les Aventures du scepticisme — Essai sur l'évolution intellectuelle d'Anatole France*, Armand Colin, 1966.

J. Suffel : *Anatole France par lui-même*, Seuil, 1954.

A. Vandegans : *Anatole France, les années de formation*, Nizet, 1954.

Manuscrits de la Rôtisserie de la reine Pédauque

a. Un premier manuscrit appartenait à M. Robert Calmann-Lévy. Il s'y trouve notamment des pages, retranchées ensuite par Anatole France, sur les amours de Jacques Tournebroche libraire avec une dévote.

b. Un dossier de travail se trouvait en la possession de M. le colonel Siklès : il contient des notes sur l'alchimie, sur le voyage de Paris à Lyon en diligence, et des renseignements divers.

c. Un manuscrit légué par Mme de Caillavet à la Bibliothèque nationale (nafr 10806-808) correspond à l'édition du roman en feuilletons dans *L'Écho de Paris*.

NOTES

p. 33.

1. Les manifestes rosicruciens font remonter l'ordre au XIVᵉ siècle. Au XVIIᵉ, il prit une grande expansion en Angleterre avec Robert Fludd, en Allemagne avec Michael Maier et Theophilus Schweighardt. Au XVIIIᵉ siècle, la vogue de l'illuminisme mit à la mode sa doctrine, car il s'intéressait à la science des nombres et à l'alchimie. On trouvera de longs développements sur les Rose-Croix, par exemple, dans l'ouvrage de l'abbé Langlet-Dufresnoy, *Histoire de la philosophie hermétique*, 1742.

p. 34.

2. Cette édition est la moins fiable de toutes, car elle contient une pièce apocryphe. Anatole France, qui la possédait, le savait fort bien. Mais c'est sa coutume, quand il parle de détails érudits, de les « annuler » en partie par une référence douteuse.

3. L'origine du nom de Coignard n'a pas été expliquée par Anatole France. Mais Jean-Baptiste Coignard était un illustre imprimeur des années 1720, qui avait boutique rue Saint-Jacques, à la *Bible d'or*. C'est le nom de la librairie dans laquelle le jeune Jérôme Coignard succombe aux charmes d'une femme (voir p. 46). Jean-Baptiste Coignard imprima entre autres le *Dictionnaire historique* de Moreri, dans lequel on trouve un article sur l'abbé de Villars qu'utilise France. Ce sont des indices qui concourent à expliquer le nom de notre héros.

4. Claude Rollin (1661-1741), recteur de l'Université de Paris en 1694, janséniste convaincu, releva de la médiocrité où il était tombé le collège de Beauvais.

p. 36

5. Cette reine est sculptée au portail d'églises du Moyen Âge, comme celle de Saint-Pourçain, ou de Saint-Bénigne à Dijon ; elle porte couronne et ses pieds sont palmés (« pé d'ouco » en langue d'oc : « pied

d'oie »). Sur son origine, on hésite : est-elle Berthe, femme et cousine de Robert le Pieux, ou est-elle la reine de Saba ?

p. 37

6. C'est ainsi qu'on désignait l'alphabet, car ce livre commençait toujours par une croix imprimée avant les lettres, comme l'indique le *Dictionnaire* de Furetière.

p. 38

7. Sainte Marguerite passait en effet pour protéger les femmes en couches : il suffisait d'appliquer sur leur ventre un opuscule de sa *Vie*, très vendu par les colporteurs. Rabelais fait allusion à cette superstition dans *Gargantua*, I, 6.

p. 39

8. C'est le nom d'un novice tout à fait vicieux, dans *La Mouche* de Ch. de Mouhy (1777).

p. 41

9. *Idylle*, XI, 1-3 : « Il n'est contre l'amour aucun remède, Nikias, ni baume, ni poudre, hors le commerce des Muses. »

p. 43

10. Voiture, dont les *Œuvres* furent publiées en 1653, était comme Guez de Balzac qui publia ses *Lettres* en 1624 un familier de l'hôtel de Rambouillet. Le programme de Coignard, qui inclut le français et le grec, est moderne par rapport à l'enseignement de l'époque, qui reposait essentiellement sur le latin.

p. 44

11. Téos est un port d'Ionie ; Anacréon le poète y naquit au VIᵉ siècle avant notre ère ; Chaulieu, qui célébrait comme lui le vin et l'amour au début du XVIIIᵉ siècle, avait été surnommé « L'Anacréon du Temple » (il s'agit de l'enclos du Temple) par les familiers du duc de Vendôme, dont il était.

p. 45

12. Eugène, illustre rhéteur gaulois, assassina l'empereur Valentinien, dont il était le familier, en 392. Il régna deux ans et fut décapité en 394 sur l'ordre de Théodose.

p. 46

13. Charles Coffin, janséniste, succéda à Rollin dans la direction du collège de Beauvais ; l'abbé Duguet, également janséniste, y enseigna, de même que Guérin et Baffier.

14. Ce sont les ouvrages censurés en France et imprimés en Hollande, ou censés l'être, car beaucoup en réalité l'étaient à Rouen.

15. Éditions savantes de la ville de Deux-Ponts, « Bipontum » en latin.

16. Ferri, pasteur à Metz, entretint avec Bossuet une correspondance sur l'union des Églises protestante et catholique ; Lenain ou Le Nain de Tillemont est l'auteur des *Mémoires pour servir à l'histoire ecclésiastique des six premiers siècles* (1693-1712) ; Godefroy fut au XVIe siècle un magistrat tolérant, qui écrivit sur l'hérésie et le droit ; Mézeray publia à partir de 1643 une *Histoire de France*, et se signala par son libéralisme ; Maimbourg, jésuite, fit scandale dans les années 1680 par son *Traité historique des libertés de l'Église de Rome*, gallican ; Jean-Albert Fabricius est l'auteur d'une monumentale *Bibliotheca graeca*, Hambourg 1706-1728 ; Jacques Lelong (1665-1721) publia la *Bibliothèque historique de la France*, considérée comme séditieuse ; Denis Petau (leçon du manuscrit que nous rétablissons à la place de « Pitou » qu'on imprima par erreur) fut, au XVIIe siècle, un grand orateur. Il publia les œuvres de Synésius. On voit que, parmi les auteurs cités par Coignard, il s'en trouve beaucoup qui firent preuve d'une liberté d'esprit peu appréciée par les autorités religieuses et civiles.

p. 47

17. Bellérophon fut injustement accusé par la reine de Corinthe d'avoir voulu la séduire, mais il finit par triompher de cette accusation après avoir accompli un grand nombre d'exploits, et, notamment, vaincu la Chimère.

18. Surnom des huguenots, d'après une chanson qui parlait d'une vache entrée au temple et tuée par les assistants, qui auraient ensuite quêté pour le propriétaire. L'expression remonte au début du XVIIe siècle.

p. 48

19. Secte fondée par Lelio Socin en 1562. Elle pense que la Bible est la seule base de la foi, mais se sépare du protestantisme en ce qui concerne la grâce et les sacrements.

20. Ulrich de Hutten, défroqué, publia des satires contre le clergé sous le titre *Epistolae obscurorum virorum*, les « lettres » dont parle Coignard. Il mourut très solitaire en 1523.

21. Séez (Sées), près d'Alençon, siège d'un évêché, avait une riche bibliothèque non dans l'évêché, mais dans le grand séminaire, situé dans une abbaye appartenant aux bénédictins de Saint-Maur.

22. Femme de bailli, officier de justice.

23. Saint Pacôme vécut au IVe siècle de notre ère et fut l'auteur de la règle des cénobites, dans le désert de la Thébaïde.

p. 49

24. *Armide et Renaud*, tragédie lyrique de Quinault, musique de Lulli, représentée à l'Opéra en 1686 ; la danseuse, dont le nom est imaginaire, reçoit un libelle imprimé par Marc-Michel Rey, qui fut l'imprimeur de *La Nouvelle Héloïse*.

25. Cassiodore (ve siècle), à la chute de l'empereur Athalaric sous le règne duquel il avait exercé de hautes fonctions, se réfugia dans un monastère de Calabre. Il réunit une vaste bibliothèque et écrivit des ouvrages d'érudition.

p. 50

26. La foire Saint-Germain, qui accueillit les comédiens italiens quand ils furent chassés en 1697 de leur théâtre de la rue Mauconseil. Lesage écrivit pour eux, au début du XVIIIe siècle, une centaine de pièces, arlequinades fraîches et divertissantes.

27. Saint Basile, évêque de Césarée de Cappadoce, prononça de célèbres homélies sur les vices du monde. Elles sont pleines de considérations sur la relativité du bonheur et des richesses, qu'on peut rapprocher de la morale stoïcienne. Celle-ci inspire fortement, d'autre part, le chrétien Boèce.

p. 51

28. Zénon, fondateur de l'école stoïcienne, professait qu'on peut vivre heureux au milieu des tourments ; il se suicida, dit-on, quand il se sentit trop diminué par un accident pour vivre dans la dignité.

p. 52

29. Monarchie « universelle » signifie « monarchie absolue », dont le principe se serait étendu à toute l'Europe. Les traités secrets conclus par Louis XIV prouvent qu'il aspirait à une élection à un Empire éventuellement restauré.

30. C'est la description même que donne Anatole France de sa Bible d'enfance, le 18 décembre 1888 dans *Le Temps* (« Histoire du peuple d'Israël », *La Vie littéraire*, II).

31. Étoffe modeste (en coton croisé), mais réservée aux petits-bourgeois non artisans.

p. 53

32. Ces musiciennes publiques étaient loin de jouir d'une bonne renommée.

p. 55

33. Le juge ecclésiastique chargé d'appliquer des peines canoniques.

p. 56

34. « Ardez » est une forme populaire, alors courante, de « regarder ». Olibrius est le gouverneur qui fit supplicier sainte Marguerite ; il signifie un personnage sot et orgueilleux, conformément à la manière dont il est représenté dans les mystères.

p. 58

35. La Vallée de Misère, l'actuel quai de la Mégisserie, était le marché à la volaille.

p. 59

36. Dans *L'Apologie pour Hérodote,* chapitre 22, Henri Estienne conte qu'un cordelier fut surpris par le retour d'un mari alors qu'il était en galante affaire avec sa femme. Il eut le temps de s'enfuir, mais laissa là ses braies. La femme les fit passer pour des reliques de saint Bernardin, et fit avertir le cordelier par la chambrière. Il vint les reprendre en grande cérémonie religieuse.

37. Sur Tillemont, voir note 6, p. 291. Claude Fleury est l'auteur d'une *Histoire ecclésiastique* (1691), gallicane et critique envers les dévotions à certains saints qui n'ont pas existé.

38. Marie l'Égyptienne, dont l'abbé rappelle ici la légende conformément à la *Légende dorée,* donna son nom à la rue de la Jussienne (déformation de « L'Égyptienne »). La chapelle du XIIIᵉ siècle qui s'y trouvait avait un vitrail représentant la vie de la sainte. Ce vitrail offusqua un curé, qui le fit enlever en 1660. Coignard parle donc de lui par ouï-dire.

p. 61

39. Dans les *Mémoires* de Benvenuto Cellini, au chapitre I, on trouve l'histoire de la salamandre que vit un jour, dans un feu de bois, le père de Cellini. Il l'appliqua à son fils qui était tout jeune un grand soufflet, afin qu'il se souvînt d'avoir vu une Salamandre. Anatole France s'inspire de ce récit, quand il fait donner à Jacques un grand coup sur l'épaule par d'Astarac.

p. 62

40. Publius Syrus, poète mimique latin du Iᵉʳ siècle ; de ses pièces, on avait extrait des sentences qu'on apprenait aux écoliers.

p. 63

41. Cet élixir suffit, mais pour quinze jours, à nourrir le héros dans *Les Génies assistants et les Gnomes irréconciliables, ou suite au Comte de Gabalis,* du Père Antonin Androl (1715).

42. Cardan, illustre adepte de l'astronomie judiciaire du XVIᵉ siècle,

auteur de traités savants, passait, comme Paracelse et les autres grands sages de son siècle, pour avoir pu se passer de nourriture.

43. Dans *Le Comte de Gabalis*, l'initiateur apprend de même à son disciple, qui croyait que les salamandres étaient de laides bêtes, la beauté de ces esprits du feu.

p. 65

44. C'est l'opinion de saint Augustin dans *La Cité de Dieu*, livre XV, ch. XXIII, reprise par de nombreux théologiens, parmi lesquels les jésuites Bellarmin et Suarez.

45. C'est une lecture approximative d'une anecdote rapportée par le P. Sinistrari d'Ameno, *De la démonialité*, œuvre restée manuscrite jusqu'en 1875. A Pavie, une femme donne du pain à cuire à un boulanger. Il lui rapporte en outre une galette au beurre, par quoi un incube entre dans son corps et la tourmente jusqu'à ce qu'elle se voue à saint Bernardin.

46. *Le Songe de Scipion*, dans le sixième livre de *La République* de Cicéron, est le récit de l'apparition au second Scipion du premier Scipion qui l'instruit dans la doctrine pythagoricienne.

47. *La Table d'émeraude* est l'ouvrage fondateur de l'alchimie, attribué à Hermès Trismégiste, grand dieu en Égypte et grand inspirateur des initiés du début de notre ère.

p. 66

48. « Ce n'est pas l'effet d'incantations, mais du visage de ma bien-aimée, de ses bras délicats et de sa chevelure blonde » ; Tibulle, *Élégies*, I, V, 44.

49. On trouve les mêmes considérations sur l'abstinence dans *Le Comte de Gabalis*.

p. 67

50. Clément d'Alexandrie, mort en 220, fut vénéré comme saint jusqu'à ce que Benoît XIV (et non XI comme l'écrit Anatole France) l'exclût en 1749 du canon des saints ; sa pensée, trop imprégnée de philosophie grecque et d'occultisme, parut peu orthodoxe en effet. Clément, au moment de la grande persécution de Septime Sévère en 202, s'enfuit en Asie, ne donnant pas un exemple de courage. Pour achever d'éclairer les paroles de Coignard, ajoutons que dans son *Pédagogue* Clément recommande de manger le soir des fruits, ou des légumes qui n'ont pas besoin d'être cuits ; à midi, on se nourrit de pain et d'eau.

p. 69

51. Noms hébreux (Adonaï, Jehovah), juif-grec (le tétragramme Iaveh), grecs (Dieu, Immortel, Puissant).

52. Les hommes que, après le Déluge, Deucalion suscita en jetant derrière lui des pierres qui s'animèrent.

p. 72

53. A deux kilomètres de notre pont de Neuilly, sur la route de Rueil-Saint-Germain ; c'est-à-dire un peu plus loin de Paris que la Défense actuelle.

p. 73

54. Moïse, le faiseur de miracles devant le Pharaon, se vit attribuer plusieurs livres ésotériques.

p. 74

55. Ce livre fameux, faussement attribué à Énoch père de Mathusalem et de Noé, a été découvert au XVIIIe siècle par un voyageur anglais dans sa version éthiopienne. Il est dédié à la connaissance de l'univers, et raconte les amours des anges avec les filles de la terre ; dans des versions grecques, il est connu depuis Tertullien. L'Église ne l'a pas admis parmi les livres canoniques.

p. 75

56. Ce nom est celui d'un spectre de kabbaliste qui apparaît au héros de *La Mouche*, de Ch. de Mouhy. Mais c'est un faux spectre, inventé pour les commodités du héros.
57. Ce sont les livrets dits, plus couramment, d'Hermès. Voir note 47, p. 294.

p. 77

58. C'est le grand savant Bacon, chancelier d'Angleterre accusé à juste titre de vénalité, et emprisonné en 1621.

p. 80

59. Suétone, *Vie des douze Césars, Vitellius*, chapitre XIII. Cette tourte contenait des poissons, des cervelles de faisans et de paons, des langues de phénicoptères et des laitances de lamproies.

p. 81

60. Michel Lambert (1610-1696), maître de la musique de la chambre du roi, devint en 1662 le beau-père de Lulli.
61. Vers 1860, les spéculations de Marcelin Berthelot sur la chimie organique et les produits de synthèse aboutirent à des rêveries sur cette sorte de pilule nutritive.

p. 86

62. Nicolas de Peiresc, conseiller au Parlement d'Aix (1580-1637), fut un grand érudit et collectionneur. Jean Groslier de Servier (1479-1563) posséda une bibliothèque exceptionnelle, comme Demetrius Canevarius (Demetrio Canevario), médecin italien (1559-1625).

63. Jean-Paul Bignon, oratorien, bibliothécaire du roi (1662-1743). Gabriel Naudé, médecin, bibliothécaire de Mazarin (1600-1653).

p. 87

64. Parmi ces ouvrages, on reconnaît *La Puissante Main*, traité de Moïse Maimonide du XIIe siècle, *La Lumière des ténèbres*, apocryphe d'Apollonius de Tyane, *Le Fidèle Pasteur*, ouvrage qui appartient à la philosophie du Zahar, la *Table couverte* qui est la *Table d'émeraude*, du pseudo-Hermès. Tous ces livres font partie d'une bonne « bibliothèque ésotérique ».

65. La longévité est une marque d'initiation. Cagliostro disait qu'il avait deux mille ans.

p. 88

66. Zozime de Panopolis, en Égypte, écrivit au IIIe siècle de notre ère de nombreux traités alchimistes et ésotériques dont quelques-uns nous sont parvenus. Ils avaient été édités en grec et traduction française en 1888 par Marcelin Berthelot et Ch.-E. Ruelle, chez Steinheil.

67. Le cheikh Sophy, auteur d'un livre de révélations sur l'avenir ; Jean l'enchanteur, patriarche de Constantinople.

68. Synésios, élève d'Hypathie à Alexandrie, auteur de traités à la fois chrétiens et néoplatoniciens ; Olympiodore de Thèbes, initié par les prêtres d'Isis ; Stephanos de Byzance, auteur ésotérique. Théodose mourut à la fin du IVe siècle et, converti depuis 380 au christianisme, combattit l'arianisme et le paganisme.

p. 89

69. Apulée, né à Madaura en Afrique. Une épigramme de l'*Anthologie* l'évoque comme célébrant « les silencieuses orgies de la Muse latine ».

p. 91

70. Le comté d'Astarac est dans le Gers. Voltaire le cite dans *L'Ingénu*, comme de très peu d'importance. Les noms de Saint-Avit et Sainte-Eulalie existent en Gironde, et Laroque-Timbaut près d'Agen.

p. 92

71. Sabaoth.

72. La formation de créatures dans un globe de verre ou un alambic est une recette courante des kabbalistes. On la trouve dans le *De natura rerum* de Paracelse, et chez Montfaucon de Villars.

p. 94

73. Rôle classique de la comédie italienne : celui de l'amoureux d'Isabelle. Il était souvent joué avec afféterie.

p. 95

74. Près de l'église Saint-Jacques-de-la-Boucherie. Elle a été supprimée par le percement de la rue de Rivoli.

p. 97

75. Anatole France indique comme source, dans le manuscrit de *La Rôtisserie de la reine Pédauque* de la Bibliothèque nationale, le manuscrit français n° 23254 de la Bibliothèque. C'est exact : ce *Supplément du Menagiana* par Pierre Le Gouz conte cette histoire singulière. Elle est tirée du *Commentaire* de *La Cité de Dieu* de saint Augustin par Juan Louis Vivès.

p. 98

76. Fourneau où la chaleur peut se maintenir huit ou neuf heures, pour permettre les transmutations.

p. 99

77. Le thélème est le désir du monde. Esprit du Monde, Fleur du ciel et Fontaine de Jouvence sont les noms alchimiques de soufre, « nostoc » et mercure.

78. Ce sont les noms des différents états de transformation de la matière, jusqu'au Lion Vert (l'or) et au Phénix (la perfection). Ils se trouvent dans *Cinq traités d'alchimie des plus grands philosophes*, Chacornac, 1890.

p. 100

79. Thersite le lâche est la figure opposée à Achille le héros dans *L'Iliade*.

p. 102

80. Olympiodore : voir note 68, p. 296. Photius, patriarche de Constantinople au IXᵉ siècle, déposé par le synode romain, écrivit des traités contre les manichéens et contre les latins, et une *Bibliothèque* sur les livres qu'il avait lus et qui sont souvent perdus pour nous.

p. 103.

81. Prêtre égyptien du IIIᵉ siècle avant notre ère, Imhotep est le dieu Imouth, qui fournit le titre d'un traité à Zozime. L'« histoire » de Manéthon nous est parvenue grâce à Flavius Josèphe.

82. Érudit hollandais (1577-1649) qui écrivit sur la grammaire et l'étymologie.

83. Le « dîner » était à dix heures au XVIᵉ siècle, mais fut de plus en plus retardé par les élégants.

p. 104

84. La mandragore est une herbe magique, dont la racine a la forme d'un homme. Sur la « mandragore qui chante », voir le charmant conte de Nodier, « La fée aux miettes », chapitre II.

85. Ce sont deux grands érudits en matière de philosophie hébraïque ; ils ont vécu à Rome à la fin du XVIIᵉ siècle.

86. Le livre apocryphe d'Énoch est une des sources de la philosophie ésotérique.

p. 105

87. Sauf Atrabis qui est une ville d'Égypte (dans le manuscrit d'Anatole France est nommé, à sa place, le savant rabbin Akiba), les autres noms cités ici sont ceux d'écrivains alchimistes ou hermétistes, depuis le Iᵉʳ siècle (Philon le Juif) jusqu'au XVIIᵉ (Henri Morus et Robert « Fludd », plutôt que « Flydd »).

p. 106

88. La Masorah, définitivement formée au XVᵉ siècle, rassemble les notes critiques des savants sur l'expression extérieure de la Bible, alors que la Mischna est un traité exégétique qui sert de base au Talmud.

p. 108

89. Elle est ainsi nommée et qualifiée dans *Le Comte de Gabalis*.

90. C'est dans l'*Histoire ancienne des Juifs* que Flavius Josèphe parle de cette colonne, sur laquelle Seth aurait gravé l'état de toutes les connaissances de son temps, afin de les sauver en cas d'un nouveau Déluge.

p. 110

91. Il reçoit une part des impôts et fournitures de l'État, qu'il afferme.

p. 115

92. Ces considérations se trouvent dans *Le Comte de Gabalis*.

93. Copernic, qui fut excommunié, soutint en 1543 la doctrine héliocentrique dans son *De revolutionibus orbium coelestium*. Aristarque de Samos, au IIIᵉ siècle avant notre ère, avait employé une méthode scientifique pour calculer la distance entre Terre et Soleil.

p. 116

94. Turnèbe, directeur de l'Imprimerie royale pour les livres grecs au XVIᵉ siècle, adversaire des jésuites. Scaliger, médecin et philologue italien du XVIᵉ siècle, écrivit sur l'histoire naturelle. Quesnel est un oratorien mort en exil en 1719, pour avoir embrassé le jansénisme.

p. èèô

95. Maîtresse du Régent en 1716.

p. 118

96. On trouvera l'histoire de cette fille, d'autres disent automate fabriqué par Descartes, dans les *Mélanges d'histoire et de littérature* recueillis par Vigneul-Marville, Rouen, 1700. Bien entendu, c'est d'Astarac qui parle de Salamandre.

p 123

97. Les Grecs font mention d'un déluge dans les légendes d'Ogygès et de Deucalion, les brahmanes dans celle de Manou, qui se répandit en Chine. Mais dans la pure tradition chinoise, il n'y a pas de déluge.

p. 126

98. Tous les développements sur l'union d'Adam et d'Ève avec les esprits du feu se trouvent dans *Le Comte de Gabalis*. Quant à l'énumération que fait Astarac, elle se conforme aux légendes qui furent répandues sur les grands hommes par leurs contemporains, ou par eux-mêmes, sur une origine divine qu'Astarac assimile naturellement à une filiation de Salamandres. Van Helmont est un médecin chimiste, qu'on dit inspiré par les esprits à cause de ses grandes découvertes (1577-1644).

p. 131

99. Les coutumiers sont les recueils de règles fixées par le droit coutumier, c'est-à-dire venant de l'usage et non du droit écrit, hérité du droit romain, qui régissait le midi de la France.

p. 132

100. Courtisane d'Antioche, Pélagie convertie se retira sous des habits d'homme dans une cellule de la montagne des Oliviers ; elle est fêtée le 8 octobre.

p. 133

101. Affranchi contemporain d'Auguste, auteur du poème *Astronomicum*.

p. 134

102. Ménès : un des premiers rois des Égyptiens, IIIᵉ millénaire avant notre ère.

p. 135

103. Cette « poudre solaire » est mentionnée dans *Le Comte de Gabalis*.

p. 147

104. Déshabillé qui ressemble au costume traditionnel de Pierrot.

p. 148

105. Rappelons qu'au XVIIIe siècle, « gothique » signifiait « barbare ». On n'admirait nullement l'art médiéval.

p. 149

106. C'étaient là, depuis le Moyen Âge, des injures consacrées contre les Juifs : être sacrilèges envers les hosties, comme le dit le conte du « Miracle de l'hostie » qui se déroule à l'église des Billettes, et dont il est question plus loin ; et égorger les enfants chrétiens lors de la fête du Pourim. Ces accusations étaient reprises à la fin du XIXe siècle, comme le prouve la brochure, élogieusement préfacée par Drumont, de l'abbé Henri Desportes, *Tué par les Juifs*, 1890.

p. 150

107. C'est le Concile de Latran qui ordonna en 1215 que les Juifs portent sur la poitrine une marque ronde ; elle était jaune et assez grande au temps de Saint Louis, puis se rapetissa jusqu'au XVe siècle, où elle ne fut plus en usage.

p. 154

108. Repas qui est pris à une heure inusitée ; tous les plats sont disposés d'emblée sur la table.

p. 156

109. La guerre de Succession eut lieu en 1702 ; Villars commandait l'armée du Rhin. Puis, devenu maréchal, il commanda lors des opérations en Italie de la guerre de Succession de Pologne. La bataille de Parme date de 1734.

p. 158

110. L'abbé de Choisy (1644-1724), membre de l'Académie française, eut coutume dès son enfance d'être habillé en fille, et continua jusqu'à son âge mûr. Il trompait les hommes, dont il faisait la conquête. Il quêtait à l'église, travesti. Sa vie se termina de façon plus édifiante.

p. 160

111. A défaut de grenouilles, le très sérieux astronome Herschel crut en 1836 avoir découvert des êtres ailés sur la lune.

112. *Entretiens sur la pluralité des mondes*, 1696, nouvelle édition révisée en 1708.

113. La « preuve de saint Anselme » repose sur le raisonnement suivant : nous avons l'idée d'un être parfait ; la perfection implique l'existence ; donc l'être parfait existe.

p. 162

114. Nous n'avons trouvé nulle part une telle accusation portée contre saint François de Sales.

115. Élien écrivit au IIe siècle un *Traité de la tactique des Grecs*, dont Anatole France se moque fort dans *Le Livre de mon ami*.

p. 163

116. La « picorée » est la maraude.

117. Ces couplets sont tirés de la chanson « Les exploits de Mme de La Vrillière », qui date de 1724. On pensait que, Mme de La Vrillière étant maîtresse de Louis XV, son mari serait fait duc ; il mourut, marquis seulement, en 1725.

p. 167

118. A longues boucles, alors que la mode du XVIIIe siècle était à des perruques plus courtes.

p. 175

119. On montrait en effet à Rouen, aux XVIe et XVIIe siècles, une chaudière où Jeanne d'Arc aurait été bouillie par les Anglais. C'était une opinion assez commune. Anatole France en écrivit dans *La Revue de famille* du 15 mai 1891 (« Jeanne d'Arc a-t-elle été brûlée à Rouen ? »). Il conjecture que l'on répandit ce bruit pour éviter, après la réhabilitation de Jeanne d'Arc, de laisser croire qu'elle était morte comme une sorcière.

120. Nicole Gilles et Étienne Pasquier écrivirent, l'un en 1525, l'autre en 1560, des annales historiques de la France.

p. 176

121. Henri de Valois publia de 1659 à 1673 des *Histoires ecclésiastiques* fort critiques contre les superstitions.

p. 179

122. Un aludel est un appareil à sublimation décrit par l'Arabe Djabir dans *Le Livre des fours*, et qui se répandit au XVIe siècle dans l'Europe occultiste.

p. 182

123. Cette anecdote est tirée du *Comte de Gabalis*.

p. 183

124. Tout ce passage est inspiré des *Lettres cabalistiques* de Boyer d'Argens, notamment de la quinzième lettre.

p. 184

125. Élisée suscite des ours qui dévorent des enfants qui se moquaient de lui : *Rois* II.
126. Barac est un juge d'Israël à qui la prophétesse Déborah commande de combattre « ceux de Méroz », Cananéens : *Juges*, V, 23.
127. C'est le nom hébraïque de l'un des anges qui louent Dieu.
128. Ce sont les quatre animaux à quatre faces et quatre ailes, avec des roues remplies d'yeux devant leurs faces, que voit Ézéchiel (*Ézéchiel*, I, 428).

p. 186

129. Baruch Spinoza fut élevé à Amsterdam dans l'orthodoxie judaïque, mais il s'en sépara et fut excommunié en 1656 par les Juifs.

p. 188

130. Pierre Bayle, 1647-1706, célèbre pour sa liberté d'esprit, qu'il exprima dans *Pensées diverses sur la comète* en 1683 et dans son *Dictionnaire historique et critique*, commencé en 1695.

p. 189

131. L'abbé Crevier, élève de Rollin, auteur de l'*Histoire des empereurs romains, jusqu'à Constantin* (1749-1755). La chronologie de *La Rôtisserie de la reine Pédauque* subit ici une entorse.

p. 193

132. « Que revient-il à l'homme de toute la peine qu'il se donne sous le soleil ? », *Ecclésiaste*, I, 3.

p. 194

133. L'auteur de l'*Imitation de Jésus-Christ*.

p. 195

134. *Psaumes*, XXVII.
135. *Épître aux Hébreux*, XIII, 6.

p. 196

136. Abbaye de l'ordre de Cîteaux, rue de Grenelle. Ses religieuses et ses élèves venaient de la plus haute noblesse.
137. Élément fondamental alors d'une vaisselle, le « pot » à « oille » (sorte de pot-au-feu) fut ciselé pour les riches par les plus grands orfèvres.

138. François II Couperin le Grand, excellent claveciniste et organiste, mourut en 1733.

p. 199

139. « Et il leur accorda ce qu'ils demandaient » : *Psaumes*, CVI, 15.

140. Le livre de Fénelon était paru en 1699. *Télémaque* descend aux Enfers pour y chercher son père, et contemple les justes dans les Champs-Élysées, au livre 14.

p. 200

141. Elle avait boutique près du Châtelet et fit exiler son mari pour être plus libre. Le couplet cité plus loin vient d'une chanson intitulée « L'Aventure de Quoniam ». Nous sommes en 1718.

p. 202

142. Sémiramis, reine de Babylone, passa pour avoir commerce avec les dieux, de même que la mère d'Alexandre, Olympias, et que Sylvestre II, couronné pape en 999, instruit auprès des Arabes et fort savant : magicien même, dit-on.

143. Saint Augustin croit en la non-substantialité du mal. Le Diable, selon lui, a une action purement spirituelle (*De Genesi contra Manicheos*).

p. 203

144. Cette histoire se trouve contée tout au long dans *Les Génies assistants et les Gnomes irréconciliables*, mais c'est le défunt époux de la Maréchale qui se présente à elle en rêve. De même l'histoire qui suit, celle du savant de Dijon ; mais c'est un « génie » qui le transporte en rêve à Stockholm.

p. 206

145. Le mot *Agla* est cité par Corneille Agrippa, *De la philosophie occulte*, et par *Le Comte de Gabalis* et *Les Génies assistants*.

146. Voir l'introduction à cette édition, p. 23.

p. 208

147. Vieil emploi du mot, pour désigner toute terre située au-delà des océans, même si ce n'est pas une île.

148. *Psaume 102*.

p. 209

149. Ville de Benjamin, où furent réunis les captifs juifs après la destruction de Jérusalem par les armées de Nabuchodonosor. *Jérémie*, XXXI : « Une voix s'est fait entendre dans Rama /.../ c'est Rachel qui pleure ses enfants, parce qu'ils ne sont plus. »

p. 211

150. Les modistes d'alors étaient des créatrices de modes, robes, manteaux, etc., sans compter les chapeaux. Pour montrer leurs créations en province et à l'étranger, elles en faisaient des versions pour poupées, qu'on envoyait hors Paris. Ces poupées n'avaient pas de cheveux implantés, mais des perruques nombreuses.

p. 213

151. Les propositions des thèses que l'on soutenait pour être docteur étaient imprimées sur une feuille de papier de très grand format, appelée elle-même « thèse ».

152. Maladie alors fréquente, provenant de l'ingestion de farines avariées. Elle était souvent mortelle.

p. 214

153. Le conte traduit par Galand est moins policé que la version de Coignard, et pourtant il gaze déjà le texte arabe. Les hésitations des princes devant les invites, pressantes jusqu'à la menace, de la dame captive, sont beaucoup plus fortes qu'il n'est dit ici. On sait quel succès obtint la version des *Mille et une Nuits* de Galand (ou mieux Galland), en 1704.

p. 216

154. Oola et Ooliba, qui représentent Israël et Jérusalem, sont apostrophées comme des courtisanes par Ézéchiel, XXIII.

p. 221

155. L'auteur de *L'Imitation de Jésus-Christ*.

p. 222

156. Le port Saint-Nicolas était près du pont des Arts, et le port du Mail entre le pont de l'Archevêché et le Pont-au-Double.

p. 223

157. Dans l'actuelle Côte-d'Or.

p. 225

158. Déclaration du clergé de France, en quatre articles, gallicane et consacrant l'ordre social comme donné par Dieu, même s'il est tyrannique.

159. Voir l'introduction à cette édition, sur le christianisme social, souvent tolstoïsant, de beaucoup de contemporains d'Anatole France.

160. C'est-à-dire Thèbes.

p. 231

161. Sorte de jougs avec lesquels on dresse la vigne.

p. 234

162. Nous pensons à Villars, mais le village de ce nom est situé à trente-deux kilomètres de Lyon, dans la direction de Bourg-en-Bresse, et non pas vers Tournus.

p. 236

163. *Don Quichotte* avait été traduit plusieurs fois depuis le début du XVIIᵉ siècle. Son nom était diversement orthographié. Le public cultivé le lisait, et non pas seulement les servantes. Mais Coignard, homme d'Église, méprise les œuvres romanesques, comme la plupart des ecclésiastiques érudits de son temps.

p. 237

164. Rappel de l'histoire de Tobie. Mais le livre qui contient son aventure n'est pas admis au nombre des livres canoniques de la Bible.

p. 239

165. « Notre secours est dans le nom du Seigneur » (début de la messe des Morts), et « Seigneur, exauce ma prière » (après le *Confiteor*).

p. 245

166. Au sens ancien de « descendant ».

p. 251

167. Les moisissures.

168. Les procès ecclésiastiques d'insectes existaient en effet, quoique le jésuite Martin del Rio, dès 1612, les condamne comme entachés de superstition (*Les Controverses et Recherches magiques*).

p. 255

169. Chanson « Gazette de Chantilly », faisant allusion au voyage organisé en 1724 à Chantilly pour déniaiser le roi Louis XV, en compagnie de dames de la cour assez faciles.

p. 256

170. Pseudonyme de Bernard de La Monnoye, qui publia en 1700 des *Noëls* qui eurent beaucoup de succès.

p. 263

171. C'est à Pierre de Nolhac, poète et latiniste, qu'Anatole France demanda cette inscription dont il lui donna le texte français (Voir *Le Lys rouge*, automne-hiver 1948, p. 151-152).

p. 275

172. Marc-Michel Rey était installé à Amsterdam. Il publia *La Nouvelle Héloïse* : Jacques n'aime pas les romans plus que Coignard.

p. 276

173. Il y eut toute une famille d'imprimeurs du nom de Cramoisy, dont Gui Patin parle avec beaucoup de respect dans ses *Lettres*. Sébastien Cramoisy fut le directeur de l'Imprimerie royale, créée en 1640.

174. Danès fut professeur de grec au Collège royal, en 1530 ; Vatable y enseigna l'hébreu, et Ramus la philosophie et l'éloquence. Le Collège royal (aujourd'hui Collège de France) ne fut achevé qu'à la veille de la Révolution ; auparavant, ses cours étaient dispensés dans des locaux de fortune.

175. Jean de Meung (1280 ?-1345 ?) fut aussi un savant traducteur de Boèce.

DOSSIER

COLLECTION FOLIO

Dernières parutions

Impression Bussière à Saint-Amand (Cher),
le 18 septembre 1989.
Dépôt légal : septembre 1989.
Numéro d'imprimeur : 8938.
ISBN 2-07-049122-6./Imprimé en France.